語言文字叢書

廣州黃埔區方音與漁農諺和鹹水歌口承民俗的變遷

馮國強　著

目次

第一章　緒言……1

第一節　前人研究……1

第二節　黃埔廟頭的歷史……3

一　概況……4

二　歷史變遷……4

第二章　黃埔方言語音特點……15

第一節　南崗鎮音系特點……15

一　廟頭廟西音系特點……15

二　夏園音系特點……25

三　沙步鹿步音系特點……31

四　滄聯榕樹音系特點……37

五　南崗柯莊音系……42

六　南基南灣音系特點……48

七　筆崗筆村荔元坊二社音系特點……54

八　南灣西基水上話音系特點……60

第二節　大沙鎮音系特點 …… 66
一　橫沙音系特點 …… 66
二　姬堂蓮塘音系特點 …… 73
三　雙沙雙崗音系特點 …… 80
四　下沙珠江音系特點 …… 87
五　茅崗東福音系特點 …… 94
六　文沖音系特點 …… 100
七　九沙圍水上話音系 …… 108
第三節　長洲鎮方音特點 …… 114
一　正吉坊音系特點 …… 114
二　上莊音系特點 …… 120
三　江瀝海水上話音系特點 …… 126
四　安來市水上話音系特點 …… 133
五　洪福市水上話音系特點 …… 137
第四節　方言片 …… 141
一　南崗片的特點 …… 141
二　大沙片的特點 …… 143
三　長洲片的特點 …… 147
四　水鄉片特點 …… 149
第五節　黃埔話、黃埔水上話與粵海片的一致性 …… 153
一　聲母方面 …… 153
二　韻母方面 …… 158
三　聲調方面 …… 161
第六節　黃埔話、黃埔水上話與粵海片的的差異 …… 161
一　韻母方面 …… 161

第三章　黃埔的漁農民俗文化遺產 …… 163

第一節　諺語 …… 163

一　農諺 …… 163

二　漁諺 …… 196

第二節　鹹水歌 …… 219

第三節　水上人的五行名字 …… 243

第四章　城市化下黃埔民俗的斷裂 …… 249

第一節　水鄉民俗的變遷 …… 250

一　五行名字的消亡 …… 250

二　鹹水歌歌唱的斷裂 …… 251

三　婚俗的變遷 …… 254

四　水上話行語的消亡 …… 256

第二節　漁農諺的消逝 …… 257

第五章　從鄉郊轉型到城市化下黃埔方言的衰變和瀕危現象 …… 261

第一節　威望語言的滲透 …… 261

第二節　生活的傾慕 …… 262

第三節　語言觀念的淡薄 …… 263

第四節　薄弱的活力 …… 266

第五節　教育語言的嚴重衝擊 …… 266

第六節　家庭內部方言的使用情況 …… 267

第七節　語言規範程度低 …… 268

後記 ……………………………………………………………… 271

參考文獻 ………………………………………………………… 275

第一章
緒言

第一節　前人研究

一九八二年，筆者通過香港新華社的協助，便在廣州老四區的荔灣、東山（大沙頭）、海珠（新滘、瀝滘、河南尾、滘洲等）、越秀（二沙島）進行水上話調查。這段時間，筆者經常跟中山大學黃家教教授請益。期間，他常跟筆者談起東郊黃埔方言，指出當地方言特點。後來，他寫成〈廣州市郊鄉音特點〉一文，於一九八九年七月二十日投稿於中山大學學報，刊於一九九一年第二期。

由於黃家教教授提到黃埔陸上人方言特點很像水上話，筆者深感興趣，筆者便跑到當時的廣州市郊黃埔進行方言調查，前後調查了八個點。其實黃教授談及的廣州市郊鄉音特點只是部分特點，那是大沙鎮方言的特點，但該文部分文章裡提及的方言特點不盡是如他所言一樣。至於南崗鎮、長洲鎮整個鎮的方言特點，黃教授是未觸及的。二○○二年左右，筆者經常帶領學生上廣州市黃埔區、中山市、珠海市、東莞市、深圳市、肇慶市、佛山市、江門市、陽江市、清遠市、韶關市，調查水上族群的方言、漁諺、五行命名、禁忌、嫁娶、紫洞舫、棚屋和鹹水歌等，觸動筆者要趕快完成珠三角水上族群的方言和民俗一書，也觸動要趕快完成調查黃埔區方言的念頭。最後，筆者在黃埔便先後調查了二十六個方言點，在這書裡，便交代了二十個自然村方言的特點。

關於廣州市黃埔區方言的前人研究，寫成書籍或論文者，一九九一年有黃家教〈廣州市東郊鄉音特點〉(《中山大學學報》(社會科學版),廣州市:中山大學出版社,1991年)第二期;一九九五年中山大學李新魁、黃家教、施其生、麥耘、陳定方撰寫了《廣州方言研究》(廣州市:廣東人民出版社,1995年),他們描寫了黃埔的大沙鎮文沖村和南崗鎮夏園村兩個方言點。李新魁、黃家教、麥耘等人於一九八八年開始著手調查,當時他們調查了廣州近郊十五個方言點的音系,並進行了語音差異的分析;二○○三年暨南大學林俐寫了〈廣州橫沙村話與廣州市話韻母的對應〉(廣東省中國語言學會2002-2003年學術年會,2003年12月14-18日),橫沙是黃埔區大沙鎮之下的一條村,此文有點小毛病,就是韻母系統裡有些地方沒有留意對應問題;二○○八年,陳衛強寫了《廣州地區粵方言語音研究》(博士論文)(暨南大學,2008年),調查了廣州市地區十六個方言點,黃埔區便調查了大沙鎮文沖村方言;二○一一年筆者發表〈廣州市黃埔區南崗鎮廟頭村(古斗)的發展概況和其粵語特點研究〉(《粵語研究》〔第九期〕,2011年);二○一二年,筆者再發表〈廣州大沙鎮九沙村舡語音系特點〉(《南方語言學》〔第四期〕,2012年5月),大沙鎮是黃埔區其中的一個鎮;二○一二年五月吳筱穎寫了《廣州粵語語音研究》(暨南大學碩士論文,2012年)黃埔方言,於是再次調查黃埔大沙鎮文沖方言,但其論文並沒有寫出文沖音系。

至於方志方面,黃埔區地方志編纂委員會編《廣州市黃埔區志1991-2000》(北京市:方志出版社,2012年12月)交代了南崗鎮廟頭村和大沙鎮九沙漁村方言。這兩個點方言是筆者提供給當時黃埔區方志辦陳華祥主任的,筆者是義務協助該辦進行調查,解決方言音系、特點、分布和分片,滿足該辦陳主任的一點需要。但返聘的員工前方志辦崔大經主任還有不少影響力,卻愛私自改動了筆者的方言文章,與筆者發表的有甚大差異,特別是方言片。崔先生是中三教育程度,當過廟頭村小學老師，也曾在黃埔區文化宮當過主管，最後任職於黃埔區方志辦主任。他最不滿意擁有高學歷的人，與筆者同行時，常在人前說不用高學歷，像他便行，一樣也有不錯的成就，真是一個怪人。他認為他幹甚麼也行，所以便任意改動筆者的方言文章和音標，特別是方言片的國際音標竟然改成文字作替代，[1]但《廣州市黃埔區志　（1991-2000）》卻打著筆者的姓名，不是打著崔大經，真是奇怪！此外，一般方志習慣是不會標名是誰人寫某個部分的，幸好筆者發表的論文比方志早了一點。

看來，研究當年廣州東郊的論文並不太多，可能大家覺得太近了，沒有甚麼好寫，便忽略了黃埔。

第二節　黃埔廟頭的歷史

自隋唐時期開始，扶胥鎮已成為中國對外文化與經濟交往的重要口岸，海商先在南海神廟祭祀，再由此出海，甚至不少蕃夷則居於扶胥鎮上。所以扶胥在隋朝曾經一度是南海縣的政治行政中心（南海縣縣治）；明初，扶胥鎮開始逐步衰落。扶胥就是今天黃埔的廟頭村。廟指南海神廟。由於廟頭村在黃埔區曾具悠久的光輝歷史，曾經是經濟和政治要地，也是黃埔一帶的地望村。因此，筆者以廟頭作為黃埔歷史的代表。

1　崔大經是不懂得國際音標的。

一　概況

（一）地理位置

廟頭村位於廣東廣州市黃埔區南崗鎮的西面，其東面與區內的夏園村、南基村接壤；其西面是大沙鎮雙沙村，北面就是龍頭山。廟頭村南臨珠江。

廟頭村是黃埔區穗東街屬下一個轉制社區，二〇〇二年在實行「撤村改居」時由原南崗鎮廟頭村改為「社區」。「廟頭」因千年古廟「南海神廟」而得名，是廣州最古老的村落之一。

（二）人口資源

廟頭社區東鄰南灣，北至龍頭山與夏園、雙沙連接，西至廣江路，南至珠江大蠔沙島，隔珠江與番禺相望，轄區面積為六點五七平方公里。據全國第五次人口普查（2000年11月1日）統計，廟頭常住人口有三千二百二十九人，非常住人口六百四十六人；農業人口一千五百八十八人，非農業人口一千六百四十一人。流動人口三千三百一十四人。

二　歷史變遷

黃埔區有不少建於兩宋的村落，最早則建於東晉（西元317-420年）。南宋（1127-1279）人王象之（1196年進士）《輿地紀勝》「斗村」之下引（東晉）裴淵《廣州記》云：「廣州東一百里有古斗村，自此出海，溟緲無際」。[2]（唐）李吉甫（西元758-814年）《元和郡縣

2　（南宋）王象之：《輿地紀勝》（臺北市：文海出版社，1962年初版，1971年10月第

志》記：「南海縣……南海在縣南水路百里，自州東八十里，有村號曰古斗，自此出海，浩淼無際……海廟在縣東八十一里。」[3]「斗村」在東晉時稱「古斗村」，唐時叫「古斗」，北宋時易稱「斗邨」（見〔北宋〕樂史〔西元930-1007年〕《太平寰宇記》）[4]、南宋時則叫「斗村」。元大德七年（1303）〈重建波羅廟記〉：「隋文帝始命於近海立祠……南海祀於南海鎮南，即今扶胥鎮，距城八十里者也。」[5]從方位距離描述上看，古扶胥鎮就是裴淵所稱的古斗村，即今天的南崗鎮（街）廟頭村（社區），此村位於今天黃埔區黃埔老港與新港之間。以上記載，也反映古斗村的村公所曾經遷移，東晉時的古斗村公所在廟之東，唐時的古斗村公所在廟之西，整個海廟（南海神廟）是在村內，情況跟今天完全一致。有關北宋英宗治平四年（1067）武陵章望之〈重修南海廟碑〉、（南宋）方信孺（1177-1220）《南海百詠》、元大德七年（1303）〈重建波羅廟記〉提及的古斗與廣州，都是重鈔前代的資料，今略而不述。

（唐）魏徵（西元580-643年）《隋書》卷七，〈志第二〉，〈禮儀二〉：「開皇十四年閏十月，詔東鎮沂山，南鎮會稽山，北鎮醫無閭

二版）卷第八十九〈廣東東路・廣州・景物上〉，頁7a。（東晉）裴淵：《廣州記》，已佚，現在能見到的是元人陶宗儀輯錄的。

3 （唐）李吉甫：《元和郡縣志》（廣州市：廣雅書局據武英殿聚珍版書刊刻）卷三十五〈嶺南道一〉，頁3b記：「南海縣，上，郭下。本漢番禺縣之地也，屬南海郡，隋開皇十年以其地置南海縣，屬廣州。番山，在縣東南三里。愚山，在縣西南一里，尉佗葬於此。南海在縣南水路百里，自州東八十里，有村號曰古斗，自此出海，浩淼無際」；又頁5b：「海廟在縣東八十一里。」

4 （北宋）樂史：《太平寰宇記》（乾隆五十八年化龍池刊本）卷一五七〈嶺南道一〉，頁8a：「斗邨。裴氏《廣州記》：『廣州東百里有邨號曰古斗邨，自此出海，溟緲無際。』」

5 （清）李福泰修、史澄等纂：《番禺縣志》（據同治10年冬廣州月光齋堂刊刻本影印，臺北市：成文出版社，民國五十六年十二月臺一版）卷三十〈金石略三〉，元大德七年（1303）〈重建波羅廟記〉，頁4a。

山，冀州鎮霍山，並就山立祠；東海於會稽縣界，南海於南海鎮南，並近海立祠。及四瀆、吳山，並取側近巫一人，主知灑掃，並命多蒔松柏。」[6]由此可知東晉時的古斗村，大概在隋文帝開皇十四年（西元594年）或以前由村升格為鎮。隋唐建鎮條件有三，一為人口，二為軍事要地，三為錢糧。南海鎮（扶胥鎮）必定在稅鈔上有其貢獻，故有條件設鎮。[7]古斗村設鎮，除了建基於此地人口多，經濟發達，處於交通要道，稅鈔上有其貢獻外，可以說是隋朝的統治者對南海神的敬畏和對廣州商港的高度重視，否則不會把土人所建的小廟升格為中央政府管轄的大廟——海神廟。

（唐）韓愈（西元768-824年）〈南海神廟碑〉云：「海於天地間為物最巨，自三代聖王莫不祀事。考於傳記，而南海神次最貴，在北、東、西三神河伯之上，號為祝融……由是冊尊南海神為廣利王，祝號祭式，與次俱升。因其故廟，易而新之。在今廣州治之東南，海道八十里，扶胥之口，黃木之灣，常以立夏氣至，命廣州刺史行事祠下，事訖驛聞。」[8]從神廟在「廣州治之東南，海道八十里，扶胥之口，黃木之灣」一語與李吉甫《元和郡縣志》所言「古斗」方位和距離，則韓愈所指的扶胥，就是《隋書》所言的南海鎮，也是古斗的位置。南海鎮易名為扶胥鎮，大概在五九四年（隋文帝開皇14年）至六七〇年（隋煬帝大業3年）之間。宣統三年（1911）六月築廣九車路，在廣州城東二十六里鹿步司屬石牌鄉山麓掘地，得隋故太原王夫人墓誌銘。墓誌銘刻於隋煬帝大業三年（西元607年），墓誌包括

---

6 （唐）魏徵等撰：《隋書》（臺北市：藝文印書館據清乾隆武英殿刊本景印，民國四十五年）卷七，志第二，禮儀二，頁17ab。

7 曾昭璇：《嶺南史地與民俗》（廣州市：廣東人民出版社，1994年12月），頁235。

8 （清）李福泰修、史澄等纂：《番禺縣志》（據同治10年冬廣州月光霽堂刊刻本影印，臺北市：成文出版社，民國五十六年十二月臺一版）卷二十八〈金石略一〉，韓愈（西元768-824年）〈南海神廟碑〉，頁10a。

「序」（誌）及「銘」兩部分。誌文稱王夫人「飲恨以大業三年五月二日□於南海楊仁坊之私第……窆於南海，治扶胥」。[9]從文中的「治扶胥」一語，可知在大業三年或以前南海鎮已經易名為扶胥鎮，當時南海縣的官署（縣治）還設立在扶胥鎮，可見扶胥在隋朝是不單是經濟繁榮的地方，曾經一度是南海縣的政治行政中心。[10]

自隋唐時期開始，扶胥鎮已成為中國對外文化與經濟交往的重要口岸，不單海商先在神廟祭祀，再由此出海，甚至不少蕃夷居於扶胥鎮上，北宋英宗治平四年（1067）武陵章望之〈重修南海廟碑〉便記下此情景，碑云：「南海神祠舊隸廣州之域，在扶胥鎮之西，曰東南道，水陸之行均八十，號其神曰洪聖廣利昭順王……先時此民，與海中蕃夷，四方之賈雜居焉。」[11]由於貿易之盛，扶胥鎮成為廣州蕃坊（今廣州荔灣區光塔街一帶）以外最多外商和本地商賈居住地方，一如後世的十三行或西關的情況，因而在動亂時局，自然為流賊掠奪的必然目標，故〈重修南海廟碑〉曾交代了北宋仁宗皇祐四年（1052）「廣源州蠻（指壯人儂智高）來為寇，民之被殺之餘，流散逮盡，後復歸還，無復昔□之饒。」[12]章望之所云「民之被殺之餘，流散逮

9　（民國）梁鼎芬等修、丁仁長等纂：《番禺縣續志》（臺北市：成文出版社據民國二十年刊本影印，民國五十六年十二月臺一版）卷三十三〈金石志一〉，頁10。

10　曾昭璇：《廣州歷史地理》（廣州市：廣東人民出版社，1991年），頁245：「古斗是古越語，意即崗村或山村（「古」今壯語讀guek，即崗；「斗」〔dou〕指「有人居之地」），古扶胥鎮亦正當崗地和海岸相接處。「扶胥」亦古越語，「扶」即人，今壯語仍用。「胥」即「溪邊」，今壯語仍稱溪邊、河邊為「huij」，音「胥」。即「人墟」之意。計由晉代「山村」到唐代「人墟」，說明城鎮興起的過程。」曾教授認為「古斗」易名「扶胥」是始於唐代，是一種錯誤。

11　（清）李福泰修、史澄等纂：《番禺縣志》（據同治10年冬廣州月光齋堂刊刻本影印，臺北市：成文出版社，民國五十六年十二月臺一版）卷二十九〈金石略二〉，北宋英宗治平四年（1067）武陵章望之〈重修南海廟碑〉，頁10b-頁11a。

12　李福泰修、史澄等纂：《番禺縣志》（臺北市：成文出版社據同治10年冬廣州月光齋

盡」的民，是扶胥鎮的漢人和蕃夷海商，不是廣州城的蕃夷。扶胥鎮經歷屠城，到英宗治平四年仍「無復昔□之饒」[13]，反映扶胥鎮海運經濟因政局動盪而衰落情況。神宗熙寧（1068-1078）末年，扶胥鎮所收商稅祇得九百餘貫，這時最繁盛的鎮是廣東端州的胥口鎮，年收商稅八千五百貫；其次是英州的清溪場（神宗元豐年為鎮），年收商稅五千七百餘貫。[14]

經過二十多年，扶胥鎮又恢復為廣州周邊的第一個重要城鎮，其餘城鎮包括瑞石、平石、獵德、大水、石門、白田六鎮，全部在番禺縣範圍內，這事記載於《元豐九域志》[15]。百年後，詩人楊萬里（1124-1206）遊過扶胥鎮南海神廟後作《題南海東廟》，詩云：「大海（扶胥江）更在小海東（廣州），西廟不如東廟（扶胥鎮南海神廟）雄，南來若不到東廟，西京未睹建章宮。」[16]楊萬里認為到了廣州，不去東廟一遊，就如到了長安卻不去參觀西漢建章宮一樣虛此一行。這詩不單反映扶胥鎮的繁榮，也反映南海神廟在不斷加建後，其壯觀雄偉祇有建章宮一樣的龐大建築群纔能跟它比美。

到元朝，扶胥鎮的商稅再次創高峰。元陳大震（1253年進士）《大德（1297-1307）南海志殘本．舊志賦稅》記載元代扶胥鎮全年稅鈔達四千四百六十七貫，一鎮的稅鈔比周邊的清遠（全年稅鈔3626

堂刊刻本影印，民國五十六年十二月臺一版）卷二十九〈金石略二〉，北宋英宗治平四年（1067）武陵章望之：〈重修南海廟碑〉，頁11a。

13 章望之〈重修南海廟碑〉是寫於北宋英宗治平4年（1067）。

14 方志欽、蔣祖緣主編：《廣東通史 古代 上》（廣東高等教育出版社，1996年4月），頁762，沒有交代資料出處。

15 （北宋）王存撰：《元豐九域志》（廣州市：廣雅書局據武英殿聚珍本重刊）卷九，頁18b：「上，番禺。五鄉。瑞石、平石、獵德、大水、石門、白田、扶胥七鎮。銀鑪一鐵場。」

16 （南宋）楊萬里：《誠齋集》（臺北市：臺灣商務印書館據上海涵芬樓景印江陰繆氏藝風堂藏景宋寫本，1979年）卷十八〈題南海東廟〉，頁9上下。

貫）、東莞（全年稅鈔2282貫）、新會（全年稅鈔4088貫）[17]等縣還要多，其商業的繁榮可見一斑，也反映到元代時的商舶是在扶胥鎮納稅後才進入廣州的。明初嚴禁通海，商業稅銳減，加上廟前的海岸淤淺，岸線南移，影響泊船，扶胥鎮逐步衰落。明太祖洪武七年（1374），便把廣州外港由扶胥鎮遷移到琵琶洲（今廣州天河區琶洲）、黃埔洲（今廣州市海珠區新滘鎮黃埔村。黃埔區漁珠九沙的西南面不遠處，從九沙可相望）一帶水域。

扶胥鎮的經濟正式走下坡，是跟隨珠江三角洲的變遷而變遷。清文宗咸豐三年（1853）馮奉初編纂《順德縣志・風俗》卷三云：「昔者五嶺以南皆大海耳，漸為洲島，漸成鄉井，民亦藩焉」。[18]大海也變成陸地，扶胥鎮港口的盛衰也要遵從這無情的自然變化而變化。不過，扶胥鎮並未馬上由商業鎮急轉為一條農民村落，扶胥江還能在一段時期發揮河運貨物集散轉運的功能。

從明末嘉靖（1522-1566）到清初，隨著商品經濟的發展，珠三角湧現了不少小商小販階層，他們從事珠江三角洲內部短途商品的販賣，他們活躍於本地區的商品流通墟市之中。番禺人屈大均（1630-1696）自稱曾經在荔枝熟時當荔枝小販，並在扶胥鎮與沙貝（今天廣州市從化街口鎮）間進行過活動。《廣東新語》卷二十五〈木語・荔枝條〉:「予（屈大均本人）家在扶胥南岸，每當荔枝熟時，舟自扶胥歷東西二洲，至於沙貝（今增城新塘）。一路龍丸鳳卵，若丘埠堆積。估人（小商販）多向彼中買賣。而予亦嘗為荔枝小販，自酸而食至甜，自青黃而食至紅，自水枝食至山枝，自家園吃至諸縣，月無虛

17 （元）陳大震編纂：《大德南海志殘本 附輯佚》（廣州市：廣州市地方志編纂委員會辦公室編，1991年4月），頁24-25。

18 （清）馮奉初編纂：《順德縣志》（清咸豐民國合訂本。順德市地方志辦公室據香港順德聯誼總會點和臺灣成文出版社中國方志叢書兩部舊志加標點改簡化字橫排）（廣州市：中山大學出版社，1993年），頁77。

日，日無虛晷，凡四閱月而後已。」[19]這個昔日國內國外商貨雲集的港口，轉型為珠江三角洲內部短途商品果品集散地之一。也可說，這個昔日的商業城鎮變為繁鬧的商品貨（果品）集散地的大墟鎮。

扶胥鎮的娛樂事業也曾相當發達，不少人愛從廣州坐客渡到扶胥鎮玩耍遊樂。（清）澎湖人蔡廷蘭（1800-1859或1801-1859）在道光十五年（1825）秋間赴福建報考省試，省試報罷，由廈門渡海返回澎湖，海上遇上颱風，船隻飄至越南。次年初夏，他纔由陸路回到福建，前後走了一百一十八天。他後來把途上所見所聞，寫成了《海南雜著》。蔡廷蘭最後在道光二十四年（1844）考取進士。《海南雜著》記錄他於道光十六年（1836）「四月初一日……暮出扶胥鎮（在城南），則笙簫沸水，歌舞盈船，燭影鐙光徹河上下，騷人豪客競上木蘭舟[20]矣。」[21]足見扶胥鎮是讀書人、官員、詩人、墨客、豪客、遊

---

19 （明末）屈大均：《廣東新語》（北京市：北京愛如生數字化技術研究中心據〔清〕康熙庚辰三十九年〔1700〕水天閣刻本影印，2009年）卷二十五〈木語・荔枝條〉，頁18a。

20 穆拉比特（Al-Murabit）帝國，在中國古籍中稱爲「木蘭皮國」。此名最早出現於（南宋）周去非《嶺外代答》（文淵閣四庫全書電子版，廸志文化出版社，2002年）卷三〈外國門下木蘭皮國〉對其進行了較詳細的介紹：「大食國西有巨海。海之西，有國不可勝計，大食巨艦所可至者，木蘭皮國爾。蓋自大食之陁盤地國發舟，正西涉海一百日而至之。一舟容數千人，舟中有酒食肆、機杼之屬。言舟之大者，莫木蘭若也，今人謂木蘭舟，得非言其莫大者乎？」

後木蘭舟或木舟進入漢語文學語言，詩歌中常見使用，如邊貢〈午日觀競渡〉：

共駭群龍水上游，不知原是木蘭舟。

雲旗獵獵翻青漢，雷鼓嘈嘈殷碧流。

屈子冤魂終古在，楚鄉遺俗至今留。

江亭暇日堪高會，醉諷離騷不解愁。

作為文學語言的木蘭舟或蘭舟已失去大舟的原意，是船的美稱，借指堅美之船。筆者認為作者是把木蘭舟比喻江上裝飾美麗的花艇。再者，花艇比一般住家艇（夫妻艇）要巨大。

21 （清）蔡廷蘭：《海南雜著》（臺北市：臺灣銀行經濟研究室，1959年），頁26-27。

客喜愛聚集的城鎮，除了可以暢遊海廟、浴日亭外，這裡提供大型船身的樓船花艇、紫洞艇（木蘭舟借喻樓船花艇、紫洞艇，喻大舟及船隻堅美之意）一類高級水上娛樂歡宴場所，詩人墨客在燭影鐙光徹河的花舫上把酒吟詩吃喝，聽笙簫，看歌舞。連成一起的樓船花艇、紫洞艇，燃起的燭影鐙光，把江面照成白晝，把城鎮照成白晝，笑聲、語聲、歌聲、管聲、弦聲、妙舞聲、吃喝聲、敬酒聲，歡樂聲遍布整個江面。看來扶胥鎮是廣州城外一個馳名的遊樂之地，其聲色娛樂事業的發達，近乎廣州城江邊的娛樂事業那麼蓬勃。

清代民間對南海神廟會的參與熱情空前高漲。嘉慶（1796-1821）年間人崔弼撰《波羅外紀》進行了十分生動地記述當時廟會的熱鬧情景：「波羅廟每歲二月初旬，遠近環集如市，樓船、花艇、小舟、大舸，連泊十餘里。有不得就岸者，架長篙接木板作橋，越數十重船以渡。其船尾必豎進香燈籠，入夜明燭萬艘，與光波輝映。管弦嘔啞嘈雜，竟十餘夕。連聲爆竹，起火通宵，登艫而望，真天宮海市，不是過矣。至十三日海神誕期，謁神者僅三更，燒猳蠟燕齎，楮帛蚖脂，絡繹廟門，填塞不能入。廟內置小桌數百，桌前置香爐燭臺，置席，置籤珓，就席拜者賃以錢。兩廡下賣籤語者、賣符者，僧、道、巫覡、黥奴、乞丐、擁雜衣冠，不可窮詰。廟前為梨園劇一棚，近廟十八鄉各奉六候，為鹵簿葳蕤，裝童男女作萬花輿之戲。自鹿步、墩頭、芳園，皆延名優，費數百金以樂神。廟前搭篷作舖店，凡省會、佛山之所有日用器物、玩好、閨閣之飾、兒童之樂，萬貨聚萃，陳列炫售，照耀人目。其鬻小鼓、小鉦、笙、竽、箎、笛者，必丁丁當當，滴滴坎坎，刺刺聒耳。糊帋作雞，塗以金翠，或為表鸞彩鳳，大小不一，謂之波羅雞。凡謁神者、遊劇者，必買符及雞以歸，饋遺鄰里，謂雞比符尤靈，可以辟鳥及蟲螘，作護花鈴云。祀神畢，登浴日亭。」[22]看來廟會成為物資交流大會、演戲、雜耍等各種遊樂表演。咸豐七年（1857）以前，扶胥鎮的經濟也許出現大變化，前來的可能多為香客、廟會人士，故地方可能因此而易名為「廟頭鄉」。

廟頭村張氏墓群中有一塊未公開的碑——〈(咸豐七年重修）明授天文科博士四世祖考裔枝張公墓誌銘〉，碑文寫著：「公諱裔枝，字秉節，號勁齋，迺朝日公之長子也，世居鹿步司廟頭鄉。生於元順帝戊辰年（1328）七月十四日午時，終於明洪武癸酉年（1393）四月二十二日酉時。所生二子，長子以先、次子以耑奉柩葬在本山。翼坐子向午兼丙辰之原。明授天文科博士四世祖考裔枝張公墓誌銘。咸豐七年歲次丁巳仲東丙辰日主㽞洪昭等重修立石。」從四世祖張氏的出生上推其始遷祖遷入廟頭的時期，大概是在南宋末年。[23]據黃國信〈明清廣東「鎮」之考釋〉，佛山人及廣東人當時不習慣稱之為鎮，如佛山在明清地方文獻（包括方志）中使用的仍然主要是鄉、堡、墟一類稱謂。[24]故「廟頭鄉」實可能是「廟頭鎮」。廟頭鄉（廟頭鎮）最後再

---

22 （清）崔弼撰：《波羅外紀》（清嘉慶九年刻光緒八年博陵崔氏補刻本，藏於廣東省立中山圖書館特藏部）卷二〈廟境〉，頁5b-6b。

23 廣州市黃埔區南崗鎮地方志編纂委員會編：《南崗鎮志》（北京市：中華書局，2006年9月），頁65，稱廟頭村張氏從宋代遷到廟頭村定居。筆記則據廟頭村張氏〈明授天文科博士四世祖考裔枝張公墓誌銘〉而確定張氏廟頭村始遷祖是從南宋末年遷來。

24 黃國信：〈明清廣東「鎮」之考釋〉，《中山大學史學集刊》（第三輯）（廣州市：廣東人民出版社，1995年），頁365-366：「佛山人及廣東人當時卻不習慣稱之為鎮。佛山在明清地方文獻中使用的仍然主要是鄉、堡、墟一類稱謂。（清）張嗣衍主修、沈廷芳總纂：《廣州府志》，廣東省中山圖書館藏清乾隆二十四年（1759）刻本，卷四，頁14上〈城池．都鄙市廛〉佛山歸為墟，而道光《南海縣志》卷一中則稱佛山為『堡』，『佛山堡』不過是南海五斗口巡檢司所屬之一堡。生於斯、長於斯的乾隆朝進士陳炎宗著有《佛山鎮論》一文，文中稱佛山為鎮並將其與朱仙、漢口、吳城等鎮並稱，但其一開篇仍稱佛山為『堡』。故在江南之人大修《鎮志》時，佛山人自己所修的地方志便不稱為『鎮志』，而命名為《佛山忠義鄉志》，從乾隆至民國三次修志，皆用此名，（清）陳炎宗就是清高宗乾隆十八年（1753）《佛山忠義鄉志》的兩位主編者之一。」

由城鄉政府降為村基層政府，可能跟廟宇日久失修，戰爭等因素沾上關係，香客便不斷遞減。

扶胥鎮由商港變為珠江三角洲內部短途商品果品集散地或墟鎮，當果品集散地位也不保，鎮級地位最後也保不了，最後降格為村，一條農民村。一九四九年後，地方政府辛勞經營，不斷改造條件，整理港口，結合科技，把昔日港口經濟功能再次活化起來。以上是扶胥鎮經濟興衰更替的粗略變遷概況。

由於廟頭村在黃埔區曾具悠久的光輝歷史，曾經是經濟和政治要地，故以此村的方言作為廣州黃埔區的代表。

明授天文科博士四世祖考裔枝張公墓誌銘照片

第二章
黃埔方言語音特點

黃埔區方言調查起於一九八二年，因此，行政區劃、街鎮方面的處理，筆者以上世紀九十年代以前劃分處理，當時黃埔便只有三鎮，四個行政街，即是南崗鎮、大沙鎮、長洲鎮、夏港街、紅山街、黃埔街、漁珠街。[1]由於四個行政街是港口及國內駐街中央、省、市廠礦單位的居民生活區，廣州經濟技術開發區、發展區等，全是外來人員，說普通話，所以筆者便不調查該四個街的方言。[2]

第一節　南崗鎮音系特點

一　廟頭廟西音系特點

廟頭村位於廣東廣州市黃埔區南崗鎮的西面，其東面與區內的夏園村、南基村接壤；其西面是大沙鎮雙沙村，北面就是龍頭山。廟頭村南臨珠江。

廟頭村有南海神廟故名。廟頭村是古扶胥鎮的舊址，由三鄉組成，即廟東鄉、廟面鄉、華坑大莊鄉。村內有扶胥約石額，村落沿長街發展。分為扶胥西約、扶胥中約、扶胥北約。明末清初，南海神廟

1　廣州市黃埔區地方志編纂委員會編：《廣州市黃埔區志》（廣州市：廣東人民出版社出版，1999年9月），頁58。

2　廣州市黃埔區地方志編纂委員會編：《廣州市黃埔區志》（廣州市：廣東人民出版社出版，1999年9月），頁100、104、107、109。

前的水域淤積，岸線南移，原有泊位消失，海上貿易地位被廣州市新滘鎮的黃埔村所取代。扶胥鎮貿易開始衰落，轉為居民村落。

廟頭村是由廟東和廟西兩條自然村所組成。全村面積七平方公里。分成東片、中片、西片。民居成團塊分布，扶胥東、西約昔日叫官街。五板石路穿越曲江、青雲、青錢、金德、鎖鑰五個樓門，大街從村中心通過，橫街小巷從南向北或從北向南匯於大街，這和一般村落靠山面水明顯不同。廟頭村人口主要姓氏，張、岑兩姓人口居多。廟西多姓張，廟東多姓岑。張氏始祖是張九齡後裔，宋代從曲江遷來廟頭定居，繁衍後代。岑氏始祖於明代從順德桂州遷來，多聚居廟頭村東。其餘諸姓都是一九四九年前後遷徙廟頭定居的。[3]

合作人有張沃興（1925年，21傳，廟西）、岑勝基（1927年，23傳，廟東）、張金潮（1941年，22傳，廟西）、岑兆祥（1941年，27傳，廟東），本文是反映廟頭廟西張金潮語音音系。

（一）聲韻調系統

1　聲母十九個，零聲母包括在內

p 波拜冰步	p^h 批編排貧	m 毛貓米務			w 和幻溫永
				f 夫費婦揮	
t 都滴代笛	t^h 他天肚亭		l 鑼類了你		
tʃ 豬租爪戰寺	$tʃ^h$ 拆寸廁東			ʃ 蘇所舒神	
					j 人又羊吟
k 高急共巨	k^h 溪確琴企	ŋ 鵝眼牛岸			
kw 瓜國掘跪	kw^h 誇虧葵群				
				h 海下孔口	
ø 安屋亞押					

3　廣州市黃埔區南崗鎮地方志編纂委員會編：《南崗鎮志》（北京市：中華書局，2006年9月），頁64-65；廣州市黃埔區穗東街廟頭社區村志編纂委員會編：《廟頭村志》（廣州市黃埔區穗東街廟頭社區村志編纂委員會，2015年11月），頁58-60。

2　韻母

韻母表（韻母四十三個，包括二個鼻韻韻母）

單元音	複元音		鼻尾韻		塞尾韻	
a　他媽價化	ai　大界柴快	au　考交跑淆	am　南三杉艦	aŋ　坑橫棚山	ap　答插鴨集	ak　拆客革辣
(ɐ)	ɐi　例低肺駛	ɐu　勾口秀舅	ɐm　暗撼妗心	ɐŋ　能更神信	ɐp　合急汁濕	ɐk　得麥失律
ɛ　蔗蛇夜且				ɛŋ　餅鏡鄭頸		ɛk　尺屐踢吃錫（鐵礦）
(e)	ei　你機起非			eŋ　升亭兄聲		ek　力益極錫（人名）
i　師自二賜		iu　表少料叫	im　簾尖點兼	iŋ　便然眠千	ip　接葉貼協	ik　別舌節結
ɔ　羅破過阻(朵)				ɔŋ　缸皇妄項		ɔk　莫樂駁學
(o)		ou　都數帽曹		oŋ　東公捧種		ok　木幅六捉
u　胡孤付富	ui　妹背再最			uŋ　半門看漢		uk　沒活喝割
œ　靴朵茄糯				œŋ　亮丈想窗		œk　腳弱桌琢
(ɵ)						
y　儲鼠駐羽				yŋ　端川淵存		yk　脫悅決月
鼻韻　m̩　唔　ŋ̍ 五午吳誤						

3 聲調

<table>
<tr><th colspan="2">調類</th><th>調值</th><th>例字</th></tr>
<tr><td colspan="2">陰平</td><td>55</td><td>江丁初三</td></tr>
<tr><td colspan="2">陽平</td><td>21</td><td>鵝人窮平</td></tr>
<tr><td colspan="2">陰上</td><td>35</td><td>展短醜手</td></tr>
<tr><td colspan="2">陽上</td><td>13</td><td>五有柱舅坐（口語）</td></tr>
<tr><td colspan="2">陰去</td><td>33</td><td>正抗怕帳</td></tr>
<tr><td colspan="2">陽去</td><td>22</td><td>怒雁共自坐</td></tr>
<tr><td>上</td><td rowspan="2">陰入</td><td>5</td><td>急福七即</td></tr>
<tr><td>下</td><td>3</td><td>甲各割桌</td></tr>
<tr><td colspan="2">陽入</td><td>2</td><td>入落食俗</td></tr>
</table>

（二）語音特點

廟頭話跟廣州老城[4]的廣州話（下文稱老廣州話）同屬粵海片語音體系，相同中也有差異之處。廟頭話跟中古音、老廣州話比較，有以下的特點。

1 聲母方面

（1）nl不分

從音系看，古泥（娘）母字，廣州話讀n，古來母字讀l。n、l區

4 李新魁等：《廣州方言研究》（廣州市：廣東人民出版社，1995年5月），頁67-68：老派廣州話可再分成兩支：一支是「城裡話」，「城裡」指舊城牆以內（西至西門口，東至大東門，南至珠江邊，北至小北、盤福路一線）；另一支是「西關話」，「西關」指舊西城牆（今人民路）以西的城市居民聚居區，以上九、下九路和第十甫路為中心。

分，主要集中在老廣州舊城以內（西至西門口，東至大東門，南至珠江邊，北至小北、盤福路一線）；n、l不能區分且互混，除了出現在舊西城牆（今人民路）以西的上九、下九路和第十甫路為中心的西關一帶外，其他各區大部分已互混不分，包括香港在內。廟頭村老中青村民一致n、l不分，將n讀成l。

	難（泥）		蘭（來）		年（泥）		連（來）
城裡	nan^{21}	≠	lan^{21}	城裡	nin^{21}	≠	lin^{21}
西關	lan^{21}	=	lan^{21}	西關	lin^{21}	=	lin^{21}
香港	lan^{21}	=	lan^{21}	香港	lin^{21}	=	lin^{21}
廟西	$laŋ^{21}$	=	$laŋ^{21}$	廟西	$liŋ^{21}$（≠$leŋ^{21}$）	=	$liŋ^{21}$（≠$leŋ^{21}$）

（2）古影母字

ŋ聲母（舌根濁鼻音聲母）和ø聲母（零聲母）在廣州話是有區別的。粵語的ø聲母字大多來自中古的影母字，ŋ聲母字大多來自中古的疑母字。影母是清音，疑母是濁音，但廣州有部份人習慣把零聲母字（即古影母的字）與古疑母字ŋ相混，廟西話並沒有這種現象。

	丫（影）		安（影）
廣州	$ŋa^{55}$ / a^{55}	廣州	$ŋɔn^{55}$ / $ɔn^{55}$
廟西	a^{55}	廟西	$ɔn^{55}$

（3）古疑母字

廣州、廟西和香港的青少年，愛把ŋ聲母的字（主要來自中古疑紐陽調類的字）讀作零聲母，而廣州大部人把源自中古疑紐陽調類的字依然保留讀作ŋ，而廟西老年人方可以完全區分古疑母字與古影母字的讀音，年輕一代則不能區別起來。

	眼（疑）		牙（疑）
廣州	ηan^{13}	廣州	ηa^{21}
香港（青年）	an^{13}	香港（青年）	a^{21}
廟西（老人）	$\eta a\eta^{13}$	廟西（老人）	ηa^{21}
廟西（青年）	$a\eta^{13}$	廟西（青年）	a^{21}

（4）kw、k不分，kw^h、k^h不分

脣化音聲母kw、kw^h與ɔ系韻母相拼，廟西話便消失圓脣w，讀成kk^h，因此「過個」不分，「戈哥」不分。但少部分受訪者讀音與老廣州白話無異，是其方言受到影響。

	過果合一		戈果合一
廣州	$kwɔ^{33}$	廣州	$kwɔ^{55}$
廟西	$kɔ^{33}$	廟西	$kɔ^{55}$

2 韻母方面

（1）無n、t韻尾

廣州老市區山臻兩攝的字有一套鼻音韻尾–n（an、ɐn、in、ɔn、un、ɵn、yn）和塞音韻尾-t（at、ɐt、it、ɔt、ut、ɵt、yt），廟西話全套-n、-t韻尾念作-ŋ、-k。這種特點是與老廣州白話最大區別之一。

	難山開一	晚山合三		辣山開一	發山合三
廣州	nan^{22}	man^{13}	廣州	lat^{2}	fat^{3}
廟西	$la\eta^{22}$	$ma\eta^{13}$	廟西	lak^{2}	fak^{3}

	神臻開三	昏臻合三		失臻開三	物臻合三
廣州	ʃɐn^{21}	fɐn^{35}	廣州	ʃɐt^{5}	mɐt^{2}
廟西	ʃɐŋ^{21}	fɐŋ^{35}	廟西	ʃɐk^{5}	mɐk^{2}

	辨山開三	見山開四		別山開三	節山開四
廣州	pin^{22}	kin^{21}	廣州	pit^{2}	tʃit^{3}
廟西	piŋ^{22}	kiŋ^{21}	廟西	pik^{3}	tʃik^{3}

	看山開一	安山開一		喝山開一	割山開一
廣州	hɔn^{33}	ŋɔn^{55}/ɔn^{55}	廣州	hɔt^{3}	kɔt^{3}
廟西	huŋ^{33}	uŋ^{55}	廟西	huk^{3}	kuk^{3}

	半山合一	門臻合一		括山合一	沒臻合一
廣州	pun^{33}	mun^{21}	廣州	k^{h}ut^{2}	wut^{2}
廟西	puŋ^{33}	muŋ^{21}	廟西	k^{h}uk^{2}	wuk^{2}

	信臻開三	筍臻合三		蟀臻合三	出臻合三
廣州	ʃɵn^{33}	ʃɵn^{35}	廣州	ʃɵt^{5}	tʃ^{h}ɵt^{5}
廟西	ʃɐŋ^{33}	ʃɐŋ^{35}	廟西	ʃɐk^{5}	tʃ^{h}ɐk^{5}/tʃ^{h}yk^{5}

	端山合一	專山合三		月山合三	缺山合四
廣州	tyn^{55}	tʃyn^{55}	廣州	jyt^{3}	k^{h}yt^{3}
廟西	tyŋ^{55}	tʃyŋ^{55}	廟西	jyk^{3}	k^{h}yk^{3}

（2）無ɵy韻母

古遇攝合口三等、蟹攝合口一等、蟹攝合口三等字，止攝合口三等，廣州是讀作ɵy，廟西白話大部分讀作ui；少部分保留ɵy讀音，如女、呂、徐、居、舉、去。

	舉遇合三	對蟹合一	呂遇合三	翠止合三
廣州	kɵy^{35}	tɵy^{33}	lɵy^{22}	tʃ^{h}ɵy^{33}
廟西	kui^{35}	tui^{33}	lui^{22}	tʃ^{h}ui^{33}

（3）古攝蟹開一、蟹攝蟹合一皆讀作ɔi，今廟西讀作ui

	開蟹開一溪	蓋蟹開一定	海蟹開一曉	外蟹合一疑
廣州	hɔi^{55}	kɔi^{33}	hɔi^{35}	ŋɔi^{22}
廟西	hui^{35}	kui^{33}	hui^{35}	ŋui^{22}

受訪者張金潮（老人），少外出，所以ɔi韻母字一律讀作ui；但老書記張沃興（老人），卻有個把字讀成ɔi，是其經常外出老廣州地區，接觸老廣州白話有關。這種現象，廟頭村的年輕人更像老廣州白話，廟頭白話事實是一種瀕臨消亡的白話，原因是方言的接觸。

（4）部分ɔ、ɛ韻母字讀作œ

	茄果開三群	螺果合一來	糯果合一泥
廣州	k^{h}ɛ^{35}	lɔ^{21}	nɔ^{22}
廟西	k^{h}œ^{35}/k^{h}œ^{55}	lœ^{35}/lœ^{55}	lœ^{22}

黃埔區絕大部分當地人把茄讀作k^{h}œ^{35}或k^{h}œ^{55}。

（5）eŋ、ɛŋ

星梗開四心

廣州　ʃeŋ^{55}

廟西　ʃeŋ^{55}（文）　ʃɛŋ^{55}（白）

廣州話「星」字只讀作ʃeŋ^{55}，整個黃埔區（包括廟西話），甚至天河區地方都是有兩個讀音，即ʃeŋ^{55}、ʃɛŋ^{55}。星讀作ʃɛŋ^{55}，是特指夜空中的星星，說「好多星」，這個「星」字一定讀成ʃɛŋ^{55}。明星、星座、星空、星際的星字皆讀作ʃeŋ^{55}。這種方音，珠海市、中山市水上話和沙田話都是有ʃɛŋ^{55}這個讀音。這是一種文白異讀，老廣州、香港白話是沒有這種文白異讀。

（6）ek、ɛk

錫梗開四心

廣州　ʃɛk^{3}（香港：ʃɛk^{2}）

廟西　ʃek^{5}（文：名字）　ʃɛk^{2}（白：金屬）

廣州話「錫」字只讀作ʃɛk^{3}，整個黃埔區（包括廟西話）、天河區都有兩個讀音，即ʃek^{5}、ʃɛk^{2}。金銀銅鐵錫的「錫」讀ʃɛk^{2}，人名中的「錫」則讀作ʃek^{5}。這種方音，珠海市、中山市水上話和沙田話都是有ʃek^{5}這個讀音。這是文白異種，是老廣州和香港白話所沒有的特點。

（7）iŋ、ik、uŋ、uk、yŋ、yk

老廣州話的舌前不圓唇的閉元音i，發音時雙唇不很扁的，單唸是i，在ŋ、k前是e；在u、n、m、p、t前仍是i，舌位並沒有改變。但是廟西除了有一套iu、im、ip、eŋ、ek，還有一套是老廣州話沒有的iŋ、ik。廟西話的i在ŋ、k前還是i，元音音位沒有引起調整變動，這個iŋ、ik是一個短元音。也就是說，廟西方言i在ŋ、k前有對立，分出兩個音位，即分出了i和e。eŋ、ek的e在ŋ、k裡是長元音；iŋ、ik的i在ŋ、k裡是短元音。

廟西	「先」ʃiŋ^{55}	≠	「聲」ʃeŋ^{55}
	「堅」kiŋ^{55}	≠	「經」keŋ^{55}
	「滅」mik^{2}	≠	「覓」mek^{2}
	「秩」tik^{2}	≠	「滴」tek^{2}

u是舌後圓唇的閉元音，廟西發音與廣州話同。廣州話u單唸時是u；在i、n、t前，舌位不變，在ŋ、k前是o。但是廟西除了有一套u、oŋ、ok外，還有一套是老廣州話沒有的uŋ、uk。廟西話的u在ŋ、k前還是u，元音音位沒有引起調整變動，這個uŋ、uk是一個短元音。也就是說，廟西方言u在ŋ、k前有對立，分出兩個音位，即分出了u和o。oŋ、ok的o在ŋ、k裡是長元音；uŋ、uk的u在ŋ、k裡是短元音。

廟西	「盤」p^{h}uŋ^{21}	≠	「蓬」p^{h}oŋ^{21}
	「樽」tʃuŋ^{55}	≠	「鍾」tʃoŋ^{55}
	「沒」muk^{2}	≠	「木」mok^{2}
	「術」ʃuk^{2}	≠	「屬」ʃok^{2}

y是舌前圓唇的閉元音。廣州話y單唸是y，在n、t前，舌位不變。廟西是沒有韻尾–n-t。y在yŋ、yk裡是短元音，元音音位沒有引起調整變動。

因此之故，廟西話韻母系統構成的音素可從三方面來看。

第一，元音共有十一個，它們分別是：

a、ɐ、e、o、ɔ、ɛ、œ、ɵ、i、u、y

第二，韻尾輔音只有四個，就是m、ŋ、p、k。

第三，韻尾元音跟老廣州話一樣是有四個，分別是i、u、y、ø（包括開尾）。

3　聲調方面

聲調方面，廟頭白話與老廣州白話沒有差異，顯示了較大的一致性。其一致性特點是全濁聲母上聲字讀為陽上；聲調共九個；入聲有三個，分別是上陰入、下陰入、陽入。陰入按元音長短分成兩個，下陰入字的主要元音是長元音。這是粵方言粵海片的特點。

二　夏園音系特點

夏園村開村於宋代。夏園村以徐姓人口居多，也是開村最早。據《夏園徐氏族譜》載，祖居南雄珠璣巷，後遷居東莞，五世徐石彪（松石）通直部，從宋朝紹定五年（1279）遷居番禺望頭市定居。到明正統九年（1445年，十二世徐瑞超之子孫正式成為開村祖，至今已五百五十餘年。本村由夏園、墩頭、墩尾、東平坊、東灣、塘邊、石正坊、石門市八個自然村和二個墟市組成。全村總面積為七點四五平方公里，有一九五九戶，六四一二人（1990年統計）。夏園自然村是最大的自然村。[5]

合作人有徐培芬（1928年，28傳，夏園自然村）、徐國權（1929

5　廣州市黃埔區南崗鎮地方志編纂委員會編：《南崗鎮志》（北京市：中華書局，2006年9月），頁90-92；廣州市黃埔區夏園村委會編纂；徐永才主編：《夏園村志》（廣州市：黃埔區夏園村委會編纂，2002年），頁11。

年，28傳，夏園自然村）、徐永才[6]（1938年，28傳，夏園自然村）、徐繼順（1941年，28傳，夏園自然村），徐國權口音完全靠攏廣州話，本文選取徐永才口音作為代表，音系是反映夏園自然村的音系。

（一）聲韻調系統

1 聲母十九個，零聲母包括在內

p 波步品閉	p^h 普排鄙拼	m 磨無文麥			
				f 婚科非煩	
t 多敵代狄	t^h 他挑銅題		l 拉呂靈那		
tʃ 姐炸支追	$tʃ^h$ 秋闖綽陳			ʃ 四色試甚	
					j 姚於仍義
k 甘幾件均	k^h 頃級茄規	ŋ 臥捱銀外			
					w 黃環溫永
				h 可坑許咸	
ø 阿安壓晏					

6 徐永才主編：《夏園村志》之外，也主編：《俗話黃埔》（香港：國際炎黃文化出版社，2003年）。

2　韻母

韻母表（韻母四十三個，包括二個鼻韻韻母）

單母音	複母音		鼻尾韻		塞尾韻	
a　把沙也蛙	ai　太派街快	au　胞找狡貓	am　眈三衫站	aŋ　膨冷橙坦	ap　踏臘夾鴨	ak　或伯額發
(ɐ)	ɐi　世米軌揮	ɐu　剖口劉幼	ɐm　甘針今音	ɐŋ　朋杏棍鱗	ɐp　合粒十吸	ɐk　墨特七恤
ɛ　借寫蛇耶				ɛŋ　鄭餅鏡病		ɛk　隻尺笛錫（鐵礦）
(e)	ei　皮李希妃			eŋ　冰明定永		ek　力昔的錫（人名）
i　是次絲已		iu　表少要了	im　漸劍尖嫌	iŋ　面件年先	ip　接怯貼協	ik　別舌歇切
ɔ　多果禾助				ɔŋ　忙荒網港		ɔk　莫覺國獲
(o)		ou　補土刀好		oŋ　董公終容		ok　獨督竹局
u　故戶扶附	ui　杯枚再女			uŋ　碗門漢安		uk　括沒割渴
œ　靴茄朵				œŋ　涼將央窗		œk　雀若約琢
y　書與主輸				yŋ　段川犬存		yk　奪說越血
鼻韻　m̩　唔　ŋ　蜈梧誤悟						

3　聲調

<table>
<tr><th colspan="2">調類</th><th>調值</th><th>例字</th></tr>
<tr><td colspan="2">陰平</td><td>55</td><td>剛知剛開</td></tr>
<tr><td colspan="2">陰上</td><td>35</td><td>古口手楚</td></tr>
<tr><td colspan="2">陰去</td><td>33</td><td>蓋帳至抗</td></tr>
<tr><td colspan="2">陽平</td><td>21</td><td>娘夷扶時</td></tr>
<tr><td colspan="2">陽上</td><td>13</td><td>染有蟹瓦</td></tr>
<tr><td colspan="2">陽去</td><td>22</td><td>怒代陣健</td></tr>
<tr><td>上</td><td rowspan="2">陰入</td><td>5</td><td>惜即筆急</td></tr>
<tr><td>下</td><td>3</td><td>甲接刷割</td></tr>
<tr><td colspan="2">陽入</td><td>2</td><td>律藥俗食</td></tr>
</table>

（二）語音特點

1　聲母方面

（1）無舌尖鼻音n，古泥母、來母字今音聲母均讀作l

古泥（娘）母字廣州話基本n、l不混，夏園村話是n、l相混，結果南藍不分，諾落不分。

	女（泥）		呂（來）		諾（泥）		落（來）
廣州	nɵy^{13}	≠	lɵy^{13}	廣州	nɔk^{2}	≠	lɔk^{2}
夏園	lɵy^{33}	=	lɵy^{33}	夏園	lɔk^{2}	=	lɔk^{2}

（2）沒有兩個舌根唇音聲母kw、kw^{h}，出現kw、kw^{h}與k、k^{h}不分

	過果合一		個果開一		瓜假合二		加假開二
廣州	kwɔ^{33}	≠	kɔ^{33}	廣州	kwa^{55}	≠	ka^{55}
夏園	kɔ^{33}	=	kɔ^{33}	塔門	ka^{55}	=	ka^{55}

2　韻母方面

（1）ɵy是古遇攝合口三等、蟹攝合口一等、蟹攝合口三等字，止攝合口三等字，夏園村話比讀作ui

	呂遇合三來	最蟹合一精	稅蟹合三書	翠止合三清
廣州	lɵy^{13}	tʃɵy^{33}	ʃɵy^{33}	tʃ^{h}ɵy^{33}
夏園	lui^{13}	tʃui^{33}	ʃui^{33}	tʃ^{h}ui^{33}

（2）古攝蟹開一、蟹攝蟹合一字在廣州話皆讀作ɔi，今夏園讀作ui

	抬蟹開一定	該蟹開一見	開蟹開一溪	外蟹合一外
廣州	t^{h}ɔi^{21}	kɔi^{55}	hɔi^{55}	ŋɔi^{22}
夏園	t^{h}ui^{21}	kui^{55}	hui^{55}	ŋui^{22}

（3）少數ɛ韻母字讀作œ

	茄果開三群	朵	
廣州	k^{h}ɛ^{35}	tɔ^{35}	/ tœ^{35}
夏園	k^{h}œ^{35} / k^{h}œ^{55}	tœ^{35}	

（4）廣州老四區山臻兩攝有一套鼻音韻尾-n（an、ɐn、in、ɔn、un、ɵn、yn）和塞音韻尾-t（at、ɐt、it、ɔt、ut、ɵt、yt），夏園話全套-n、-t韻尾讀作-ŋ、-k

	坦山開一透	反山合三非	達山開一定	髮山合三非
廣州	t^{h}an^{35}	fan^{35}	tat^{3}	fat^{3}
夏園	t^{h}aŋ^{35}	faŋ^{35}	tak^{3}	fak^{3}

	頻臻開三並	允臻合三以	失臻開三幫	勿臻合三微
廣州	p^{h}ɐn^{21}	wɐn^{13}	ʃɐt^{5}	wɐt^{2}
夏園	p^{h}ɐŋ^{21}	wɐŋ^{13}	ʃɐk^{5}	wɐk^{2}

	辯山開三並	天山開四透	列山開三來	結山開四見
廣州	pin^{22}	t^{h}in^{55}	lit^{2}	kit^{2}
夏園	piŋ^{22}	t^{h}iŋ^{55}	lik^{2}	kik^{2}

	看山開一溪	按山開一影	喝山開一曉	葛山開一見
廣州	hɔn^{33}	ɔn^{33}	hɔt^{3}	kɔt^{3}
夏園	huŋ^{33}	uŋ^{33}	huk^{3}	kuk^{3}

	伴山合一並	門臻合一明	沫山合一明	沒臻合一明
廣州	pun^{22}	mun^{21}	mut^{2}	mut^{2}
夏園	puŋ^{22}	muŋ^{21}	muk^{2}	muk^{2}

	訊臻開三心	循臻合三邪	恤臻合三心	術臻合三船
廣州	ʃɵn^{33}	tʃ^{h}ɵn^{21}	ʃɵt^{5}	ʃɵt^{2}
夏園	ʃɐŋ^{33}	tʃ^{h}ɐŋ^{21}	ʃɐk^{5}	ʃɐk^{2}

	段山合一定	遠山合三云	越山合三云	訣山合四見
廣州	tyn^{22}	jyn^{13}	jyt^{2}	$k^{h}yt^{3}$
夏園	$ty\eta^{22}$	$jy\eta^{13}$	jyk^{2}	$k^{h}yk^{3}$

3　聲調方面

聲調方面，夏園話與老廣州白話沒有差異，顯示了較大的一致性。其一致性特點是全濁聲母上聲字讀為陽上；聲調共九個；入聲有三個，分別是上陰入、下陰入、陽入。陰入按元音長短分成兩個，下陰入字的主要元音是長元音。這是粵方言粵海片的特點。

三　沙步鹿步音系特點

沙步是沙涌、鹿步兩個村的統稱。該村建於隋末唐初。沙步村位於南崗鎮的中部，沙步村由鹿步、沙涌、大塘頭、小塘基四個自然村組成，全村面積7.6平方公里。鹿步村以梁、何、唐姓人口最多。方、姚兩姓到鹿步開村最早，於隋、唐從南雄珠璣巷遷來。沙涌村以何、區兩姓人口最多。[7]

合作人有就梁汝康（1930年，20傳，鹿步）、何桂寧（1931年，19傳，鹿步）、區盤根（1937年，24傳，沙涌）。區盤根在外當幹部二十多年，口音已多變，本文以梁汝康口音作代表，此文是反映鹿步語音音系。

7　廣州市黃埔區南崗鎮地方志編纂委員會編：《南崗鎮志》（北京市：中華書局，2006年9月），頁104-105。

（一）聲韻調系統

1　聲母十九個，零聲母包括在內

p	補步怖閉	p^h	鋪琵編批	m	模務聞貌						
								f	貨闊飛俸		
t	到店代敵	t^h	討聽談填			l	來鄰歷你				
tʃ	借責種逐	$tʃ^h$	且瘡昌長					ʃ	小縮身上		
										j	已憶仍玉
k	該幾共江	k^h	卻級及劇	ŋ	昂捱蟻岸						
kw	刮龜橘掘	kw^h	誇困狂愧							w	和環污韻
								h	康坑獻霞		
ø	哀安鴨矮										

2　韻母

韻母表（韻母四十三個，包括二個鼻韻韻母）

單母音	複母音		鼻尾韻		塞尾韻	
a　把家下炸	ai　懶派奶筷	au　拋巢絞校	am　探膽衫餡	aŋ　彭撐橙簡	ap　踏塌猾發	ak　或魄窄察
(ɐ)	ɐi　世米軌費	ɐu　勾偶否柚	ɐm　感心金禁	ɐŋ　等耿頓吻	ɐp　恰緝急給	ɐk　默則術勿
ɛ　寫瀉車野				ɛŋ　頸餅病鏡		ɛk　劇赤笛糴
(e)	ei　被基氣未			eŋ　冰京另永		ek　力昔嫡擊
i　是次似醫		iu　秒少僑了	im　沾炎尖嫌	iŋ　免遣殿煙	ip　業劫疊協	ik　滅舌結歇
ɔ　拖果和助				ɔŋ　忙光防港		ɔk　托駁獲國
(o)		ou　部肚刀浩		oŋ　董送中用		ok　獨屋六局
u　古互付附	ui　回會才對			uŋ　館款看銲		uk　末活喝割
œ　靴茄螺糯				œŋ　娘相向窗		œk　雀焯藥琢
(ɵ)						
y　諸語朱雨				yŋ　斷專淵寸		yk　奪閱月缺
鼻韻　m　唔　　ŋ 五吾午誤						

3 聲調

<table>
<tr><th colspan="2">調類</th><th>調值</th><th>例字</th></tr>
<tr><td colspan="2">陰平</td><td>55</td><td>開商丁剛</td></tr>
<tr><td colspan="2">陰上</td><td>35</td><td>手比走古</td></tr>
<tr><td colspan="2">陰去</td><td>33</td><td>醉正唱怕</td></tr>
<tr><td colspan="2">陽平</td><td>21</td><td>人如平扶</td></tr>
<tr><td colspan="2">陽上</td><td>13</td><td>有暖距柱</td></tr>
<tr><td colspan="2">陽去</td><td>22</td><td>怒害自巨</td></tr>
<tr><td>上</td><td rowspan="2">陰入</td><td>5</td><td>七福筆急</td></tr>
<tr><td>下</td><td>3</td><td>答百刷割</td></tr>
<tr><td colspan="2">陽入</td><td>2</td><td>白舌服局</td></tr>
</table>

（二）語音特點

1 聲母方面

無舌尖鼻音n，古泥母、來母字今音聲母均讀作l

古泥（娘）母字廣州話基本n、l不混，沙步（行政村）鹿步村人卻是n、l相混，結果南藍不分，諾落不分。

	南（泥）		藍（來）		娘（泥）		良（來）
廣州	nam^{21}	≠	lam^{21}	廣州	nœŋ^{21}	≠	lœŋ^{21}
鹿步	lam^{42}	=	lam^{42}	鹿步	lœŋ^{42}	=	lœŋ^{42}

2 韻母方面

（1）少數ɛ韻母字讀作œ

	螺果合一來	糯果合一泥	茄果開三群
廣州	$lɔ^{21}$	$nɔ^{22}$	$k^{h}ɛ^{35}$
鹿步	$lœ^{55}$	$lœ^{22}$	$k^{h}œ^{35}$ / $k^{h}œ^{55}$

（2）古攝蟹開一、蟹攝蟹合一字在廣州話皆讀作ɔi，今鹿步讀作ui

	台蟹開一透	來蟹開一來	才蟹開一從	外蟹合一疑
廣州	$t^{h}ɔi^{21}$	$lɔi^{21}$	$tʃ^{h}ɔi^{21}$	$ŋɔi^{22}$
鹿步	$t^{h}ui^{21}$	lui^{21}	$tʃ^{h}ui^{21}$	$ŋui^{22}$

（3）ɵy是古遇攝合口三等、蟹攝合口一等、蟹攝合口三等字，止攝合口三等字，鹿步村話只餘下徐、除、居、舉、去、許、趣、句八個字保留讀ɵy，其餘則讀作ui

	慮遇合三來	對蟹合一端	稅蟹合三書	吹止合三昌
廣州	$lɵy^{22}$	$tɵy^{33}$	$ʃɵy^{33}$	$tʃ^{h}ɵy^{33}$
鹿步	lui^{22}	tui^{33}	$ʃui^{33}$	$tʃ^{h}ui^{33}$

（4）廣州老四區山臻兩攝有一套鼻音韻尾-n（an、ɐn、in、ɔn、un、ɵn、yn）和塞音韻尾-t（at、ɐt、it、ɔt、ut、ɵt、yt），鹿步話全套-n、-t韻尾讀作-ŋ、-k

	檀山開一定	飯山合三奉	押山開一影	髮山合三非
廣州	$t^{h}an^{21}$	fan^{22}	at^{3}	fat^{3}
鹿步	$t^{h}aŋ^{21}$	$faŋ^{22}$	ak^{3}	fak^{3}

	民臻開三明	溫臻合三影	漆臻開三清	倔臻合三群
廣州	$mɐn^{21}$	$wɐn^{55}$	$tʃ^{h}ɐt^{5}$	$kwɐt^{2}$
鹿步	$mɐŋ^{21}$	$wɐŋ^{55}$	$tʃ^{h}ɐk^{5}$	$kwɐk^{2}$

	辨山開三滂	片山開四滂	舌山開三船	節山開四精
廣州	pin^{22}	p^{h}in^{33}	ʃit^{3}	tʃit^{3}
鹿步	piŋ^{22}	p^{h}iŋ^{33}	ʃik^{3}	tʃik^{3}

	趕山開一見	鞍山開一影	喝山開一曉	割山開一見
廣州	kɔn^{55}	ɔn^{55}	hɔt^{3}	kɔt^{3}
鹿步	kuŋ^{55}	uŋ^{55}	huk^{3}	kuk^{3}

	盤山合一並	悶臻合一明	括山合一見	勃臻合一並
廣州	p^{h}un^{21}	mun^{22}	k^{h}ut^{3}	put^{2}
鹿步	p^{h}uŋ^{21}	muŋ^{22}	k^{h}uk^{3}	puk^{2}

	晉臻開三精	醇臻合三禪	律臻合三來	出臻合三昌
廣州	tʃɵn^{33}	ʃɵn^{21}	lɵt^{2}	tʃ^{h}ɵt^{5}
鹿步	tʃɐŋ^{33}	ʃɐŋ^{21}	lɐk^{2}	tʃ^{h}ɐk^{5}

	短山合一端	元山合三疑	雪山合三心	決山合四見
廣州	tyn^{35}	jyn^{21}	ʃyt^{3}	k^{h}yt^{3}
鹿步	tyŋ^{35}	jyŋ^{21}	ʃyk^{3}	k^{h}yk^{3}

3 聲調方面

聲調方面，鹿步話與老廣州白話沒有差異，顯示了較大的一致性。其一致性特點是全濁聲母上聲字讀為陽上；聲調共九個；入聲有三個，分別是上陰入、下陰入、陽入。陰入按元音長短分成兩個，下陰入字的主要元音是長元音。這是粵方言粵海片的特點。

四　滄聯榕樹音系特點

滄聯村是由滄頭、榕樹、沙園下、小逕、南興、嚴田和梅溪市六個村一個墟市聯合組成的。滄聯開村於宋代。全村面積七點一四平方公里。滄聯開村於宋朝。據全國第五次人口普查（2000年11月1日）統計，滄聯村有常住人口四九〇五人，其中農業人口四〇九五人。二〇〇二年八月一日，撤村建街後再也沒有農業人口。榕樹，原叫榕華鄉（村），建於宋末，該村鍾、彭姓較多。鍾姓原出於明朝年間一位窮書生，從沙村糶米巷來榕村探舅父，後來就在舅父家長居，成家立業，繁衍後代，成了鍾姓始祖。[8]

合作人有區夏嘉（1937年，滄頭）、鍾才基（1939年，榕樹，20傳），本文反映榕樹語音音系。

（一）聲韻調系統

1　聲母十九個，零聲母包括在內

p 貝薄玻邊	p^h 頗蚌鄙批	m 摩務未麥			
				f 貨苦富肥	
t 都的誕掉	t^h 他天談挺		l 來李了尼		
tʃ 寺責舟軸	$tʃ^h$ 雌楚綽澄			ʃ 私色試市	
					j 已音耳月
k 官幾局嫁	k^h 卻襟期強	ŋ 顏臥危傲			
kw 關貴季郡	kw^h 垮盔群規				w 活獲蛙詠
				h 看客喜下	
ø 奧安押鴉					

8　廣州市黃埔區南崗鎮地方志編纂委員會編：《南崗鎮志》（北京市：中華書局，2006年9月），頁143-144。

2 韻母

韻母表（韻母四十個，包括二個鼻韻韻母）

單母音	複母音		鼻尾韻		塞尾韻	
a 把加啞話	ai 太擺佳枴	au 抛炒郊校	am 參慚陷鑑	aŋ 彭猛橫難	ap 納塌鬧甲	ak 或拍格達
(ɐ)	ɐi 世低偽揮	ɐu 偷偶劉莠	ɐm 砍岑甚錦	ɐŋ 鄧耿閏昏	ɐp 恰輯急及	ɐk 黑北蟀忽
ɛ 卸些蛇耶				ɛŋ 鏡頸鄭病		ɛk 劇尺踢糴
(e)	ei 臂棄希飛			eŋ 勝命鈴兄		ek 息亦滴擊
i 椅次恥疑		iu 秒韶要挑	im 臉劍尖添	iŋ 淺延天現	ip 妾頁碟協	ik 滅舌熱結
ɔ 歌科禾阻				ɔŋ 堂荒網講		ɔk 寞角國撲
(o)		ou 鋪吐保高		oŋ 東工楓恐		ok 獨哭六束
u 呼互數輔	ui 背妹待腿			uŋ 判灌稈漢		uk 潑餑喝割
œ 靴茄螺糯				œŋ 涼相羊雙		œk 嚼焯鑰琢
(ɵ)						
y 舒余駐乳				yŋ 段絹縣村		yk 奪說月決
鼻韻 m̩ 唔 ŋ̍ 伍梧午誤						

3　聲調

<table>
<tr><th colspan="2">調類</th><th>調值</th><th>例字</th></tr>
<tr><td colspan="2">陰平</td><td>55</td><td>專剛三邊</td></tr>
<tr><td colspan="2">陰上</td><td>35</td><td>走展口手</td></tr>
<tr><td colspan="2">陰去</td><td>33</td><td>正蓋怕對</td></tr>
<tr><td colspan="2">陽平</td><td>21</td><td>麻娘寒陳</td></tr>
<tr><td colspan="2">陽上</td><td>13</td><td>染女距倍</td></tr>
<tr><td colspan="2">陽去</td><td>22</td><td>爛漏助待</td></tr>
<tr><td>上</td><td rowspan="2">陰入</td><td>5</td><td>出竹曲急</td></tr>
<tr><td>下</td><td>3</td><td>刷接百答</td></tr>
<tr><td colspan="2">陽入</td><td>2</td><td>律入服宅</td></tr>
</table>

（二）語音特點

1　聲母方面

無舌尖鼻音n，古泥母、來母字今音聲母均讀作l

古泥（娘）母字廣州話基本n、l不混，榕樹話卻是n、l相混，結果南藍不分，諾落不分。

	女（泥）		呂（來）		諾（泥）		落（來）
廣州	nɵy^{13}	≠	lɵy^{13}	廣州	nɔk^{2}	≠	lɔk^{2}
榕樹	lɵy^{33}	=	lɵy^{33}	榕樹	lɔk^{2}	=	lɔk^{2}

2　韻母方面

（1）少數ɛ韻母字讀作œ

	螺果合一來	糯果合一泥	茄果開三群
廣州	lɔ^{21}	nɔ^{22}	k^{h}ɛ^{35}
榕樹	lœ^{55}	lœ^{22}	k^{h}œ^{35} / k^{h}œ^{55}

（2）古攝蟹開一、蟹攝蟹合一字在廣州話皆讀作ɔi，今榕樹讀作ui

	待蟹開一定	來蟹開一來	採蟹開一清	外蟹合一疑
廣州	tɔi^{22}	lɔi^{21}	tʃ^{h}ɔi^{35}	ŋɔi^{22}
榕樹	tui^{22}	lui^{21}	tʃ^{h}ui^{35}	ŋui^{22}

（3）ɵy是古遇攝合口三等、蟹攝合口一等、蟹攝合口三等字，止攝合口三等字，榕樹村話只餘下女、呂、徐、除、居、舉、去、許、句九個字保留讀ɵy，其餘則讀作ui

	旅遇合三來	腿蟹合一透	歲蟹合三心	追止合三知
廣州	lɵy^{13}	t^{h}ɵy^{35}	ʃɵy^{33}	tʃɵy^{55}
榕樹	lui^{13}	t^{h}ui^{35}	ʃui^{33}	tʃui^{55}

（4）廣州老四區山臻兩攝有一套鼻音韻尾-n（an、ɐn、in、ɔn、un、ɵn、yn）和塞音韻尾-t（at、ɐt、it、ɔt、ut、ɵt、yt），榕樹村話全套-n、-t韻尾讀作-ŋ、-k

	丹山開一端	煩山合三奉	薩山開一心	猾山合三匣
廣州	tan^{55}	fan^{21}	ʃat^{3}	wat^{2}
榕樹	taŋ^{55}	faŋ^{21}	ʃak^{3}	wak^{2}

	貧臻開三並	運臻合三云	密臻開三明	佛臻合三奉
廣州	p^{h}ɐn^{21}	wɐn^{22}	mɐt^{2}	fɐt^{2}
榕樹	p^{h}ɐŋ^{21}	wɐŋ^{22}	mɐk^{2}	fɐk^{2}

	棉山開三明	現山開四匣	薛山開三心	潔山開四見
廣州	min^{21}	jin^{22}	ʃit^{3}	kit^{3}
榕樹	miŋ^{21}	jiŋ^{22}	ʃik^{3}	kik^{3}

	幹山開一見	案山開一影	喝山開一曉	割山開一見
廣州	kɔn^{33}	ɔn^{33}	hɔt^{3}	kɔt^{3}
榕樹	kuŋ^{33}	uŋ^{33}	huk^{3}	kuk^{3}

	潘山合一滂	本臻合一幫	活山合一匣	沒臻合一明
廣州	p^{h}un^{55}	pun^{35}	wut^{2}	mut^{2}
榕樹	p^{h}uŋ^{55}	puŋ^{35}	wuk^{2}	muk^{2}

	信臻開三心	準臻合三章	朮臻合三澄	出臻合三昌
廣州	ʃɵn^{33}	tʃɵn^{35}	ʃɵt^{2}	tʃ^{h}ɵt^{5}
榕樹	ʃɐŋ^{33}	tʃɐŋ^{35}	ʃɐk^{2}	tʃ^{h}ɐk^{5}

	段山合一定	拳山合三群	悅山合三以	決山合四見
廣州	tyn^{22}	k^{h}yn^{21}	jyt^{2}	k^{h}yt^{3}
榕樹	tyŋ^{22}	k^{h}yŋ^{21}	jyk^{2}	k^{h}yk^{3}

3　聲調方面

聲調方面，榕樹村話與老廣州白話沒有差異，顯示了較大的一致性。其一致性特點是全濁聲母上聲字讀為陽上；聲調共九個；入聲有三個，分別是上陰入、下陰入、陽入。陰入按元音長短分成兩個，下陰入字的主要元音是長元音。這是粵方言粵海片的特點。

五　南崗柯莊音系

南崗村於宋代時稱永寧鄉。秦氏先祖在唐代曾封永寧侯，後世卜居（卜居二字是從南崗始祖墓碑上得來的）在南崗建村，遂以為名，後改南崗。南崗村（行政村）由北街、中街、南街、南園、西約、亨園、金紫、柯莊八個自然村組成。全村面積九點六八平方公里。村內河涌交錯。南崗村的姓氏以秦姓為多。秦氏之前，南崗已有嚴、黃、李、賴、黨五個姓。嚴姓是南崗開村老祖。[9]

合作人有秦揚波（1928年，南園）、秦柏年（1932年，中街）、秦策南（1934年，21傳，柯莊）、秦志堅（1937年，亨園）、秦偉瑜（1941年，23傳，北街）。本文語音是反映柯莊語音音系。

9 廣州市黃埔區南崗鎮地方志編纂委員會編：《南崗鎮志》（北京市：中華書局，2006年9月），頁116-118；廣州市黃埔區南崗街南崗社區、《南崗村志》編纂委員會編：《南崗村志》（缺出版社，2015年），頁57-69。

（一）聲韻調系統

1　聲母十九個，零聲母包括在內

p	菠步怖壁	p^h	鋪排鄙撇	m	模美文慢						
								f	謊褲法俸		
t	度鼎代笛	t^h	他天投題			l	來利了糯				
tʃ	姐閘支軸	$tʃ^h$	且瘡冒長					ʃ	私縮捨市		
										j	姚憶肉魚
k	歌己共甲	k^h	卻揭拒勤	ŋ	餓顏危外						
kw	怪貴季櫃	kw^h	誇困狂愧							w	狐獲蛙韻
								h	考坑香峽		
ø	毆愛晏握										

2　韻母

韻母表（韻母四十三個，包括二個鼻韻韻母）

單母音	複母音		鼻尾韻		塞尾韻	
a　巴家也華	ai　太擺街懷	au　包鈔狡貓	am　參慚衫鑑	aŋ　膨冷橙彎	ap　納鑞狹甲	ak　捺軋刷刷
(ɐ)	ɐi　世米詭揮	ɐu　偷狗流猶	ɐm　感心任音	ɐŋ　轟曾信婚	ɐp　盒立拾吸	ɐk　特北秫骨
ɛ　卸車耶野				ɛŋ　鄭頸餅鏡		ɛk　劇石踢吃
(e)	ei　彼你希尾			eŋ　稱坪寧營		ek　即夕剔激
i　豉自似以		iu　苗擾轎調	im　檢嚴簽嫌	iŋ　仙然眠現	ip　涉怯疊歉	ik　裂設揭潔
ɔ　多科窩梳				ɔŋ　幫黃網降		ɔk　博覺國獲
(o)		ou　補徒島懊		oŋ　東弄蟲容		ok　木毒竹俗
u　孤狐付芋	ui　杯回外垂			uŋ　潘本韓翰		uk　撥活葛割
œ　靴茄螺糯				œŋ　娘相央窗		œk　雀腳躍啄
(ɵ)						
y　諸語駐娛				yŋ　選短犬村		yk　奪絕月缺
鼻韻　m　唔　　ŋ̍五吾午伍						

3　聲調

<table>
<tr><th colspan="2">調類</th><th>調值</th><th>例字</th></tr>
<tr><td colspan="2">陰平</td><td>55</td><td>知開三商</td></tr>
<tr><td colspan="2">陰上</td><td>35</td><td>紙口手古</td></tr>
<tr><td colspan="2">陰去</td><td>33</td><td>帳變唱怕</td></tr>
<tr><td colspan="2">陽平</td><td>21</td><td>娘如唐扶</td></tr>
<tr><td colspan="2">陽上</td><td>13</td><td>五老厚倍</td></tr>
<tr><td colspan="2">陽去</td><td>22</td><td>爛助備弟</td></tr>
<tr><td>上</td><td rowspan="2">陰入</td><td>5</td><td>一出惜曲</td></tr>
<tr><td>下</td><td>3</td><td>說各刷答</td></tr>
<tr><td colspan="2">陽入</td><td>2</td><td>入六合俗</td></tr>
</table>

（二）語音特點

1　聲母方面

無舌尖鼻音n，古泥母、來母字今音聲母均讀作l

古泥（娘）母字廣州話基本n、l不混，柯莊話卻是n、l相混，結果南藍不分，諾落不分。

	女（泥）		呂（來）		諾（泥）		落（來）
廣州	nɵy^{13}	≠	lɵy^{13}	廣州	nɔk^{2}	≠	lɔk^{2}
柯莊	lɵy^{33}	=	lɵy^{33}	柯莊	lɔk^{2}	=	lɔk^{2}

2　韻母方面

（1）少數ɛ韻母字讀作œ

	螺果合一來	糯果合一泥	茄果開三群
廣州	lɔ²¹	nɔ²²	kʰɛ³⁵
柯莊	lœ⁵⁵	lœ²²	kʰœ³⁵ / kʰœ⁵⁵

（2）古攝蟹開一、蟹攝蟹合一字在廣州話皆讀作ɔi，今柯莊讀作ui

	袋蟹開一定	埃蟹開一影	蓋蟹開一見	外蟹合一疑
廣州	tɔi²²	ɔi⁵⁵	kɔi³³	ŋɔi²²
柯莊	tui²²	ui⁵⁵	kui³³	ŋui²²

（3）ɵy是古遇攝合口三等、蟹攝合口一等、蟹攝合口三等字，止攝合口三等字，柯莊村話只餘下女、呂、徐、除、居、舉、去、許、趣、句、吹、騾、追十四個字保留讀ɵy，其餘則讀作ui

	濾遇合三來	對蟹合一端	脆蟹合三清	垂止合三禪
廣州	lɵy²²	tɵy³³	tʃʰɵy³³	ʃɵy²¹
柯莊	lui²²	tui³³	tʃʰui³³	ʃui²¹

（4）廣州老四區山臻兩攝有一套鼻音韻尾-n（an、ɐn、in、ɔn、un、ɵn、yn）和塞音韻尾-t（at、ɐt、it、ɔt、ut、ɵt、yt），柯莊村話全套-n、-t韻尾讀作-ŋ、-k

	彈山開一定	繁山合三奉	擦山開一清	發山合三非
廣州	tʰan²¹	fan²¹	tʃʰat³	fat³
柯莊	tʰaŋ²¹	faŋ²¹	tʃʰak³	fak³

	鬢臻開三幫	君臻合三見	蜜臻開三明	屈臻合三溪
廣州	pɐn³³	kwɐn⁵⁵	mɐt²	wɐt²
柯莊	pɐŋ³³	kwɐŋ⁵⁵	mɐk²	wɐk²

	免山開三明	邊山開四幫	設山開三書	秩山開四澄
廣州	min^{13}	pin^{55}	tʃ^{h}it^{3}	tit^{2}
柯莊	miŋ^{13}	piŋ^{55}	tʃ^{h}ik^{3}	tik^{2}

	看山開一見	鞍山開一影	葛山開一見	喝山開一曉
廣州	hɔn^{33}	ɔn^{55}	kɔt^{3}	hɔt^{3}
柯莊	huŋ^{33}	uŋ^{55}	kuk^{3}	huk^{3}

	官山合一見	門臻合一明	末山合一明	勃臻合一並
廣州	kun^{55}	mun^{21}	mut^{2}	put^{3}
柯莊	kuŋ^{55}	muŋ^{21}	muk^{2}	puk^{3}

	臻臻開三莊	蠢臻合三昌	蟀臻合三來	出臻合三昌
廣州	tʃɵn^{55}	tʃ^{h}ɵn^{35}	ʃɵt^{5}	tʃ^{h}ɵt^{5}
柯莊	tʃɐŋ^{55}	tʃ^{h}ɐŋ^{35}	ʃɐk^{5}	tʃ^{h}ɐk^{5}

	亂山合一來	宣山合三心	月山合三疑	缺山合四溪
廣州	lyn^{22}	ʃyn^{55}	jyt^{2}	k^{h}yt^{3}
柯莊	lyŋ^{22}	ʃyŋ^{55}	jyk^{2}	k^{h}yk^{3}

3　聲調方面

聲調方面，柯莊村話與老廣州白話沒有差異，顯示了較大的一致性。其一致性特點是全濁聲母上聲字讀為陽上；聲調共九個；入聲有三個，分別是上陰入、下陰入、陽入。陰入按元音長短分成兩個，下陰入字的主要元音是長元音。這是粵方言粵海片的特點。

六　南基南灣音系特點

南基村村名從南灣和墩頭基兩村名中各取一個字組成。南基村建於宋末元初，南灣在明末稱西灣，後又稱南灣。南基村由南灣、東基、西基、沙頭、貫街、東灣（1967年春歸入夏園）六個自然村和南安市組成。全村面積七點九八平方公里。南基村以麥姓人口最多。二〇〇〇年，該地域調整分為南灣、東基、西基三個自然村，有十個經濟合作社。據全國第五次人口普查（2000年11月1日）統計，南基村常住人口有四二〇〇人，其中南灣二四七三人、西基一一二四人、東基六〇三人。二〇〇二年八月一日撤村設街後，再也沒有農業人口了。[10]

南灣村自明代洪武廿九年柘村，至今已有六百多年的歷史，在清代雍正甲辰年間，始建麥氏宗祠。[11]合作人有麥永逸（1938年，17傳）、麥永全（1925）、麥慶秋（1937）、麥劍輝（1933年，21傳，農民詩人）[12]、麥永忠（1947）、麥樹洪（1954）。麥劍輝口音是長洲鎮深井口音。本文記錄口音以麥永逸為主。

---

10 廣州市黃埔區南崗鎮地方志編纂委員會編：《南崗鎮志》（北京市：中華書局，2006年9月），頁78-79。2006年，筆者跟麥劍輝調查時，他稱他還有田地，還要耕田過活。所謂2002年8月1日撤村設街後，再也沒有農業人口了，這是官腔而已。

11 麥劍輝：《文萃菁華——麥劍輝詩文選輯》（缺出版社資料，2006年6月），頁63。作者此書是筆者於2006年仲冬重到南灣調查時，作者把其大作送給筆者。

12 麥劍輝在：《文萃菁華——麥劍輝詩文選輯》，頁82，頁90交代自己是在黃埔長洲鎮深井村出生，讀書和長大，十餘歲方到南灣居住，所以其口音跟南灣不同，他把ei讀作i，ɵn讀作ɐn，這就是長洲鎮深井音系特點。

(一) 聲韻調系統

1　聲母十九個，零聲母包括在內

p	貝簿胖閉	p^{h}	鋪排編片	m	模務聞麥						
								f	灰褲富肥		
t	代帝杜狄	t^{h}	土聽談挺			l	路鄰歷你				
tʃ	焦責種逐	tʃ^{h}	且楚綽長					ʃ	四色身上		
										j	愉音仍語
k	古幾共局	k^{h}	卻揭拒窮	ŋ	臥顏偽岸						
kw	怪貴軍郡	kw^{h}	誇困狂規							w	回話溫詠
								h	孔坑兄效		
ø	奧安壓晏										

2　韻母

韻母表（韻母四十四個，包括二個鼻韻韻母）

單母音	複母音			鼻尾韻		塞尾韻	
a　拿嘉啞炸	ai　帶派街槐	au　胞稍搞效		am　潭慚監餡	aŋ　烹撐棚版	ap　雜塌閘匣	ak　百窄革發
(ɐ)	ɐi　世謎偽輝	ɐu　鬥後流幼		ɐm　暗岑金禁	ɐŋ　能粳順雲	ɐp　洽輯入揖	ɐk　則北術物
ɛ　瀉車謝社					ɛŋ　餅頸鏡星		ɛk　隻石踢吃
(e)					eŋ　蒸京廷永		ek　直積嫡績
i　移自辭以		iu　秒韶橋跳		im　檢劍瞻點	iŋ　煎延填堅	ip　葉怯貼協	ik　滅設轍切
ɔ　個裸禾助	ɔi　胎代來抬				ɔŋ　堂光防講		ɔk　寞駁國獲
(o)		ou　步吐到糕			oŋ　凍送豐勇		ok　木毒六局
u　股戶赴芙	ui　配匯茴彩				uŋ　盤館罕寒		uk　潑勃葛喝
œ　靴茄螺糯					œŋ　良相羊雙		œk　削芍藥琢
(ɵ)			ɵy　女去裡水				
y　書余主輸					yŋ　團船玄尊		yk　脫悅粵決
鼻韻　m̩　唔　　ŋ̍　誤五悟吳							

3　聲調

調類		調值	例字
陰平		55	丁初三剛
陰上		35	手楚走古
陰去		33	對帳唱怕
陽平		21	娘如唐時
陽上		13	老有柱距
陽去		22	用浪陣戶
上	陰入	5	一惜筆急
下	陰入	3	各刷接答
陽入		2	納律食合

（二）語音特點

1　聲母方面

無舌尖鼻音n，古泥母、來母字今音聲母均讀作l

古泥（娘）母字廣州話基本n、l不混，南灣人卻是n、l相混，結果南藍不分，諾落不分。

	南（泥）		藍（來）		娘（泥）		良（來）
廣州	nam^{21}	≠	lam^{21}	廣州	nœŋ^{21}	≠	lœŋ^{21}
南灣	lam^{21}	=	lam^{21}	南灣	lœŋ^{21}	=	lœŋ^{21}

2　韻母方面

（1）少數ɛ韻母字讀作œ

	螺果合一來	糯果合一泥	茄果開三群
廣州	$lɔ^{21}$	$nɔ^{22}$	$k^hɛ^{35}$
南灣	$lœ^{35}$ / ^{55}	$lœ^{22}$	$k^hœ^{55}$

（2）古攝蟹開一、蟹攝蟹合一字在廣州話皆讀作ɔi，今南灣只有胎、抬、代、耐、來保留讀作ɔi，餘下的都讀作ui

	袋蟹開一定	彩蟹開一清	該蟹開一見	外蟹合一疑
廣州	$tɔi^{22}$	$tʃ^hɔi^{35}$	$kɔi^{55}$	$ŋɔi^{22}$
南灣	tui^{22}	$tʃ^hui^{35}$	kui^{55}	$ŋui^{22}$

（3）ɵy是古遇攝合口三等、蟹攝合口一等、蟹攝合口三等字，止攝合口三等字，南灣村話跟廣州話一樣讀作ɵy，只有腿、退、追方讀作ui

	腿蟹合一透	退蟹合一透	追止合三知
廣州	$t^hɵy^{35}$	$t^hɵy^{33}$	$tʃɵy^{55}$
南灣	t^hui^{35}	t^hui^{33}	$tʃui^{55}$

（4）廣州老四區山臻兩攝有一套鼻音韻尾-n（an、ɐn、in、ɔn、un、ɵn、yn）和塞音韻尾-t（at、ɐt、it、ɔt、ut、ɵt、yt），南灣村話全套-n、-t韻尾讀作-ŋ、-k

	旦山開一端	頑山合三疑	察山開一初	挖山開三影
廣州	tan^{33}	wan^{21}	$tʃ^hat^{3}$	wat^{3}
南灣	$taŋ^{33}$	$waŋ^{21}$	$tʃ^hak^{3}$	wak^{3}

	檳臻開三幫	溫臻合三影	匹臻開三滂	物臻合三微
廣州	pɐn^{55}	wɐn^{55}	p^{h}ɐt^{5}	wɐt^{2}
南灣	pɐŋ^{55}	wɐŋ^{55}	p^{h}ɐk^{5}	wɐk^{2}

	辨山開三滂	眠山開四明	別山開三並	節山開四精
廣州	pin^{22}	min^{21}	pit^{2}	tʃit^{3}
南灣	piŋ^{22}	miŋ^{21}	pik^{2}	tʃik^{3}

	旱山開一匣	鞍山開一影	葛山開一見	喝山開一曉
廣州	hɔn^{35}	ɔn^{55}	kɔt^{3}	hɔt^{3}
南灣	huŋ^{35}	uŋ^{55}	kuk^{3}	huk^{3}

	滿山合一明	盆臻合一明	撥山合一幫	闊臻合一溪
廣州	mun^{13}	p^{h}un^{21}	put^{2}	fut^{2}
南灣	muŋ^{13}	p^{h}uŋ^{21}	puk^{2}	fuk^{2}

	進臻開三精	卒臻合三精
廣州	tʃɵn^{33}	tʃɵt^{5}
南灣	tʃɐŋ^{33}	tʃɐk^{5}

（5）進、敦、墩、潤讀作ɐŋ；卒則讀作ɐk，其它則讀作yŋ yk

	酸山合三心	絹山合三見	倫臻合三來	脫山合三透	決山合四見	術臻合三船
廣州	ʃyn^{55}	kyn^{33}	lɵn^{21}	t^{h}yt^{3}	k^{h}yt^{3}	ʃɵt^{2}
南灣	ʃyŋ^{55}	kyŋ^{33}	lyŋ^{21}	t^{h}yk^{3}	k^{h}yk^{3}	ʃyk^{2}

3 聲調方面

聲調方面，南灣村話與老廣州白話沒有差異，顯示了較大的一致性。其一致性特點是全濁聲母上聲字讀為陽上；聲調共九個；入聲有三個，分別是上陰入、下陰入、陽入。陰入按元音長短分成兩個，下陰入字的主要元音是長元音。這是粵方言粵海片的特點。

七 筆崗筆村荔元坊二社音系特點

筆崗是筆村和宏崗二村的統稱。筆村始建於南宋度宗元年（1265），宏崗村始建於宋朝後期。筆崗村是由筆村、宏崗、嚴田、烏石、斗元、新村、大莊七個自然村組成。全村面積十一點八九平方公里。二○○○年十一月一日全國第五次人口普查，筆崗村常住人口七千四百八十六人，其中農業人口六千二百五十人，非常住人口一千二百三十六人，流動人口五千四百三十一人。二○○二年八月一日，撤村設街後沒有農業人口。筆崗村以朱、徐人口最多。[13]

合作人朱鉅財（1927年，筆村荔元坊二社）、朱慶強（1942年，筆村荔元坊）。朱慶強口音向廣州話靠攏，本文語音反映是二社口音音系。

13 廣州市黃埔區南崗鎮地方志編纂委員會編：《南崗鎮志》（北京市：中華書局，2006年），頁128-129。

(一) 聲韻調系統

1　聲母十九個，零聲母包括在內

p	補薄怖邊	p^h	頗排鄙撇	m	模務文孟						
								f	婚褲夫肥		
t	大低洞電	t^h	他聽銅挺			l	拉李歷內				
tʃ	醉捉證逐	tʃ^h	秋闖綽長					ʃ	四色水臣		
										j	油益日元
k	甘幾局江	k^h	卻級期強	ŋ	呆顏蟻偶						
kw	怪貴橘跪	kw^h	誇坤群規							w	活獲蛙韻
								h	開坑香峽		
ø	哀安鴨握										

2　韻母

韻韻母表（韻母四十四個，包括二個鼻韻韻母）

單母音	複母音			鼻尾韻		塞尾韻	
a 把查蝦話	ai 孩戒街拉	au 拋抓搞校		am 譚慚杉巖	aŋ 膨坑橙山	ap 踏蠟狹峽	ak 或拍格猾
(ɐ)	ɐi 世謎偽輝	ɐu 投後謀幼		ɐm 敢針嬸音	ɐŋ 朋箏循群	ɐp 合立急及	ɐk 墨特律日
ɛ 些謝車社					ɛŋ 餅病頸鄭		ɛk 炙尺踢糴
(e)	ei 皮棄希非				eŋ 升荊另榮		ek 匿碧壁寂
i 儀姊辭醫		iu 秒燒要跳		im 臉劍黏甜	iŋ 錢膳顛顯	ip 接頁貼歉	ik 別舌歇截
ɔ 左裸火梳					ɔŋ 堂汪網降		ɔk 作樂獲國
(o)		ou 布屠討浩			oŋ 董公終恭		ok 瀑毒竹局
u 苦護赴附	ui 妹杯媒菜				uŋ 搬冠漢汗		uk 括豁割渴
œ 靴茄糯螺					œŋ 糧象洋雙		œk 削卻躍梟
(ɵ)			ɵy 居趣隊吹				
y 恕與株雨					yŋ 亂川淵嫩		yk 脫絕越訣
鼻韻　m̩ 唔　ŋ̍ 伍吳午誤							

3　聲調

<table>
<tr><th colspan="2">調類</th><th>調值</th><th>例字</th></tr>
<tr><td colspan="2">陰平</td><td>55</td><td>邊初商剛</td></tr>
<tr><td colspan="2">陰上</td><td>35</td><td>楚走古紙</td></tr>
<tr><td colspan="2">陰去</td><td>33</td><td>正變唱怕</td></tr>
<tr><td colspan="2">陽平</td><td>21</td><td>龍如平扶</td></tr>
<tr><td colspan="2">陽上</td><td>13</td><td>有老瓦距</td></tr>
<tr><td colspan="2">陽去</td><td>22</td><td>用浪大共</td></tr>
<tr><td>上</td><td rowspan="2">陰入</td><td>5</td><td>惜一急曲</td></tr>
<tr><td>下</td><td>3</td><td>刷割甲接</td></tr>
<tr><td colspan="2">陽入</td><td>2</td><td>律落俗服</td></tr>
</table>

（二）語音特點

1　聲母方面

無舌尖鼻音n，古泥母、來母字今音聲母均讀作l

古泥（娘）母字廣州話基本n、l不混，二社話卻是n、l相混，結果南藍不分，諾落不分。

	女（泥）		呂（來）		諾（泥）		落（來）
廣州	$nøy^{13}$	≠	$løy^{13}$	廣州	$nɔk^{2}$	≠	$lɔk^{2}$
二社	$løy^{13}$	=	$løy^{13}$	二社	$lɔk^{2}$	=	$lɔk^{2}$

2　韻母方面

（1）少數ɛ韻母字讀作œ

	螺果合一來	糯果合一泥	茄果開三群	
廣州	$lɔ^{21}$	$nɔ^{22}$	$k^hɛ^{35}$	
二社	$lœ^{55}$	$lœ^{22}$	$k^hœ^{55}$	

（2）古攝蟹開一、蟹攝蟹合一字在廣州話皆讀作ɔi，今二社都讀作ui

	來蟹開一來	該蟹開一見	愛蟹開一影	內蟹合一泥
廣州	$lɔi^{22}$	$kɔi^{55}$	$ɔi^{33}$	$nɔi^{22}$
南灣	lui^{22}	kui^{55}	ui^{33}	lui^{22}

（3）ɵy是古遇攝合口三等、蟹攝合口一等、蟹攝合口三等字，止攝合口三等字，二社話跟廣州話一樣讀作ɵy，只有菜、對、句、罪、稅、水讀作ui

	對蟹合一端	罪蟹合一從	稅蟹合三書	句蟹合三具
廣州	$tɵy^{33}$	$tʃɵy^{22}$	$ʃɵy^{33}$	$kɵy^{33}$
二社	tui^{33}	$tʃui^{22}$	$ʃui^{33}$	kui^{33}

（4）廣州老四區山臻兩攝有一套鼻音韻尾-n（an、ɐn、in、ɔn、un、ɵn、yn）和塞音韻尾-t（at、ɐt、it、ɔt、ut、ɵt、yt），二社話全套-n、-t韻尾讀作-ŋ、-k

	餐山開一清	繁山合三奉	紮山開一莊	髮山合三非
廣州	$tʃ^han^{55}$	fan^{21}	$tʃat^{3}$	fat^{3}
二社	$tʃ^haŋ^{55}$	$faŋ^{21}$	$tʃak^{3}$	fak^{3}

	跟臻開三並	雲臻合三以	膝臻開三心	核臻合三匣
廣州	kɐn^{55}	wɐn^{21}	ʃɐt^{5}	wɐt^{2}
二社	kɐŋ^{55}	wɐŋ^{21}	ʃɐk^{5}	wɐk^{2}

	綿山開三明	田山開四定	熱山開三日	截山開四從
廣州	min^{21}	tʰin^{21}	jit^{2}	tʃit^{2}
二社	miŋ^{21}	tʰiŋ^{21}	jik^{2}	tʃik^{2}

	罕山開一曉	安山開一影	喝山開一曉	葛山開一見
廣州	hɔn^{35}	ɔn^{55}	hɔt^{3}	kɔt^{3}
二社	huŋ^{35}	uŋ^{55}	huk^{3}	kuk^{3}

	瞞山合一明	本臻合一幫	末山合一明	勃臻合一並
廣州	mun^{21}	pun^{35}	mut^{2}	put^{2}
二社	muŋ^{21}	puŋ^{35}	muk^{2}	puk^{2}

	盾臻開三定	筍臻合三心	栗臻合三來	蟀臻合三生
廣州	tʰɵn^{13}	ʃɵn^{35}	lɵt^{2}	ʃɵt^{5}
二社	tʰɐŋ^{13}	ʃɐŋ^{35}	lɐk^{2}	ʃɐk^{5}

	端山合一端	傳山合三澄	說山合三書	決山合四見
廣州	tyn^{55}	tʃʰyn^{21}	ʃyt^{3}	kʰyt^{3}
二社	tyŋ^{55}	tʃʰyŋ^{21}	ʃyk^{3}	kʰyk^{3}

3 聲調方面

聲調方面，二社話與老廣州白話沒有差異，顯示了較大的一致性。其一致性特點是全濁聲母上聲字讀為陽上；聲調共九個；入聲有三個，分別是上陰入、下陰入、陽入。陰入按元音長短分成兩個，下陰入字的主要元音是長元音。這是粵方言粵海片的特點。

八 南灣西基水上話音系特點

南基村村名從南灣和墩頭基兩村名中各取一個字組成。南基村建於宋末元初，南灣在明末稱西灣，後又稱南灣。南基村由南灣、東基、西基、沙頭、貫街、東灣（1967年春歸入夏園）六個自然村和南安市組成。全村面積七點九八平方公里。二〇〇〇年，該地域調整分為南灣、東基、西基三個自然村，有十個經濟合作社。南基村地處於珠江河畔，東江支流從墩頭基中間流過，把墩頭基分為東基和西基。村內河涌縱橫交錯，水陸交通十分方便。南基村以麥姓人口為最多。南灣明末稱西灣，開村時有劉、彭、盧等姓，宋末麥氏從番禺縣黃閣遷來定居。明末清初，來自東莞、增城、番禺等地的漁民在此打魚，以此為落腳點，後群聚漸多，形成村莊，以漁民為主，故稱墩頭基村，姓氏較多。[14]

合作人有霍成（1942）、霍木好（1951）、石永慶（1936），今以霍成口音作為西基水上話代表。

---

14 廣州市黃埔區南崗鎮地方志編纂委員會編：《南崗鎮志》（北京市：中華書局，2006年），頁78-79。

（一）聲韻調系統

1　聲母十九個，零聲母包括在內

p	波步玻邊	p^h	普排編批	m	魔無末慢						
								f	婚課府肥		
t	大低杜掉	t^h	討聽銅題			l	路利靈糯				
tʃ	借責舟豬	$tʃ^h$	次楚尺陳					ʃ	些師捨甚		
										j	已憶仍月
k	該幾共江	k^h	企級期窮	ŋ	臥顏偽礙						
kw	怪貴橘跪	kw^h	誇坤群愧							w	活獲蛙詠
								h	看坑靴咸		
ø	奧藹押坳										

2 韻母

韻母表（韻母五十二個，包括二個鼻韻韻母）

單母音	複母音			鼻尾韻			塞尾韻		
a 馬加蝦灑	ai 懶派街快	au 跑找交矛		am 男藍衫鑑		aŋ 彭冷橙帆	ap 納塌夾鴨		ak 拍額隔壓
(ɐ)	ɐi 勢堤軌輝	ɐu 投口劉猶		ɐm 堪尋枕音		ɐŋ 朋杏信品	ɐp 恰輯急揖		ɐk 黑得律乏
ɛ 瀉且車野						ɛŋ 餅頸病鄭			ɛk 隻赤笛吃
(e)	ei 皮李氣尾					eŋ 凝京另泳			ek 直逆剔析
i 兒自絲以		iu 苗擾要聊		im 染厭尖兼	in 面謄田先		ip 接頁帖協	it 別舌歇結	
ɔ 歌臥禍梳	ɔi 來在海內					ɔŋ 堂皇望兩			ɔk 博學獲腳
(o)		ou 普土島號				oŋ 懵送中恐			ok 族毒竹局
u 股護赴附	ui 培枚回匯				un 半館碗門			ut 潑括豁勃	
œ 靴茄螺糯									
(ɵ)			ɵy 徐句對追						
y 舒余註羽					yn 團川縣存			yt 悅閱越穴	
鼻韻 m̩ 唔 ŋ̍ 悟吳伍誤									

3　聲調

<table>
<tr><th colspan="2">調類</th><th>調值</th><th>例字</th></tr>
<tr><td colspan="2">陰平</td><td>55</td><td>專丁初商</td></tr>
<tr><td colspan="2">陰上</td><td>35</td><td>走口手楚</td></tr>
<tr><td colspan="2">陰去</td><td>33</td><td>醉抗唱怕</td></tr>
<tr><td colspan="2">陽平</td><td>21</td><td>人龍詳扶</td></tr>
<tr><td colspan="2">陽上</td><td>13</td><td>老有蟹倍</td></tr>
<tr><td colspan="2">陽去</td><td>22</td><td>怒弄助待</td></tr>
<tr><td>上</td><td rowspan="2">陰入</td><td>5</td><td>出惜曲急</td></tr>
<tr><td>下</td><td>3</td><td>各割甲接</td></tr>
<tr><td colspan="2">陽入</td><td>2</td><td>六藥俗服</td></tr>
</table>

（二）語音特點

1　聲母方面

無舌尖鼻音n，古泥母、來母字今音聲母均讀作l

古泥（娘）母字廣州話基本n、l不混，西基話卻是n、l相混，結果南藍不分，諾落不分。

	女（泥）		呂（來）		諾（泥）		落（來）
廣州	nɵy^{13}	≠	lɵy^{13}	廣州	nɔk^{2}	≠	lɔk^{2}
西基	lɵy^{13}	=	lɵy^{13}	西基	lɔk^{2}	=	lɔk^{2}

2　韻母方面

（1）少數ɛ韻母字讀作œ

	螺果合一來	糯果合一泥	茄果開三群
廣州	$lɔ^{21}$	$nɔ^{22}$	$k^hɛ^{35}$
西基	$lœ^{55}$	$lœ^{22}$	$k^hœ^{55}$

（2）古咸攝開口三等、咸攝合口三等、山攝開口一等、山攝開口四等、山攝合口一等、山攝合口二等、山攝合口三等字在廣州話韻母讀an，西基水上話讀作aŋ；古咸攝開口二等、咸攝開口三等、山攝開口一等、山攝合口二等、山攝合口三等字在廣州話韻母讀at：西基話讀作ak

	帆咸合三奉	壇山開一定	慣山合二見	反山合三非
廣州	fan^{21}	t^han^{21}	$kwan^{33}$	fan^{35}
西基	$faŋ^{21}$	$t^haŋ^{21}$	$kwaŋ^{33}$	$faŋ^{35}$

	押咸開二影	達山開一定	滑山合二匣	髮山合三非
廣州	at^3	tat^2	wat^2	fat^3
西基	ak^3	tak^2	wak^2	fak^3

（3）古山攝合口一等、臻攝開口三等、臻攝合口一等、臻攝合口三等字在廣州話韻母讀ɵn，西基話讀作ɐŋ；古臻攝開口三等、臻攝合口三等字在廣州話讀ɵt，西基話讀作ɐk

	信臻開三心	倫臻合一來	巡臻合三邪	純臻合三禪
廣州	$ʃɵn^{33}$	$lɵn^{21}$	$tʃ^hɵn^{21}$	$ʃɵn^{21}$
西基	$ʃɐŋ^{33}$	$lɐŋ^{21}$	$tʃ^hɐŋ^{21}$	$ʃɐŋ^{21}$

	栗臻開三來	恤臻合三心	出臻合三昌	述臻合三船
廣州	lɵt^{2}	ʃɵt^{5}	tʃ^{h}yt^{5}	ʃɵt^{2}
西基	lɐk^{2}	ʃɐk^{5}	tʃ^{h}ɐk^{5}	ʃɐk^{2}

（4）古深攝開口三等、臻攝開口一等、臻攝開口三等、臻攝合口一等、臻攝合口三等字在廣州話讀ɐn，西基話讀作ɐŋ；古山攝開口二等、山攝合口一等、山攝合口三等、臻攝開口三等、臻攝合口一等、臻攝合口三等、梗攝開口二等字在廣州話讀ɐt，西基話讀作ɐk

	品深開三滂	根臻開一見	民臻開三明	溫臻合一影
廣州	pɐn^{35}	kɐn^{55}	mɐn^{21}	wɐn^{55}
西基	pɐŋ^{35}	kɐŋ^{55}	mɐŋ^{21}	wɐŋ^{55}

	襪山開二微	疾臻開三從	不臻合一幫	勿臻合三微
廣州	mɐt^{2}	tʃɐt^{2}	pɐt^{5}	mɐt^{2}
西基	mɐk^{2}	tʃɐk^{2}	pɐk^{5}	mɐk^{2}

（5）舌面前圓唇半開元音œ為主要元音一系列韻母中的œŋ、œk讀作ɔŋ、ɔk

	良宕開三來	將宕開三精	様宕開三以	窗江開二初
廣州	lœŋ^{21}	tʃœŋ^{55}	jœŋ^{22}	tʃ^{h}œŋ^{55}
西基	lɔŋ^{21}	tʃɔŋ^{55}	jɔŋ^{22}	tʃ^{h}ɔŋ^{55}

	削宕開三心	腳宕開三見	藥宕開三以	桌江開二知
廣州	ʃœk^{3}	kœk^{3}	jœk^{2}	tʃ^{h}œk^{3}
西基	ʃɔk^{3}	kɔk^{3}	jɔk^{2}	tʃ^{h}ɔk^{3}

3 聲調方面

聲調方面，西基水上話與老廣州白話沒有差異，顯示了較大的一致性。其一致性特點是全濁聲母上聲字讀為陽上；聲調共九個；入聲有三個，分別是上陰入、下陰入、陽入。陰入按元音長短分成兩個，下陰入字的主要元音是長元音。這是粵方言粵海片的特點。

第二節 大沙鎮音系特點

一 橫沙音系特點

橫沙村是歸大沙鎮管轄，橫沙村是行政村，下轄橫沙村（自然村）和橫沙新村（自然村），筆者所調查的是橫沙自然村。橫沙鎮建村於南宋末年，距今已有八百多年。橫沙村在清光緒時有三個自然村，就是橫沙村（橫沙村內有四個坊，包括了莫坊、羅坊、朱坊、黎坊）、橫沙新村（又名東莞莊，是早年橫沙村人遷到東莞，其後又遷回橫沙，建成橫沙新村，距離橫沙村五公里）、隔塘村。橫沙村是較大的村莊，橫沙新村，又名東莞村，是較小的村落，至於隔塘朱村，村子很小。在橫沙開村建祠的有七個氏族，分別是馮氏、羅氏、朱氏、黎氏、莫氏、梁氏、葉氏。馮氏是最早建村的村主，羅姓人口最多。[15]

---

15 廣州市黃埔區大沙鎮地方志編纂委員會編：《大沙鎮志》（北京市：中華書局，2008年6月），頁75、150；《橫沙村志》（未刊稿），頁49卻稱建村於北宋慶曆年間；廣州市黃埔區文學藝術界聯合會、廣州市黃埔區民間文藝協會編：《俗話黃埔・橫沙村姓氏探源》（香港：國際炎黃文化出版社，2003年），頁264稱宋末元初，羅貴的曾孫羅維清因避亂，從車陂遷入橫沙。筆者以《大沙鎮志》、《俗話黃埔》說法為準，因珠三角村落人口主要來自南宋末年。

筆者在橫沙村（自然村）先後數次跟朱贊英（1937年，22傳，朱坊）、羅應麟（1944年，23傳，羅坊）、黎流希（1945年，20傳，黎坊）、羅鑄華（1946年，23傳，羅坊，治保主任）進行語音調查。本文音系以羅鑄華為主，因其口音保留較多特色，羅應麟口音也極之接近羅鑄華，是重要參考。朱贊英、黎流希的口音向廣州話靠攏，特色較少。至於林俐〈廣州橫沙村話與廣州市話韻母的對應〉[16]所提及的橫沙村話，其音系靠攏廣州話，-m、-n、-ŋ、-p、-t、-k齊全，大沙鎮的村話不是這樣子的。

（一）聲韻調系統

1　聲母十九個，零聲母包括在內

p 補步怖邊	p^h 普排編批	m 模美微麻			
				f 貨苦富煩	
t 都電豆弟	t^h 拖梯銅填		l 來利了糯		
tʃ 寺捉朱張	$tʃ^h$ 雌創吹陳			ʃ 私色試甚	
					j 已影仍魚
k 該幾局介	k^h 卻級期劇	ŋ 餓牙銀外			
kw 怪軌橘郡	kw^h 垮坤群愧				w 回獲汪旺
				h 看腔兄峽	
ø 阿安亞握					

16 林俐：〈廣州橫沙村話與廣州市話韻母的對應〉梅州：廣東省中國語言學會2002-2003年學術年會，2003年12月14-18日。

2 韻母

韻韻母表（韻母四十個，包括二個鼻韻韻母）

單母音		複母音				鼻尾韻				塞尾韻			
a	馬加嫁掛	ai	懶戒奶快	au	胞鈔搞肴	am	耽膽減讒	aŋ	撐棚橫難	ap	答臘閘甲	ak	或拆額刷
(ɐ)		ɐi	厲米軌揮	ɐu	貿叩流幼	ɐm	柑心金音	ɐŋ	能閏精昏	ɐp	合立十吸	ɐk	北粟識漆
ɛ	些者耶野							ɛŋ	餅鏡頸病			ɛk	隻石笛吃
(e)		ei	皮理希尾										
i	誼次辭以			iu	漂少邀釣	im	漸鹽簽點	iŋ	綿然填研	ip	涉頁帖協	ik	裂舌揭節
ɔ	多果火助	ɔi	胎抬代					ɔŋ	忙汪方香			ɔk	作樂獲腳
(o)				ou	部徒到好			oŋ	東送中容			ok	讀督竹局
u	股污赴附	ui	培媒採退					uŋ	觀換竿漢			uk	潑括割渴
œ	靴茄												
(ɵ)													
y	豬魚柱羽							yŋ	短專淵村			yk	脫闊越穴
鼻韻　m̩　唔　ŋ̍ 五悟午誤													

3　聲調

<table>
<tr><th colspan="2">調類</th><th>調值</th><th>例字</th></tr>
<tr><td colspan="2">陰平</td><td>55</td><td>剛知專丁</td></tr>
<tr><td colspan="2">陰上</td><td>35</td><td>走短楚手</td></tr>
<tr><td colspan="2">陰去</td><td>33</td><td>唱正蓋怕</td></tr>
<tr><td colspan="2">陽平</td><td>21</td><td>人龍唐時</td></tr>
<tr><td colspan="2">陽上</td><td>13</td><td>五女倍巨</td></tr>
<tr><td colspan="2">陽去</td><td>22</td><td>望弄共巨</td></tr>
<tr><td>上</td><td rowspan="2">陰入</td><td>5</td><td>一惜筆曲</td></tr>
<tr><td>下</td><td>3</td><td>割百說答</td></tr>
<tr><td colspan="2">陽入</td><td>2</td><td>物入食俗</td></tr>
</table>

（二）語音特點

1　聲母方面

無舌尖鼻音n，古泥母、來母字今音聲母均讀作l

古泥（娘）母字廣州話基本n、l不混，橫沙村村話是n、l相混，結果南藍不分，諾落不分。

	女（泥）		呂（來）		諾（泥）		落（來）
廣州	nɵy^{13}	≠	lɵy^{13}	廣州	nɔk^{2}	≠	lɔk^{2}
橫沙	lɵy^{13}	=	lɵy^{13}	橫沙	lɔk^{2}	=	lɔk^{2}

2　韻母方面

（1）ɵy是古遇攝合口三等、蟹攝合口一等、蟹攝合口三等字，止攝合口三等字，橫沙村讀作ui是最多的，只餘下徐、對、舉、慮、帥、女、呂、除、居、許十一個字保留讀ɵy，這組字聲母分別是精組、端組、見組、曉組、莊組、泥組、知組字，看來保留讀作ɵy是沒有規律的

	退蟹合一透	稅蟹合三書	吹止合三昌	墟遇合三溪
廣州	t^{h}ɵy^{33}	ʃɵy^{33}	tʃ^{h}ɵy^{55}	hɵy^{55}
橫沙	t^{h}ui^{33}	ʃui^{33}	tʃ^{h}ui^{55}	hui^{55}

（2）古攝蟹開一、蟹攝蟹合一皆讀作ɔi，今橫沙村只保留胎、抬、代三個字讀ɔi，餘下是讀作ui

	來蟹開一來	再蟹開一精	腮蟹開一心	外蟹合一疑
廣州	lɔi^{21}	tʃɔi^{33}	ʃɔi^{55}	ŋɔi^{22}
橫沙	lui^{21}	tʃui^{33}	ʃui^{55}	ŋui^{22}

（3）少數ɛ韻母字讀作œ，南崗鎮廟西村也是如此。

	茄果開三群
廣州	k^{h}ɛ^{35}
橫沙	k^{h}œ^{35} / k^{h}œ^{55}

（4）廣州老四區山臻兩攝有一套鼻音韻尾-n（an、ɐn、in、ɔn、un、ɵn、yn）和塞音韻尾-t（at、ɐt、it、ɔt、ut、ɵt、yt），橫沙話全套-n、-t韻尾讀作-ŋ、-k

	灘山開一	彎山合三	八山開二	刮山合二
廣州	t^{h}an^{55}	wan^{55}	pat^3	kwat^3
橫沙	t^{h}aŋ^{55}	waŋ^{55}	pak^3	kwak^3

	賓$_{\text{臻開三}}$	溫$_{\text{臻合一}}$	拔$_{\text{山開二}}$	七$_{\text{臻開三}}$
廣州	pɐn^{55}	wɐn^{55}	pɐt^{2}	tʃ^{h}ɐt^{5}
橫沙	pɐŋ^{55}	wɐŋ^{55}	pɐk^{2}	tʃ^{h}ɐk^{5}

	變$_{\text{山開三}}$	見$_{\text{山開四}}$	裂$_{\text{山開三}}$	秩$_{\text{臻開三}}$
廣州	pin^{33}	kin^{33}	lit^{2}	tit^{2}
橫沙	piŋ^{33}	kiŋ^{33}	lik^{2}	tik^{2}

	竿$_{\text{山開一}}$	汗$_{\text{山開一}}$	喝$_{\text{山開一}}$	割$_{\text{山開一}}$
廣州	kɔn^{55}	hɔn^{22}	hɔt^{3}	kɔt^{3}
橫沙	kuŋ^{55}	huŋ^{22}	huk^{3}	kuk^{3}

	半$_{\text{山合一}}$	門$_{\text{臻合一}}$	潑$_{\text{山合一}}$	沒$_{\text{臻合一}}$
廣州	pun^{33}	mun^{21}	p^{h}ut^{3}	mut^{2}
橫沙	puŋ^{33}	muŋ^{21}	p^{h}uk^{3}	muk^{2}

	秦$_{\text{臻開三}}$	遜$_{\text{臻合一}}$	栗$_{\text{臻開三}}$	朮$_{\text{臻合三}}$
廣州	tʃ^{h}ɵn^{21}	ʃɵn^{33}	lɵt^{2}	ʃɵt^{2}
橫沙	tʃ^{h}ɐŋ^{21}	ʃɐŋ^{33}	lɐk^{2}	ʃɐk^{2}

	團$_{\text{山合一}}$	村$_{\text{臻合一}}$	粵$_{\text{山合三}}$	缺$_{\text{臻開三}}$
廣州	t^{h}yn^{21}	tʃ^{h}yn^{55}	jyt^{2}	k^{h}yt^{2}
橫沙	t^{h}yŋ^{21}	tʃ^{h}yŋ^{55}	jyk^{2}	k^{h}yk^{2}

（5）舌面前圓唇半開元音œ為主要元音一系列韻母中的œŋ、œk讀作ɔŋ、ɔk。

	涼宕開一來	醬宕開三精	向宕開三曉	窗江開二初
廣州	lœŋ^{21}	tʃœŋ^{33}	hœŋ^{33}	tʃ^{h}œŋ^{55}
橫沙	lɔŋ^{21}	tʃɔŋ^{33}	hɔŋ^{33}	tʃ^{h}ɔŋ^{55}

	雀宕開三精	腳宕開三見	藥宕開三以	桌江開二知
廣州	tʃœk^{3}	kœk^{3}	jœk^{2}	tʃ^{h}œk^{3}
橫沙	tʃɔk^{3}	kɔk^{3}	jɔk^{2}	tʃ^{h}ɔk^{3}

（6）廣州話eŋ見於古臻開三、曾開一、曾開三、梗開二、梗開三、梗開四、梗合三、梗合四；ek見於深開三、臻開三、曾開一、曾開三、梗開二、梗開三、梗開四、梗合二、梗合三，東福村話分別讀作ɐŋ、ɐk

	蒸曾開三章	興曾開三曉	兵梗開三幫	頂梗開四端
廣州	tʃeŋ^{55}	heŋ^{33}	peŋ^{55}	teŋ^{35}
橫沙	tʃɐŋ^{55}	hɐŋ^{33}	pɐŋ^{55}	tɐŋ^{35}

	力曾開三來	亦梗開三以	剔梗開四透	疫梗合三以
廣州	lek^{2}	jek^{2}	t^{h}ek^{5}	jek^{2}
橫沙	lɐk^{2}	jɐk^{2}	t^{h}ɐk^{5}	jɐk^{2}

3　聲調方面

聲調方面，橫沙話與老廣州白話沒有差異，顯示了較大的一致性。其一致性特點是全濁聲母上聲字讀為陽上；聲調共九個；入聲有三個，分別是上陰入、下陰入、陽入。陰入按元音長短分成兩個，下陰入字的主要元音是長元音。這是粵方言粵海片的特點。

二　姬堂蓮塘音系特點

姬堂村位於大沙鎮北面，東南與文沖村相連，南面與橫沙、茅崗村接壤，全村面積十二平方公里，姬堂行政村是由姬堂、上堂、碧山、加莊、蓮塘、新團、合慶圍、舊圍、大田、馬崗十個自然村組成。姬堂村始建於明末清初，村內主要姓氏有周、阮、梁、錢、張、秦、陳、李、黃、岑、冼、莫、林、郝、何、羅、歐陽等，最早遷入姬堂的何姓氏族，約在唐末從南雄珠璣巷遷入。最大的姓氏是周姓。大田主要有何、羅二姓，何姓在明末由珠璣巷遷入，羅姓由廟頭遷居。碧山主要姓氏有錢、張、歐陽等，錢姓在明末由惠陽吉隆分支而來。其餘各姓均在明末清初移居姬堂各自然村。加莊多姓阮，蓮塘多為姓梁，馬崗、合慶圍有李、英、林、郝等姓。[17]

合作人是梁福堯（1942年，蓮塘村）、周帝福（姬堂村，1943年），本音系是反映蓮塘村話。本次調查，於姬堂村辦公室進行。

17 廣州市黃埔區大沙鎮地方志編纂委員會編：《大沙鎮志》（北京市：中華書局，2008年6月），頁79、119；《姬堂村志》（未刊稿），頁18；《俗話黃埔》，頁267。

(一) 聲韻調系統

1　聲母十九個，零聲母包括在內

p	補部品邊	p^h	鋪排編批	m	暮無味貌						
								f	火課飛復		
t	多釘袋定	t^h	拖替談挺			l	來利歷內				
tʃ	祭爭折追	$tʃ^h$	此初串程					ʃ	私色試甚		
										j	耶音肉語
k	個已極家	k^h	卻拘期劇	ŋ	呆硬銀礙						
kw	關貴橘郡	kw^h	誇坤困規							w	禾宏溫旺
								h	可坑戲下		
ø	哀安押握										

2　韻母

韻母表（韻母三十九個，包括二個鼻韻韻母）

單母音	複母音		鼻尾韻		塞尾韻	
a　巴沙也打	ai　孩界債壞	au　拋炒郊貓	am　潭三站鑑	aŋ　烹冷橫單	ap　搭蠟夾鴨	ak　達殺滑刮
(ɐ)	ɐi　例閉軌歸	ɐu　某口流猶	ɐm　甘針甚音	ɐŋ　杏盡坪坤	ɐp　合輯汁及	ɐk　特律亦忽
ɛ　寫者社野				ɛŋ　病餅鏡頸		ɛk　屐尺笛吃
(e)	ei　皮理希妃					
i　是自恥異		iu　標紹僑聊	im　臉艷簽點	iŋ　便善眠現	ip　聶摺貼牒	ik　泄設熱潔
ɔ　歌臥貨助				ɔŋ　皇防港香		ɔk　莫駁撲腳
(o)		ou　部肚抱懊		oŋ　東公中容		ok　木督六局
u　股互敷附	ui　杯佩害睡			uŋ　判碗竿案		uk　撥沫割渴
œ　靴茄						
(ɵ)						
y　儲魚住羽				yŋ　鑽轉犬村		yk　撮悅越決
鼻韻　m̩　唔　　ŋ̍ 伍悟午誤						

3　聲調

<table>
<tr><th colspan="2">調類</th><th>調值</th><th>例字</th></tr>
<tr><td colspan="2">陰平</td><td>55</td><td>剛邊初商</td></tr>
<tr><td colspan="2">陰上</td><td>35</td><td>展走手口</td></tr>
<tr><td colspan="2">陰去</td><td>33</td><td>正醉唱蓋</td></tr>
<tr><td colspan="2">陽平</td><td>21</td><td>龍如平陳</td></tr>
<tr><td colspan="2">陽上</td><td>13</td><td>女武距蟹</td></tr>
<tr><td colspan="2">陽去</td><td>22</td><td>漏浪陣待</td></tr>
<tr><td>上</td><td rowspan="2">陰入</td><td>5</td><td>竹一惜曲</td></tr>
<tr><td>下</td><td>3</td><td>接說百刷</td></tr>
<tr><td colspan="2">陽入</td><td>2</td><td>六納白俗</td></tr>
</table>

（二）語音特點

1　聲母方面

無舌尖鼻音n，古泥母、來母字今音聲母均讀作l

古泥（娘）母字廣州話基本n、l不混，蓮塘話是n、l相混，結果南藍不分，諾落不分。

	女（泥）		呂（來）		諾（泥）		落（來）
廣州	nɵy^{13}	≠	lɵy^{13}	廣州	nɔk^{2}	≠	lɔk^{2}
蓮塘	lɵy^{13}	=	lɵy^{13}	蓮塘	lɔk^{2}	=	lɔk^{2}

2　韻母方面

（1）廣州老四區山臻兩攝有一套鼻音韻尾-n（an、ɐn、in、ɔn、un、

ɵn、yn）和塞音韻尾-t（at、ɐt、it、ɔt、ut、ɵt、yt），蓮塘村話全套-n、-t韻尾讀作-ŋ、-k

	誕山開一定	晚山合三微	八山開一幫	猾山合三匣
廣州	tan^{33}	man^{13}	pat^{3}	wat^{2}
蓮塘	taŋ^{33}	maŋ^{13}	pak^{3}	wak^{2}

	恩臻開三影	允臻合三以	蜜臻開三明	佛臻合三奉
廣州	jɐn^{55}	wɐn^{13}	mɐt^{2}	fɐt^{2}
蓮塘	jɐŋ^{55}	wɐŋ^{13}	mɐk^{2}	fɐk^{2}

	面山開三明	見山開四見	哲山開三知	鐵山開四透
廣州	min^{22}	kin^{33}	tʃit^{3}	t^{h}it^{3}
蓮塘	miŋ^{22}	kiŋ^{33}	tʃik^{3}	t^{h}ik^{3}

	汗山開一匣	案山開一影	喝山開一曉	葛山開一見
廣州	hɔn^{22}	ɔn^{33}	hɔt^{3}	kɔt^{3}
蓮塘	huŋ^{22}	uŋ^{33}	huk^{3}	kuk^{3}

	官山合一見	悶臻合一明	闊山合一溪	沒臻合一明
廣州	kun^{55}	mun^{22}	fut^{3}	mut^{2}
蓮塘	kuŋ^{55}	muŋ^{22}	fuk^{3}	muk^{2}

	秦臻開三從	俊臻合三精	朮臻合三澄	律臻合三來
廣州	tʃ^{h}ɵn^{21}	tʃɵn^{33}	ʃɵt^{2}	lɵt^{2}
蓮塘	tʃ^{h}ɐŋ^{21}	tʃɐŋ^{33}	ʃɐk^{2}	lɐk^{2}

	鸞山合一來	全山合三從	月山合三疑	決山合四見
廣州	lyn^{21}	tʃ^{h}yn^{21}	jyt^{2}	k^{h}yt^{3}
蓮塘	lyŋ^{21}	tʃ^{h}yŋ^{21}	jyk^{2}	k^{h}yk^{3}

（2）舌面前圓唇半開元音œ為主要元音一系列韻母中的œŋ、œk讀作ɔŋ、ɔk

	兩宕開三來	香宕開三曉	羊宕開三以	窗江開二初
廣州	lœŋ^{13}	hœŋ^{55}	jœŋ^{21}	tʃ^{h}œŋ^{55}
蓮塘	lɔŋ^{13}	hɔŋ^{55}	jɔŋ^{21}	tʃ^{h}ɔŋ^{55}

	腳宕開三見	藥宕開三以	削宕開三心	啄江開二知
廣州	kœk^{3}	jœk^{2}	ʃœk^{3}	tœk^{3}
蓮塘	kɔk^{3}	jɔk^{2}	ʃɔk^{3}	tɔk^{3}

（3）少數ɛ韻母字讀作œ

	茄果開三群
廣州	k^{h}ɛ^{35}
蓮塘	k^{h}œ^{35} / k^{h}œ^{55}

姬堂村的周帝福表示也讀作k^{h}œ^{55}，他很強調這是土話說法，這個55是超平調。

（4）ɵy是古遇攝合口三等、蟹攝合口一等、蟹攝合口三等字，止攝合口三等字，蓮塘話主要讀作ui，只有徐、除兩字讀作y，周帝福姬堂村村話則徐、除、女、呂四字讀作y。這一點便跟橫沙村不同

	徐遇合三邪	除遇合三澄	女遇合三泥	呂遇合三來
廣州	tʃʰɵy^{21}	tʃʰɵy^{21}	nɵy^{13}	lɵy^{13}
蓮堂、姬堂	tʃʰy^{21}	tʃʰy^{21}	ly^{13}	ly^{13}

	敘遇合三邪	巨遇合三群	睡止合三禪	槌止合三澄
廣州	tʃɵy^{22}	kɵy^{22}	ʃɵy^{33}	tʃʰɵy^{21}
蓮塘	tʃui^{22}	kui^{22}	ʃui^{33}	tʃʰui^{21}

（5）古攝蟹開一、蟹攝蟹合一皆讀作ɔi，今蓮堂村村話全部字都讀作ui

	台蟹開一透	呆蟹開一疑	害蟹開一匣	外蟹合一疑
廣州	tʰɔi^{21}	ŋɔi^{21}	hɔi^{22}	ŋɔi^{22}
蓮塘	tʰui^{21}	ŋui^{21}	hui^{22}	ŋui^{22}

（6）古止攝開口三等、止攝合口三等字，廣州話讀作ei，蓮塘只有皮、地、死、你、李這類常用字還頑固保留讀作i，黃家教教授稱廣州東郊鄉音特點之一是把複元音ei讀作單元音i[18]

	皮止開三	地止開三	死止開三	你止開三	李止開三
廣州	pʰei^{21}	tei^{22}	ʃei^{35}	nei^{13}	lei^{13}
蓮塘	pʰi^{21}	ti^{22}	ʃi^{35}	li^{13}	li^{13}

（7）廣州話eŋ見於古臻開三、曾開一、曾開三、梗開二、梗開三、梗開四、梗合三、梗合四；ek見於深開三、臻開三、曾開一、曾開三、梗開二、梗開三、梗開四、梗合二、梗合三，東福村話分別讀作ɐŋ、ɐk

18 黃家教：〈廣州市郊鄉音特點〉，頁118-119。

	稱曾開三昌	承曾開三禪	丙梗開三幫	亭梗開四定
廣州	$t\int^h e\eta^{55}$	$\int e\eta^{21}$	$pe\eta^{35}$	$t^h e\eta^{21}$
蓮塘	$t\int^h ɐ\eta^{55}$	$\int ɐ\eta^{21}$	$pɐ\eta^{35}$	$t^h ɐ\eta^{21}$

	息曾開三心	碧梗開三幫	滴梗開四端	役梗合三以
廣州	$\int ek^5$	pek^5	tek^2	jek^2
蓮塘	$\int ɐk^5$	$pɐk^5$	$tɐk^2$	$jɐk^2$

3 聲調方面

聲調方面，蓮塘話與老廣州白話沒有差異，顯示了較大的一致性。其一致性特點是全濁聲母上聲字讀為陽上；聲調共九個；入聲有三個，分別是上陰入、下陰入、陽入。陰入按元音長短分成兩個，下陰入字的主要元音是長元音。這是粵方言粵海片的特點。

三 雙沙雙崗音系特點

雙沙村地處大沙鎮東面，東與南崗鎮廟頭村相接，西與文沖相連，南臨珠江河畔，北鄰南崗鎮筆崗村。

雙沙村是由雙崗、沙浦，華坑、黃崗新村、神沙五個自然村組成。黃崗新村是當年把村裡雙沙大隊轄內的漁民組織起來建立漁民村，稱黃崗新村。因此村南臨珠江河畔，所以村裡有漁民打魚。筆者調查時，村委會人員沒有安排調查漁民給筆者進行調查。雙沙村建村最早是華坑簡氏，在八百三十年前由南雄遷到此地。但當時村民游散，氏族不大，到明朝洪武五年（1373年）才正式建村。雙沙村以區氏族人最多，一九九三年，區氏有二千一百二十四人。現在雙崗區氏族人之祖原籍是順德西滘鄉志茅公這一支系。[19]

雙沙村（行政村）調查，合作人有岑幹強（1922年，25傳，沙浦）、區為興（1929年，19傳，雙崗）、簡來興（1937年）、區樹南（1947年，17傳），本文反映的是雙崗的音系。

（一）聲韻調系統

1　聲母十九個，零聲母包括在內

p	補部玻邊	p^h	頗排鄙批	m	模務文慢						
								f	婚褲富肥		
t	到點豆弟	t^h	太聽談挺			l	拉鄰歷努				
tʃ	醉責證豬	$tʃ^h$	請瘡綽程					ʃ	私師世社		
										j	已憶仍魚
k	甘幾共甲	k^h	傾級拒強	ŋ	餓捱銀礙						
kw	怪貴季郡	kw^h	埼盔菌規							w	禾話污旺
								h	孔腔許峽		
ø	毆安啞握										

19 廣州市黃埔區大沙鎮地方志編纂委員會編：《大沙鎮志》（北京市：中華書局，2008年6月），頁80-81，頁173稱由雙崗、沙浦、華坑三個自然村所組成；：《雙沙村志》（未刊稿），頁77稱雙沙村是由雙崗、沙浦，華坑、黃崗新村、神沙五個自然村組成。

2 韻母

韻母表（韻母三十九個，包括二個鼻韻韻母）

單母音	複母音		鼻尾韻		塞尾韻	
a 巴沙啞話	ai 拜戒街槐	au 跑稍交校	am 參慚陷銜	aŋ 膨坑橙壇	ap 雜臘夾鴨	ak 拆格責刮
(ɐ)	ɐi 例迷軌輝	ɐu 貿叩劉幼	ɐm 暗針金音	ɐŋ 幸信親寧	ɐp 鴿立拾吸	ɐk 刻出物色
ɛ 些邪車社				ɛŋ 鄭餅頸病		ɛk 踢吃隻石
(e)	ei 皮理希非					
i 宜跂司異		iu 秒少僑聊	im 沾劍簽嫌	iŋ 淺燃殿煙	ip 妾頁疊歉	ik 哲徹蠍切
ɔ 駝科禾助				ɔŋ 幫荒防香		ɔk 博覺獲腳
(o)		ou 補肚到告		oŋ 東公終恭		ok 瀑篤目局
u 故互俯附	ui 妹會追來			uŋ 潘館趕鞍		uk 末抹割渴
œ 靴茄螺糯						
(ɵ)						
y 儲與株羽				yŋ 鑽選玄存		yk 脫悅月訣
鼻韻 m̩ 唔 ŋ̍ 伍誤午吾						

3　聲調

<table>
<tr><th colspan="2">調類</th><th>調值</th><th>例字</th></tr>
<tr><td colspan="2">陰平</td><td>55</td><td>初三知剛</td></tr>
<tr><td colspan="2">陰上</td><td>35</td><td>手比走古</td></tr>
<tr><td colspan="2">陰去</td><td>33</td><td>唱變正蓋</td></tr>
<tr><td colspan="2">陽平</td><td>21</td><td>時寒夷文</td></tr>
<tr><td colspan="2">陽上</td><td>13</td><td>野女厚倍</td></tr>
<tr><td colspan="2">陽去</td><td>22</td><td>爛助共在</td></tr>
<tr><td>上</td><td rowspan="2">陰入</td><td>5</td><td>福惜竹出</td></tr>
<tr><td>下</td><td>3</td><td>割鐵接甲</td></tr>
<tr><td colspan="2">陽入</td><td>2</td><td>落六白宅</td></tr>
</table>

（二）語音特點

1　聲母方面

無舌尖鼻音n，古泥母、來母字今音聲母均讀作l

古泥（娘）母字廣州話基本n、l不混，雙崗話是n、l相混，結果南藍不分，諾落不分。

	女（泥）		呂（來）		諾（泥）		落（來）
廣州	nɵy^{13}	≠	lɵy^{13}	廣州	nɔk^{2}	≠	lɔk^{2}
雙崗	lɵy^{13}	=	lɵy^{13}	雙崗	lɔk^{2}	=	lɔk^{2}

2　韻母方面

（1）廣州老四區山臻兩攝有一套鼻音韻尾-n（an、ɐn、in、ɔn、un、

ɵn、yn）和塞音韻尾-t（at、ɐt、it、ɔt、ut、ɵt、yt），雙崗村話全套-n、-t韻尾讀作-ŋ、-k

	蘭山開一來	萬山合三微	擦山開一清	髮山合三非
廣州	lan^{21}	man^{22}	tʃ^{h}at^{3}	fat^{3}
雙崗	laŋ^{21}	maŋ^{22}	tʃ^{h}ak^{3}	fak^{3}

	新臻開三心	軍臻合三見	吉臻開三見	佛臻合三奉
廣州	ʃɐn^{55}	kwɐn^{55}	kɐt^{5}	fɐt^{2}
雙崗	ʃɐŋ^{55}	kwɐŋ^{55}	kɐk^{5}	fɐk^{2}

	免山開三明	田山開四定	熱山開三日	屑山開四心
廣州	min^{13}	t^{h}in^{21}	jit^{3}	ʃit^{3}
雙崗	miŋ^{13}	t^{h}iŋ^{21}	jik^{3}	ʃik^{3}

	岸山開一疑	翰山開一匣	喝山開一曉	割山開一見
廣州	ŋɔn^{22}	hɔn^{22}	hɔt^{3}	kɔt^{3}
雙崗	ŋuŋ^{22}	huŋ^{22}	huk^{3}	kuk^{3}

	灌山合一見	本臻合一幫	活山合一匣	勃臻合一並
廣州	kun^{33}	pun^{35}	wut^{2}	put^{2}
雙崗	kuŋ^{33}	puŋ^{35}	wuk^{2}	puk^{2}

	臻臻開三莊	循臻合三邪	卒臻合一精	蟀臻合三生
廣州	tʃɵn^{55}	tʃ^{h}ɵn^{21}	tʃɵt^{5}	ʃɵt^{3}
雙崗	tʃɐŋ^{55}	tʃ^{h}ɐŋ^{21}	tʃɐk^{5}	ʃɐk^{3}

	段山合一定	穿山合三昌	雪山合三心	穴山合四匣
廣州	tyn^{22}	tʃ^{h}yn^{55}	ʃyt^{3}	jyt^{2}
雙崗	tyŋ^{22}	tʃ^{h}yŋ^{55}	ʃyŋ^{3}	jyŋ^{2}

（2）舌面前圓唇半開元音œ為主要元音一系列韻母中的œŋ、œk讀作ɔŋ、ɔk

	糧宕開三來	獎宕開三精	姜宕開三見	雙江開三生
廣州	lœŋ^{21}	tʃœŋ^{35}	kœk^{55}	ʃœŋ^{55}
雙崗	lɔŋ^{21}	tʃɔŋ^{35}	kɔk^{55}	ʃɔŋ^{55}

	腳宕開三見	藥宕開三以	雀宕開三精	琢江開二知
廣州	kœk^{3}	jœk^{2}	tʃœk^{3}	tœk^{3}
雙崗	kɔk^{3}	jɔk^{2}	tʃɔk^{3}	tɔk^{3}

（3）少數ɛ韻母字讀作œ

	茄果開三群	螺果合一來	糯果合一泥
廣州	k^{h}ɛ^{35}	lɔ^{21}	nɔ^{22}
雙崗	k^{h}œ^{55}	lœ^{21}	lœ^{22}

（4）ɵy是古遇攝合口三等、蟹攝合口一等、蟹攝合口三等字，止攝合口三等字，蓮塘話主要讀作ui，只有徐、除兩字讀作y；只餘下女、呂、居、舉、去、許、趣、句保留讀ɵy

	除遇合三澄	徐遇合三邪
廣州	tʃ^{h}ɵy^{21}	tʃ^{h}ɵy^{21}
雙崗	tʃ^{h}y^{21}	tʃ^{h}y^{21}

	慮遇合三來	腿蟹合一透	稅蟹合三書	嘴止合三精
廣州	ləy^{22}	t^{h}əy^{35}	ʃəy^{33}	tʃəy^{35}
雙崗	lui^{22}	t^{h}ui^{35}	ʃui^{33}	tʃui^{35}

（5）古攝蟹開一、蟹攝蟹合一皆讀作ɔi，今蓮堂村話全部字都讀作ui

	袋蟹開一定	採蟹開一清	開蟹開一溪	外蟹合一疑
廣州	tɔi^{22}	tʃ^{h}ɔi^{35}	hɔi^{55}	ŋɔi^{22}
雙崗	tui^{22}	tʃ^{h}ui^{35}	hui^{55}	ŋui^{22}

（6）廣州話eŋ見於古臻開三、曾開一、曾開三、梗開二、梗開三、梗開四、梗合三、梗合四；ek見於深開三、臻開三、曾開一、曾開三、梗開二、梗開三、梗開四、梗合二、梗合三，東福村話分別讀作ɐŋ、ɐk

	冰曾開三幫	繩曾開三船	坪梗開三並	零梗開四來
廣州	peŋ^{55}	ʃeŋ^{21}	p^{h}eŋ^{21}	leŋ^{21}
雙崗	pɐŋ^{55}	ʃɐŋ^{21}	p^{h}ɐŋ^{21}	lɐŋ^{21}

	熄曾開三心	壁梗開三幫	析梗開四心	疫梗合三以
廣州	ʃek^{5}	pek^{5}	ʃek^{5}	jek^{2}
雙崗	ʃɐk^{5}	pɐk^{5}	ʃɐk^{5}	jɐk^{2}

3　聲調方面

聲調方面，雙崗話與老廣州白話沒有差異，顯示了較大的一致性。其一致性特點是全濁聲母上聲字讀為陽上；聲調共九個；入聲有三個，分別是上陰入、下陰入、陽入。陰入按元音長短分成兩個，下陰入字的主要元音是長元音。這是粵方言粵海片的特點。

四　下沙珠江音系特點

下沙村由下沙、珠江、新溪、裕豐圍、大吉沙、劍草圍、生魚洲七個自然村組成。其中大吉沙、生魚洲為江中島嶼。下沙村地處珠江淤積沙田區，在橫沙村下方，故名下沙。下沙建村於宋代，因在橫沙南面江邊，初名橫沙南有，清末始稱下沙。主要姓氏有張、吳、陸、劉、梁、李、浦等，而張氏自明洪武年間遷入，為村中最大姓氏。新溪曾於清代設墟市，行商聚居較多，故姓氏繁雜。而大吉沙、劍草圍、生魚洲是珠江上的島嶼沖積而成的沙田，漁民、農民聚居於此，築圍建屋，形成自然村。珠江村建村較早，原名珠崗，後改為珠江，在宋朝時候，黃姓氏族在此建村定居。下沙村總面積為五點六平方公里。[20]

合作人有吳榮華（1924年，19傳，下沙）、李斗（1929年，大吉沙）、郭傳（1930年，生魚洲）、李振雄（1931年，珠江）、蒲禮添（1937年，17傳，珠江）、林蘇（1937年，生魚洲）、張金富（1953年，大吉沙）。本文反映是李振雄珠江村口音。

---

20 廣州市黃埔區《下沙村志》編纂組編：《下沙村志》（未刊稿），頁64。

(一)聲韻調系統

1　聲母十九個，零聲母包括在內

p	波薄品閉	p^h	頗排鄙拼	m	摩務未媽						
								f	婚褲夫肥		
t	都的洞笛	t^h	拖聽銅亭			l	路利歷那				
tʃ	姐閘折竹	$tʃ^h$	請廁綽澄					ʃ	私搜水市		
										j	耶因入月
k	個已共江	k^h	卻揭期強	ŋ	臥顏牛礙						
kw	寡軌橘掘	kw^h	誇坤群規							w	活宏溫位
								h	開坑脅峽		
ø	奧藹啞矮										

2　韻母

韻母表（韻母三十九個，包括二個鼻韻韻母）

單母音	複母音		鼻尾韻		塞尾韻	
a　巴家也灑	ai　大囼佳拉	au　掰鈔教貓	am　南慚衫衍	aŋ　硬棚環慢	ap　答塌夾匣	ak　伯客革發
(ɐ)	ɐi　例低偽貴	ɐu　某後流猶	ɐm　柑針甚音	ɐŋ　能俊文明	ɐp　盒粒入揖	ɐk　特蟀佛戚
ɛ　些邪扯奢				ɛŋ　餅頸鄭病		ɛk　劇赤踢吃
(e)	ei　疲理希尾					
i　姊辭異宜		iu　秒擾僑調	im　檢劍簽嫌	iŋ　綿遣填煙	ip　接頁貼歉	ik　烈折熱屑
ɔ　駝坐禾初				ɔŋ　忙防江香		ɔk　莫角獲腳
(o)		ou　鋪徒到浩		oŋ　董送終胸		ok　獨屋竹燭
u　故胡夫輔	ui　梅悔隊開			uŋ　般觀寒趕		uk　撥沒葛喝
œ　靴茄螺糯						
(ɵ)						
y　舒與注雨				yŋ　段絹縣孫		yk　奪說越缺
鼻韻　m̩　唔　ŋ̍ 吳悟伍吾						

3　聲調

<table>
<tr><th colspan="2">調類</th><th>調值</th><th>例字</th></tr>
<tr><td colspan="2">陰平</td><td>55</td><td>超開丁知</td></tr>
<tr><td colspan="2">陰上</td><td>35</td><td>楚比走展</td></tr>
<tr><td colspan="2">陰去</td><td>33</td><td>怕對蓋唱</td></tr>
<tr><td colspan="2">陽平</td><td>21</td><td>娘如詳扶</td></tr>
<tr><td colspan="2">陽上</td><td>13</td><td>武野蟹距</td></tr>
<tr><td colspan="2">陽去</td><td>22</td><td>浪望自技</td></tr>
<tr><td>上</td><td rowspan="2">陰入</td><td>5</td><td>福筆曲竹</td></tr>
<tr><td>下</td><td>3</td><td>刷桌接答</td></tr>
<tr><td colspan="2">陽入</td><td>2</td><td>律弱服食</td></tr>
</table>

（二）語音特點

1　聲母方面

古泥母、來母字n、l相混，南藍不分，諾落不分。

	南（泥）		藍（來）		諾（泥）		落（來）
廣州	nam^{21}	≠	lam^{21}	廣州	nɔk^{2}	≠	lɔk^{2}
珠江	lam^{21}	=	lam^{21}	珠江	lɔk^{2}	=	lɔk^{2}

2　韻母方面

（1）古止攝開口三等、止攝合口三等字，廣州話讀作ei，珠江村李振雄和蒲禮添都只有「死」讀作i

	死止開三心
廣州	ʃei35
珠江	ʃi35

（2）ɵy是古遇攝合口三等、蟹攝合口一等、蟹攝合口三等字，止攝合口三等字，珠江村話主要讀作ui，李振雄只有趣字讀作y，呂、句讀作ɵy

	趣遇合三清
廣州	tʃhɵy33
珠江	tʃhy33

	呂遇合三來	隊蟹合一定	銳蟹合三以	水止合三書
廣州	lɵy13	tɵy22	jɵy22	ʃɵy35
珠江	lui13	tui22	jui22	ʃui35

（3）古攝蟹開一、蟹攝蟹合一皆讀作ɔi，今珠江村話全部字都讀作ui

	代蟹開一定	開蟹開一溪	蔡蟹開一清	外蟹合一疑
廣州	tɔi22	hɔi55	tʃhɔi33	ŋɔi22
珠江	tui22	hui55	tʃhui33	ŋui22

（4）少數ɛ韻母字讀作œ

	茄果開三群	螺果合一來	糯果合一泥
廣州	khɛ35	lɔ21	nɔ22
珠江	khœ55	lœ21	lœ22

（5）廣州老四區山臻兩攝有一套鼻音韻尾-n（an、ɐn、in、ɔn、un、ɵn、yn）和塞音韻尾-t（at、ɐt、it、ɔt、ut、ɵt、yt），珠江村話全套-n、-t韻尾讀作-ŋ、-k

	珊山開一心	飯山合三奉	辣山開一來	髮山合三非
廣州	ʃan^{55}	fan^{22}	lat^{2}	fat^{3}
珠江	ʃaŋ^{55}	faŋ^{22}	lak^{2}	fak^{3}

	民臻開三明	韻臻合三云	弼臻開三並	橘臻合三見
廣州	mɐn^{21}	wɐn^{22}	pɐt^{2}	kwɐt^{5}
珠江	mɐŋ^{21}	wɐŋ^{22}	pɐk^{2}	kwɐk^{5}

	連山開三來	前山開四從	歇山開三曉	結山開四見
廣州	lin^{21}	tʃ^{h}in^{21}	hit^{3}	kit^{3}
珠江	liŋ^{21}	tʃ^{h}iŋ^{21}	hik^{3}	kik^{3}

	趕山開一見	案山開一影	渴山開一溪	割山開一見
廣州	kɔn^{35}	ɔn^{33}	hɔt^{3}	kɔt^{3}
珠江	kuŋ^{35}	uŋ^{33}	huk^{3}	kuk^{3}

	館山合一見	門臻合一明	闊山合一溪	沒臻合一明
廣州	kun^{35}	mun^{21}	fut^{3}	wut^{2}
珠江	kuŋ^{35}	muŋ^{21}	fuk^{3}	wuk^{2}

	進臻開三精	潤臻合三日	率臻合三來	出臻合三昌
廣州	tʃɵn^{55}	jɵn^{22}	lɵt^{2}	tʃ^{h}ɵt^{5}
珠江	tʃɐŋ^{55}	jɐŋ^{22}	lɐk^{2}	tʃ^{h}ɐk^{5}

	段山合一定	捲山合三見	閱山合三以	血山合四曉
廣州	tyn^{22}	kyn^{35}	jyt^{2}	hyt^{3}
珠江	tyŋ^{22}	kyŋ^{35}	jyk^{2}	hyk^{3}

（6）舌面前圓唇半開元音œ為主要元音一系列韻母中的œŋ、œk讀作ɔŋ、ɔk

	糧宕開三來	醬宕開三精	陽宕開三以	雙江開二生
廣州	lœŋ^{21}	tʃœŋ^{33}	jœŋ^{21}	ʃœŋ^{55}
珠江	lɔŋ^{21}	tʃɔŋ^{33}	jɔŋ^{21}	ʃɔŋ^{55}

	著宕開三知	腳宕開三見	藥宕開三以	琢江開二知
廣州	tʃœk^{3}	kœk^{3}	jœk^{2}	tœk^{3}
珠江	tʃɔk^{3}	kɔk^{3}	jɔk^{2}	tɔk^{3}

（7）廣州話eŋ見於古臻開三、曾開一、曾開三、梗開二、梗開三、梗開四、梗合三、梗合四；ek見於深開三、臻開三、曾開一、曾開三、梗開二、梗開三、梗開四、梗合二、梗合三，東福村話分別讀作ɐŋ、ɐk

	證曾開三章	鷹曾開三影	丙梗開三幫	頂梗開四端
廣州	tʃeŋ^{33}	jeŋ^{55}	peŋ^{35}	teŋ^{35}
珠江	tʃɐŋ^{33}	jɐŋ^{55}	pɐŋ^{35}	tɐŋ^{35}

	色曾開三生	積梗開三精	的梗開四端	役梗合三以
廣州	ʃek^{5}	tʃek^{5}	tek^{5}	jek^{2}
珠江	ʃɐk^{5}	tʃɐk^{5}	tɐk^{5}	jɐk^{2}

3　聲調方面

聲調方面，珠江話與老廣州白話沒有差異，顯示了較大的一致性。其一致性特點是全濁聲母上聲字讀為陽上；聲調共九個；入聲有三個，分別是上陰入、下陰入、陽入。陰入按元音長短分成兩個，下陰入字的主要元音是長元音。這是粵方言粵海片的特點。

五　茅崗東福音系特點

茅崗村位於廣州黃埔區的西部，面積五點八六平方公里，毗鄰在羊城東郊。

茅崗村由石崗、坑田、沙井黃、沙井程、塘口、西華、江貝、元貝、東福、和貴、城門、倉下、井頭、愛蓮、坑頭、頂崗十六條自然村所組成。茅崗村位於大沙鎮西南東曲是橫沙村，下沙村，南邊瀕臨珠江，西面與天河區珠村，吉山村相鄰。茅崗地處丘陵，山崗重疊，崗上多長茅草，故名茅崗。

茅崗村建村於宋朝年間，迄今近八百坪的歷史了，最早遷進入茅崗的人是倉廈彭姓氏族（宋紹興年間）。茅崗村最大的氏族是周姓氏族，茅崗周氏始祖周宣義公，在宋嘉定年間，由湖南道州遷來番禺，往茅崗探親，遂安家於此。[21]

合作人是周帝權（1932年，24傳，石崗坊）、周錦成（1932年，21傳，東福）、周應財（1934年，24傳，坑頭坊）。本文所反映的音系是東福村話，全村姓周。此三人口音特點是 -m、-n、-ŋ、-p、-t、-k齊全。

---

21 廣州市黃埔區大沙鎮地方志編纂委員會編：《大沙鎮志》（北京市：中華書局，2008年6月），頁76，頁134-135；《茅崗村志》編委會編：《茅崗村志》（廣州市：茅崗村志委員會，2008年1月），頁10。

(一) 聲韻調系統

1　聲母十九個，零聲母包括在內

p	波步品壁	p^h	玻排鄙拼	m	模夢未麥						
								f	婚闊富煩		
t	到滴洞掉	t^h	太踢徒艇			l	羅李禮糯				
tʃ	寺爭朱竹	$tʃ^h$	雌闖吹陳					ʃ	私縮世甚		
										j	姚音仍玉
k	該己件嫁	k^h	卻拘期勤	ŋ	臥捱牛礙						
kw	慣貴橘郡	kw^h	誇盔葵愧							w	黃環瘟圍
								h	看坑香行		
ø	奧安壓握										

2 韻母

韻母表（韻母四十一個，包括二個鼻韻韻母）

單母音	複母音		鼻尾韻			塞尾韻		
a 巴沙蝦話	ai 孩皆揸懷	au 飽稍搞貓	am 参籃衫饞		aŋ 彭冷橙限	ap 答插鴨塌		ak 拍額冊刷
(ɐ)	ɐi 世米跪輝	ɐu 投偶否幼	ɐm 暗岑今音		ɐŋ 曾笙噴榮	ɐp 恰輯急級		ɐk 特則畢的
ɛ 些卸車耶					ɛŋ 頸餅鏡鄭			ɛk 隻尺笛吃
(e)	ei 皮飢希飛							
i 儀姊字醫		iu 秒擾要聊	im 檢嚴簽店	in 面件殿見		ip 涉劫碟協	it 別舌傑鐵	
ɔ 多課和梳					ɔŋ 忙黃網香			ɔk 作確撲腳
(o)		ou 部肚到懊			oŋ 凍動終容			ok 獨毒逐局
u 古互赴芙	ui 培媒累待			un 半館碗肝			ut 潑括活割	
œ 靴茄螺								
(ɵ)				ɵn 信敦準順			ɵt 摔恤朮蟀	
y 舒注語柱				yn 短川縣孫			yt 奪閱越穴	
鼻韻 m̩ 唔 ŋ̍ 伍梧誤午								

3　聲調

調類	調值	例字
陰平	55	邊丁知三
陰上	35	走手古楚
陰去	33	抗帳怕正
陽平	21	文如時陳
陽上	13	野女距柱
陽去	22	望大陣匯
上陰入	5	筆曲竹出
下陰入	3	各刷接割
陽入	2	弱岳雜服

（二）語音特點

1　聲母方面

無舌尖鼻音n，古泥母、來母字今音聲母均讀作l

古泥（娘）母字廣州話基本n、l不混，東福話是n、l相混，結果南藍不分，諾落不分。

	女（泥）		呂（來）		諾（泥）		落（來）
廣州	nɵy^{13}	≠	lɵy^{13}	廣州	nɔk^{2}	≠	lɔk^{2}
東福	lɵy^{13}	=	lɵy^{13}	東福	lɔk^{2}	=	lɔk^{2}

2　韻母方面

（1）古止攝開口三等、止攝合口三等字，廣州話讀作ei，周錦成只有「死、四」讀作i

	死止開三心	四止開三心
廣州	$ʃei^{35}$	$ʃei^{33}$
東福	$ʃi^{35}$	$ʃi^{33}$

（2）廣州話ɵy是古遇攝合口三等、蟹攝合口一等、蟹攝合口三等字，止攝合口三等字，東福村話主要讀作ui，只有徐、除、去、墟讀作y，女、呂、居、舉、許、句、嘴、吹、睡、裡、趣依然讀作ɵy

	徐遇合三邪	除遇合三澄	去遇合三溪	墟遇合三溪
廣州	$tʃ^{h}ɵy^{21}$	$tʃ^{h}ɵy^{21}$	$hɵy^{33}$	$hɵy^{55}$
東福	$tʃ^{h}y^{21}$	$tʃ^{h}y^{21}$	hy^{33}	hy^{55}

	具遇合三群	碎蟹合三心	綴蟹合三心	累止合三來
廣州	$kɵy^{22}$	$ʃɵy^{33}$	$tʃɵy^{22}$	$lɵy^{22}$
東福	kui^{22}	$ʃui^{33}$	$tʃui^{22}$	lui^{22}

（3）古攝蟹開一、蟹攝蟹合一皆讀作ɔi，東福村話全部字都讀作ui

	待蟹開一定	溉蟹開一見	哀蟹開一影	外蟹合一疑
廣州	$tɔi^{22}$	$k^{h}ɔi^{33}$	$ɔi^{55}$	$ŋɔi^{22}$
東福	tui^{22}	$k^{h}ui^{33}$	ui^{55}	$ŋui^{22}$

（4）古山攝開口一等字部分廣州話讀作ɔn、ɔt，東福村讀作un、ut

	肝山開一見	漢山開一曉	割山開一見	渴山開一溪
廣州	$kɔn^{55}$	$hɔn^{33}$	$kɔt^{3}$	$hɔt^{3}$
東福	kun^{55}	hun^{33}	kut^{3}	hut^{3}

（5）少數ɛ韻母字讀作œ。

	茄果開三群	螺果合一來
廣州	k^{h}ɛ^{35}	lɔ^{21}
東福	k^{h}œ^{35}	lœ$^{21\text{-}35}$

（6）舌面前圓唇半開元音œ為主要元音一系列韻母中的œŋ、œk讀作ɔŋ、ɔk

	兩宕開三來	牆宕開三從	強宕開三群	窗江開二初
廣州	lœŋ^{13}	tʃ^{h}œŋ^{21}	k^{h}œŋ^{21}	tʃ^{h}œŋ^{55}
東福	lɔŋ^{13}	tʃ^{h}ɔŋ^{21}	k^{h}ɔŋ^{21}	tʃ^{h}ɔŋ^{55}

	雀宕開三精	腳宕開三見	弱宕開三日	卓江開二知
廣州	tʃœk^{3}	kœk^{3}	jœk^{2}	tʃ^{h}œk^{3}
東福	tʃɔk^{3}	kɔk^{3}	jɔk^{2}	tʃ^{h}ɔk^{3}

（7）廣州老四區山臻兩攝鼻音韻尾-n（an、ɐn）和塞音韻尾-t（at、ɐt、ɵt），東福村話讀作aŋ、ɐŋ、ak、ɐk。周錦成口音ɵn只讀作ɵn，不讀作ɐŋ；至於ɵt讀作ɐk，只見於摔、率、恤、朮、蟀

	壇山開一定	反山合三非	擦山開一清	髮山合三非
廣州	t^{h}an^{21}	fan^{35}	tʃ^{h}at^{3}	fat^{3}
東福	t^{h}aŋ^{21}	faŋ^{35}	tʃ^{h}ak^{3}	fak^{3}

	敏臻開三明	分臻合三非	蜜臻開三明	佛臻合三奉
廣州	mɐn^{13}	fɐn^{55}	mɐt^{2}	fɐt^{2}
東福	mɐŋ^{13}	fɐŋ^{55}	mɐk^{2}	fɐk^{2}

	恤臻合三心	蟀臻合三生
廣州	$\int$øt^{5}	$\int$øt^{5}
東福	$\int$ɐk^{5}	$\int$ɐk^{5}

（8）廣州話eŋ見於古臻開三、曾開一、曾開三、梗開二、梗開三、梗開四、梗合三、梗合四；ek見於深開三、臻開三、曾開一、曾開三、梗開二、梗開三、梗開四、梗合二、梗合三，東福村話分別讀作ɐŋ、ɐk

	冰曾開三幫	姓梗開三心	丁梗開四端	螢梗合四匣
廣州	peŋ^{55}	$\int$eŋ^{33}	teŋ^{55}	jeŋ^{21}
東福	pɐŋ^{55}	$\int$ɐŋ^{33}	tɐŋ^{55}	jɐŋ^{21}

	力曾開三來	碧梗開三幫	滴梗開四端	役梗合三以
廣州	lek^{2}	pek^{5}	tek^{2}	jek^{2}
東福	lɐk^{2}	pɐk^{5}	tɐk^{2}	jɐk^{2}

3 聲調方面

聲調方面，東福話與老廣州白話沒有差異，顯示了較大的一致性。其一致性特點是全濁聲母上聲字讀為陽上；聲調共九個；入聲有三個，分別是上陰入、下陰入、陽入。陰入按元音長短分成兩個，下陰入字的主要元音是長元音。這是粵方言粵海片的特點。

六 文沖音系特點

文沖村位於黃埔區大沙地東部，地處珠江三角洲腹地，東邊與文船路、雙崗村、華坑村接壤，西鄰下沙新溪，橫沙、烏涌河；北與姬堂村大田毗鄰。文沖行政村下轄文沖（自然村）、東坊、西坊、文園、江北（含江北西約、江北中約、江北東約）、渡頭街、迴龍市七個自然村。總面積十一點三平方公里。文沖村建村於唐末宋初，有近一千年的歷史。初時村中有劉、簡、陳、羅、顏、林、黃、梁、葉、伍、陸等姓氏。簡氏是文沖西坊村主，陳氏是文沖東坊村主，李氏是文園村主。文沖村渡頭街以前的烏涌東、西兩岸有水上居民建有五十多間棚屋。此次調查，村幹部未有安排水上人協助調查。根據《泰泉祖裔陸氏族譜》有關記載，宋朝紹定四年（1231），文沖陸氏祖陸泰泉遭變故而棄原配，攜父母由從化錢崗遷居番禺鹿步司禾坑尾（今文園山西側）棲身後部分陸氏族人遷至文沖西約、東約居住。村民世代在這塊土地上休養生息，繁衍後代。早時，文沖叫烏涌和文園村，是一個多姓家族聚居村落。據新出土的地券中發現，明永樂九年（1412）後，陸觀源將烏涌改名文沖（沖與涌同音），一直沿用到今。[22]

合作人有陸遠孫（1918年，27傳，文沖自然村）、陸咸妹（1929年，文沖自然村）、陳汝康（1939年，江北）、陸漢佳（1946年，文沖自然村）。本文是以陸遠孫口音作為文沖自然村音系代表。

22 廣州市黃埔區大沙鎮地方志編纂委員會編：《大沙鎮志》（北京市：中華書局，2008年6月），頁77-78、頁105；廣州市黃埔區文沖街文沖社區居民委員會編：《文沖村志》（北京市：方志出版社，2017年10月），頁27-37。

(一) 聲韻調系統

1　聲母十九個，零聲母包括在內

p	補瀑品邊	p^h	頗蚌編批	m	磨無末孟								
								f	灰褲法煩				
t	都堤毒電	t^h	太天談填			l	拉李歷念						
tʃ	姐責證逐	$tʃ^h$	次闖綽除					ʃ	小所試上				
										j	油音肉逆		
k	該幾局江	k^h	企襟及劇	ŋ	臥顏銀外								
kw	慣均季倔	kw^h	垮坤菌愧							w	活宏溫韻		
								h	孔坑香峽				
ø	歐安鴨鴉												

2　韻母

韻母表（韻母三十七個，包括二個鼻韻韻母）

單母音	複母音		鼻尾韻		塞尾韻	
a　爬沙啞蛙	ai　帶屆街筷	au　跑巢搞坳	am　男慚衫餡	aŋ　膨坑橙刪	ap　雜蠟夾匣	ak　惑百冊刮
(ɐ)	ɐi　祭謎軌輝	ɐu　投後流誘	ɐm　堪針枕飲	ɐŋ　粳旬臣京	ɐp　恰立急吸	ɐk　肋述七即
ɛ　些邪車射				ɛŋ　餅頸江病		ɛk　石隻踢吃
(e)						
i　是次恥四		iu　苗擾僑聊	im　臉劍簽嫌	iŋ　便膳填先	ip　涉怯疊協	ik　別設揭節
ɔ　拖科禍所				ɔŋ　唐汪望香		ɔk　作學獲腳
(o)				oŋ　東工眾用		ok　木酷逐局
u　故護扶高	ui　背媒許改			uŋ　館本刊鞍		uk　撥闊割喝
œ　靴茄糯						
(ɵ)						
y　舒於注株				yŋ　暖宣淵寸		yk　撮雪月訣
鼻韻　m̩　唔　　ŋ̍ 伍吾午梧						

3　聲調

<table>
<tr><th colspan="2">調類</th><th>調值</th><th>例字</th></tr>
<tr><td colspan="2">陰平</td><td>55</td><td>開超商知</td></tr>
<tr><td colspan="2">陰上</td><td>35</td><td>走手古短</td></tr>
<tr><td colspan="2">陰去</td><td>33</td><td>變怕正帳</td></tr>
<tr><td colspan="2">陽平</td><td>21</td><td>難娘詳床</td></tr>
<tr><td colspan="2">陽上</td><td>13</td><td>有買距倍</td></tr>
<tr><td colspan="2">陽去</td><td>22</td><td>雁閏樹待</td></tr>
<tr><td>上</td><td rowspan="2">陰入</td><td>5</td><td>福筆竹急</td></tr>
<tr><td>下</td><td>3</td><td>鐵割甲接</td></tr>
<tr><td colspan="2">陽入</td><td>2</td><td>律入俗局</td></tr>
</table>

（二）語音特點

1　聲母方面

古泥母、來母字n、l相混，南藍不分，諾落不分。

	南（泥）		藍（來）		諾（泥）		落（來）
廣州	nam^{21}	≠	lam^{21}	廣州	nɔk^{2}	≠	lɔk^{2}
文沖	lam^{21}	=	lam^{21}	文沖	lɔk^{2}	=	lɔk^{2}

2　韻母方面

（1）古止攝開口三等、止攝合口三等字，廣州話讀作ei，文沖村話讀作i

	碑止開三幫	機止開三見	鯉止開三來	尾止合三微
廣州	pei^{55}	kei^{55}	lei^{13}	mei^{13}
東福	pi^{55}	ki^{55}	li^{13}	mi^{13}

（2）廣州話ou見於古遇合一、遇合三、效開一、流開一，文沖話讀作u

	肚遇合一端	霧遇合三微	號效開一匣	母流開一明
廣州	t^hou^{13}	mou^{22}	hou^{22}	mou^{13}
文沖	t^hu^{13}	mu^{22}	hu^{22}	mu^{13}

（3）廣州話ɵy見於古遇攝合口三等、蟹攝合口一等、蟹攝合口三等，止攝合口三等字，文沖村話主要讀作ui，只有女、呂、徐、除、居、舉、去、許、趣、句讀作y

	呂遇合三來	除遇合三澄	舉遇合三見	許遇合三曉
廣州	$lɵy^{13}$	$tʃ^hɵy^{21}$	$kɵy^{35}$	$hɵy^{35}$
文沖	ly^{13}	$tʃ^hy^{21}$	ky^{35}	hy^{35}

	墟遇合三溪	對蟹合一端	稅蟹合三書	吹止合三昌
廣州	$hɵy^{55}$	$tɵy^{33}$	$ʃɵy^{33}$	$tʃ^hɵy^{55}$
文沖	hui^{55}	tui^{33}	$ʃui^{33}$	$tʃ^hui^{55}$

（4）廣州話的古攝蟹開一、蟹攝蟹合一皆讀作ɔi，文沖村話全部字都讀作ui

	抬蟹開一定	改蟹開一見	蔡蟹開一清	外蟹合一疑
廣州	$t^hɔi^{21}$	$kɔi^{35}$	$tʃ^hɔi^{33}$	$ŋɔi^{22}$
文沖	t^hui^{21}	kui^{35}	$tʃ^hui^{33}$	$ŋui^{22}$

（5）少數ɛ韻母字讀作œ

	茄果開三群	糯
廣州	$k^hɛ^{21}$	$nɔ^{22}$
文沖	$k^hœ^{21\text{-}35}$	$lœ^{22}$

（6）廣州話eŋ見於古臻開三、曾開一、曾開三、梗開二、梗開三、梗開四、梗合三、梗合四；ek見於深開三、臻開三、曾開一、曾開三、梗開二、梗開三、梗開四、梗合二、梗合三，文沖村話分別讀作ɐŋ、ɐk

	冰曾開三幫	乘曾開三船	明梗開三明	萍梗開四並
廣州	$peŋ^{55}$	$ʃeŋ^{21}$	$meŋ^{21}$	$p^heŋ^{21}$
文沖	$pɐŋ^{55}$	$ʃɐŋ^{21}$	$mɐŋ^{21}$	$p^hɐŋ^{21}$

	力曾開三來	惜梗開三心	壁梗開四幫	役梗合三以
廣州	lek^{2}	$ʃek^{5}$	pek^{5}	jek^{2}
文沖	$lɐk^{2}$	$ʃɐk^{5}$	$pɐk^{5}$	$jɐk^{2}$

（7）廣州老四區山臻兩攝有一套鼻音韻尾-n（an、ɐn、in、ɔn、un、ɵn、yn）和塞音韻尾-t（at、ɐt、it、ɔt、ut、ɵt、yt），文沖村話全套-n、-t韻尾讀作-ŋ、-k

	蘭山開一來	翻山合三敷	達山開一定	發山合三非
廣州	lan^{21}	fan^{55}	tat^{2}	fat^{3}
文沖	$laŋ^{21}$	$faŋ^{55}$	tak^{2}	fak^{3}

	陳臻開三澄	粉臻合三非	失臻開三書	佛臻合三奉
廣州	tʃ^{h}ɐn^{21}	fɐn^{35}	ʃɐt^{5}	fɐt^{2}
文冲	tʃ^{h}ɐŋ^{21}	fɐŋ^{35}	ʃɐk^{5}	fɐk^{2}

	淺山開三清	肩山開四見	舌山開三船	結山開四見
廣州	tʃ^{h}in^{35}	kin^{55}	ʃit^{3}	kit^{3}
文冲	tʃ^{h}iŋ^{35}	kiŋ^{55}	ʃik^{3}	kik^{3}

	趕山開一見	漢山開一曉	割山開一見	喝山開一曉
廣州	kɔn^{35}	hɔn^{33}	kɔt^{3}	hɔt^{3}
文冲	kuŋ^{35}	huŋ^{33}	kuk^{3}	huk^{3}

	歡山合一曉	門臻合一明	闊山合一溪	勃臻合一並
廣州	fun^{55}	mun^{21}	fut^{3}	put^{2}
文冲	fuŋ^{55}	muŋ^{21}	fuk^{3}	puk^{2}

	信臻開三心	俊臻合三精	恤臻合三心	出臻合三昌
廣州	ʃɵn^{33}	tʃɵn^{33}	ʃɵt^{5}	tʃ^{h}ɵt^{5}
文冲	ʃɐŋ^{33}	tʃɐŋ^{33}	ʃɐk^{5}	tʃ^{h}ɐk^{5}

	鑽山合一精	船山合三船	絕山合三從	穴山合四匣
廣州	tʃyn^{33}	ʃyn^{21}	tʃyt^{2}	jyt^{2}
文冲	tʃyŋ^{33}	ʃyŋ^{21}	tʃyk^{2}	jyk^{2}

3 聲調方面

聲調方面，文沖話與老廣州白話沒有差異，顯示了較大的一致性。其一致性特點是全濁聲母上聲字讀為陽上；聲調共九個；入聲有三個，分別是上陰入、下陰入、陽入。陰入按元音長短分成兩個，下陰入字的主要元音是長元音。這是粵方言粵海片的特點。

七 九沙圍水上話音系

九沙村是一個以漁業為主的新村，位於大沙鎮九沙圍村方圓〇點六平方公里，一百二十六戶，二〇〇二年統計人口六百四十四人，村委會設於魚珠墟口。

九沙圍位於黃埔老港附近，是珠江岸側的一個小沙丘。由於經年河道淤積，珠江下游逐漸形成許多丘，農民開墾圍海造田，就把它叫作沙圍。至於九沙其名，相傳歷代丈量都是九十餘畝，因此得名。漁民過去居於艇上，流動作業，於一九八七年建村。未建村之前，曾在九沙圍、魚珠碼頭附近珠江江邊搭棚居住。一九七三年在魚珠河灣建有二十二套平房定居。九沙村以陳姓、黃姓最多。二十世紀八〇年代，珠江河水污染，魚蝦逐年減少，漁民轉移到近海捕撈，漁船也由小到大。[23]

九沙村位於大沙鎮九沙圍上，九沙村解放初期叫「九沙圍」，所以九沙村又常稱九沙圍，面積為〇點六平方公里。西南面臨珠江，東北面緊貼魚珠。解放前，這裡已有少數漁民在此落戶。解放後，陸續有漁民在這裡搭建棚屋而居。二〇〇八年統計，有一百二十六戶，五

23 廣州市黃埔區大沙鎮地方志編纂委員會編：《大沙鎮志》（北京市：中華書局，2008年6月），頁84；：《九沙村志》（未刊稿），頁93。

百七十三人。

九沙村是一條自然村，與茅崗村，新村，橫沙村，江貝村相鄰。圍上漁民從事近岸捕撈為主，部分則以下釣、撈蜆、撒網、浸蝦、圍罟等作業為生，由大沙鎮漁業大隊管理委員會管理。於一九八四年，經黃埔區批准，撤銷漁業大隊管理委員會，建立九沙鄉政府，一九八七年改為九沙村民委員會，村民來自漁業大隊的漁民。二○○二年八月起更名為九沙社區居民委員會，隸屬魚珠街道辦事處管轄。

九沙水上話已出現瀕危階段，水上話基本只有老人固守著，中青兩代基本已出外打工，甚至當上專業人士，他們已習慣了說廣州話、普通話。

合作人有黃有根（1924）、彭樹（1924）、黃細佬（1939）、梁炳權（1950）、陳金成（1952年，村長、副書記）、吳帶娣（1956年，書記）、陳錦輝（1979年，陳金成公子）。本文所描寫的語音系統以陳金成口音為準，他曾當九沙村村長。

（一）聲韻調系統

1　聲母十九個，零聲母包括在內

p	包必步白	p^h	批匹朋抱	m	媽莫文吻						
								f	法翻苦火		
t	刀答道敵	t^h	梯湯亭弟			l	來列李年				
tʃ	展站租就	$tʃ^h$	拆雌初車					ʃ	小緒水舌		
										j	人妖又羊
k	高官舊局	k^h	抗曲窮琴	ŋ	牙牛銀餓						
kw	瓜國郡跪	kw^h	困虧葵群							w	和橫汪永
								h	海血河空		
ø	二圍現吳										

2 韻母

韻母表（韻母四十二個，包括二個鼻韻韻母）

單元音	複元音			鼻尾韻		塞尾韻	
a 把知亞花	ai 排佳太敗	au 包抄交孝		am 貪擔杉站	aŋ 盲棚橫晚	ap 答塔插甲	ak 百格摘八
(ɐ)	ɐi 例西吠揮	ɐu 某浮九幽		ɐm 林任暗柑	ɐŋ 朋杏宏文	ɐp 粒十急及	ɐk 北得刻失
ɛ 些爹車野					ɛŋ 鏡餅頸腥		ɛk 劇隻笛吃
(e)	ei 皮悲己尾				eŋ 兵令兄應		ek 碧的役式
i 知私子衣		iu 苗少挑曉		im 尖檢劍店	iŋ 篇然天見	ip 接涉業協	ik 滅傑揭節
ɔ 多波科所	ɔi 代猜開害				ɔŋ 忙蚌漢傷		ɔk 莫縛葛腳
(o)		ou 部無毛好			oŋ 公統終容		ok 木篤菊局
u 姑虎符附	ui 妹回輩會				uŋ 般官春岸		uk 潑括律割
(ɵ)			ɵy 吹退徐取				
y 儲余住雨					yŋ 端船玄村		yk 脫說缺血
鼻韻　m̩ 唔　ŋ̍五午吳悟							

3　聲調九個

調類		調值	例字
陰平		55	知商超專
陰上		35	古走口比
陰去		33	變醉蓋唱
陽平		21	文雲陳床
陽上		13	女努距婢
陽去		22	漏爛備代
上	陰入	5	一筆曲竹
下	陰入	3	答說鐵刷
陽入		2	局集合讀

(二) 語音特點

1　聲母方面

古泥母、來母字n、l相混，南藍不分，諾落不分

	南（泥）		藍（來）		諾（泥）		落（來）
廣州	nam^{21}	≠	lam^{21}	廣州	$nɔk^{2}$	≠	$lɔk^{2}$
九沙	lam^{21}	=	lam^{21}	九沙	$lɔk^{2}$	=	$lɔk^{2}$

2　韻母方面

（1）無n、t韻尾

廣州老市區有一套舌尖鼻音尾韻-n（an、ɐn、in、ɔn、un、ɵn、yn）和舌尖塞音尾韻-t（at、ɐt、it、ɔt、ut、ɵt、yt），九沙話全套韻

尾念作舌根鼻音韻尾ŋ和舌根塞音韻尾k，這是一個特色

	旦山開一	晚山合三	達山開一	髮山合三
廣州	tan^{22}	man^{13}	tat^{2}	fat^{3}
九沙	$ta\eta^{22}$	$ma\eta^{13}$	tak^{2}	fak^{3}

	神臻開三	吻臻合三	失臻開三	佛臻合三
廣州	$\int \text{ɐ}n^{21}$	$m\text{ɐ}n^{35}$	$\int \text{ɐ}t^{5}$	$f\text{ɐ}t^{2}$
九沙	$\int \text{ɐ}\eta^{21}$	$m\text{ɐ}\eta^{35}$	$\int \text{ɐ}k^{5}$	$f\text{ɐ}k^{2}$

	綿山開三	田山開四	熱山開三	屑山開四
廣州	min^{21}	$t^{h}in^{21}$	jit^{2}	$\int it^{3}$
九沙	$mi\eta^{22}$	$t^{h}i\eta^{21}$	jik^{3}	$\int ik^{3}$

	岸山開一	汗山開一	喝山開一	割山開一
廣州	$\eta\text{ɔ}n^{22}$	$h\text{ɔ}n^{22}$	$h\text{ɔ}t^{3}$	$k\text{ɔ}t^{3}$
九沙	$\eta u\eta^{22}$	$hu\eta^{22}$	huk^{3}	kuk^{3}

	盤山合一	門臻合一	末山合一	沒臻合一
廣州	pun^{21}	mun^{21}	mut^{2}	mut^{2}
九沙	$pu\eta^{21}$	$mu\eta^{21}$	muk^{2}	muk^{2}

	秦臻開三	輪臻合三	律臻合三	術臻合三
廣州	$t\int \text{ɵ}n^{21}$	$l\text{ɵ}n^{21}$	$l\text{ɵ}t^{2}$	$\int \text{ɵ}t^{2}$
九沙	$t\int u\eta^{21}$	$lu\eta^{21}$	luk^{2}	$\int uk^{2}$

	短山合一	船山合三	奪山合一	決山合四
廣州	tyn^{35}	ʃyn^{21}	tyt^{3}	k^{h}yt^{3}
九沙	tyŋ^{35}	ʃyŋ^{21}	tyk^{3}	k^{h}yk^{3}

（2）廣州話有豐富的舌面前圓唇半開元音œ（ɵ）為主要元音一系列韻母，這類韻母多屬中古音裡的三等韻。廣州話的œ系韻母œ、œŋ、œk、ɵn、ɵt在九沙水上話分別歸入ɔ、ɔŋ、ɔk、uŋ、uk

沒有圓唇韻母œŋ、œk韻母，歸入ɔŋ、ɔk

	娘宕開三	香宕開三	雀宕開三	桌江開二
廣州	nœŋ^{21}	hœŋ^{55}	tʃœk^{3}	tʃ^{h}œk^{3}
九沙	lɔŋ^{21}	hɔŋ^{55}	tʃɔk^{3}	tʃ^{h}ɔk^{3}

沒有ɵn、ɵt韻母，分別讀成uŋ、uk。

	秦臻開三	輪臻合三	律臻合三	術臻合三
廣州	tʃɵn^{21}	lɵn^{21}	lɵt^{2}	ʃɵt^{2}
九沙	tʃuŋ^{21}	luŋ^{21}	luk^{2}	ʃuk^{2}

只保留ɵy韻母。

	序遇合三	對蟹合一	醉止合三	水止合三
廣州	tʃɵy^{22}	tɵy^{33}	tʃɵy^{33}	ʃɵy^{35}
九沙	tʃɵy^{22}	tɵy^{33}	tʃɵy^{33}	ʃɵy^{35}

3　聲調方面

聲調方面，九沙蜑語與老廣州白話沒有差異，聲調共九個，入聲有三個，分別是上陰入、下陰入、陽入。陰入按元音長短分成兩個，下陰入字的主要元音是長元音。

第三節　長洲鎮方音特點

一　正吉坊音系特點

據凌氏族人所言，深井村於宋、元時代已有居民聚居，約有七、八年歷史。深井村位於長洲鎮西南，陸地面積為二千六百三十五平方公里，古稱金鼎，村中至今仍存有金鼎兩字石匾一方。深井村是行政村，由正吉坊、歧西坊、叢桂坊、中約坊、南田坊、安來市組成，安來市是深井村的集市。這集市有金舖、船欄、茶樓和百貨。深井村四面環水，形似蘑菇。深井村除了有明清時期的古建築群外，還有建於清代的文塔，是黃埔區內唯一的一座清代藝術建築。竹崗又名番鬼山，有外國人墓地，是明末清初期間中國與海外交往的歷史見證。由於此村有其特殊性，二〇一八年十二月十日，國家公示了第五批中國傳統村落名錄，深井村被收錄進入「中國傳統村落名錄」。

深井村是雜姓村落，今以凌姓最多，故此選取凌氏作深井村方音代表。凌氏一族有宗祠，如景客凌公祠、柏軒凌公祠、肖蘭凌公祠。此村始建於明代，供奉開村始祖凌名方及歷代先人，凌名方之父凌震是宋末都統抗元名將。凌氏家族人才輩出，清末有凌福彭進士。

此次方言和民俗田野調查，合作人有凌爛輝（1913年，22傳）、凌錫弧（1935年，23傳，歧西坊）、凌志康（1937年，正吉坊）、凌文釗（1938年，歧西坊）、凌漢容（1938年，叢桂坊）、凌文超（1938）、凌錫霖（1940）、凌新汗（1951年，中約坊）、凌漢汗（不願提供出生之年）。本音系主要合作人是凌志康，反映的是正吉坊這一條自然村村話。其餘凌氏人也有一一調查。正吉坊、歧西坊、叢桂坊、中約坊、南田坊是深井村屬下的自然村，凌氏族人都分布這四條自然村裡。

深井有廣州近郊一帶的民俗，就是龍標。每年端午，深井周邊各村舉辦龍船景。對於輩分高的龍船，村裡會派出龍標到閘口迎接。這就是招景，也稱龍舟招景、端午招景。

（一）聲韻調系統

1　聲母十九個，零聲母包括在內

p	貝簿品邊	p^h	頗爬編片	m	模美文麥						
								f	火科非煩		
t	多店洞狄	t^h	拖梯肚挺			l	拉李另泥				
tʃ	姐捉折竹	$tʃ^h$	此初車柱					ʃ	修所身市		
										j	由於入元
k	歌己共江	k^h	卻拘求劇	ŋ	我捱銀外						
kw	怪均季郡	kw^h	誇困葵愧							w	和獲蛙旺
								h	孔腔香行		
ø	歐安鴨握										

2 韻母

韻母表（韻母四十五個，包括二個鼻韻韻母）

單母音	複母音		鼻尾韻			塞尾韻		
a 巴查下打	ai 大界債快	au 包找紋孝	am 探擔站讒	an 丹山班還	aŋ 盲冷棚横	ap 答臘插甲	at 達八刷髮	ak 或百額隔
(ɐ)	ɐi 祭閉窺揮	ɐu 偷口流游	ɐm 感林今音	ɐn 吞民棍信	ɐŋ 崩更笙蒸	ɐp 恰立拾吸	ɐt 七失不律	ɐk 北得則力
ɛ 姐寫謝社					ɛŋ 病鏡餅鄭			ɛk 隻石踢吃
(e)								
i 是資字碑		iu 標招要了	im 漸炎尖嫌	in 便扇天煙		ip 接攝貼協	it 別舌揭結	
ɔ 多果和助	ɔi 台在愛對				ɔŋ 忙光網港			ɔk 博角國獲
(o)		ou 鋪吐報告			oŋ 東公中容			ok 木谷目束
u 姑胡夫附	ui 背枚妹繪			un 半官玩趕			ut 撥括沒割	
œ 靴					œŋ 娘相向窗			œk 略若藥桌
(ɵ)								
y 豬如主注				yn 短宣玄寸			yt 奪絕月決	
鼻韻 m̩ 唔 ŋ̍ 吳梧誤悟								

3　聲調

<table>
<tr><th colspan="2">調類</th><th>調值</th><th>例字</th></tr>
<tr><td colspan="2">陰平</td><td>55</td><td>丁知商三</td></tr>
<tr><td colspan="2">陰上</td><td>35</td><td>古短手展</td></tr>
<tr><td colspan="2">陰去</td><td>33</td><td>蓋正唱怕</td></tr>
<tr><td colspan="2">陽平</td><td>21</td><td>人文平時</td></tr>
<tr><td colspan="2">陽上</td><td>13</td><td>女有倍舅</td></tr>
<tr><td colspan="2">陽去</td><td>22</td><td>怒弄共戶</td></tr>
<tr><td>上</td><td rowspan="2">陰入</td><td>5</td><td>急一即曲</td></tr>
<tr><td>下</td><td>3</td><td>甲說刷割</td></tr>
<tr><td colspan="2">陽入</td><td>2</td><td>六藥食俗</td></tr>
</table>

(二) 語音特點

1　聲母方面

無舌尖鼻音n，古泥母、來母字今音聲母均讀作l

古泥（娘）母字廣州話基本n、l不混，深井村正吉坊人卻是n、l相混，結果南藍不分，諾落不分。

	南（泥）		藍（來）		娘（泥）		良（來）
廣　州	nam^{21}	≠	lam^{21}	廣　州	nœŋ^{21}	≠	lœŋ^{21}
正吉坊	lam^{21}	=	lam^{21}	正吉坊	lœŋ^{21}	=	lœŋ^{21}

2　韻母方面

（1）古止攝開口三等字在廣州話韻母部分讀ei，長洲鎮深井村正吉

坊話讀作i[24]

	肌止開三見	企止開三溪	喜止開三曉	希止開三溪
廣　州	kei^{55}	$k^{h}ei^{35}$	hei^{35}	hei^{55}
正吉坊	ki^{55}	$k^{h}i^{35}$	hi^{35}	hi^{55}

（2）ɵy是古遇攝合口三等、蟹攝合口一等、蟹攝合口三等字，止攝合口三等字長洲片皆讀作ui

	腿蟹合一透	稅蟹合三書	隨止合三邪	渠遇合三群
廣　州	$t^{h}ɵy^{35}$	$ʃɵy^{33}$	$tʃ^{h}ɵy^{21}$	$k^{h}ɵy^{21}$
正吉坊	$t^{h}ui^{35}$	$ʃui^{33}$	$tʃ^{h}ui^{21}$	$k^{h}ui^{21}$

（3）古遇攝合口三等字的徐、除兩字皆讀作y，凌漢容、凌文釗、凌錫弧都是一致的

	徐遇合三邪	除遇合三澄
廣　州	$tʃ^{h}ɵy^{21}$	$tʃ^{h}ɵy^{21}$
正吉坊	$tʃ^{h}y^{21}$	$tʃ^{h}y^{21}$

（4）古遇攝合口三等字，聲母為見母、曉母，有四個字保留讀作ɵy

	舉遇合三見	去遇合三見	居遇合三見	許遇合三曉
廣　州	$kɵy^{35}$	$hɵy^{33}$	$kɵy^{55}$	$hɵy^{35}$
正吉坊	$kɵy^{35}$	$hɵy^{33}$	$kɵy^{55}$	$hɵy^{35}$

---

24 詹伯慧主編：：《廣東粵方言概要》（廣州市：暨南大學出版社，2002年7月），頁130稱廣州郊區有的地方讀i。

（5）古山攝開口一等字ɔn皆讀作un；古咸攝開口一等、山攝開口一等字ɔt，皆讀作ut

	肝山開一見	看山開一溪	漢山開一曉	案山開一影
廣　州	kɔn^{55}	hɔn^{33}	hɔn^{33}	ɔn^{33}
正吉坊	kun^{55}	hun^{33}	hun^{33}	un^{33}

	喝咸開一曉	割山開一見	葛山開一見	渴山開一溪
廣　州	hɔt^{3}	kɔt^{3}	kɔt^{3}	hɔt^{3}
正吉坊	hut^{3}	kut^{3}	kut^{3}	hut^{3}

（6）古臻開口三等、臻攝合口一等、合口三等的ɵn讀作ɐn；古臻攝開口三等、合口一等、合口三等的ɵt，皆讀作ɐt

	鄰臻開三來	信臻開三心	頓臻合一端	倫合三來
廣　州	lɵn^{21}	ʃɵn^{33}	tɵn^{22}	lɵn^{21}
正吉坊	lɐn^{21}	ʃɐn^{33}	tɐn^{22}	lɐn^{21}

	栗臻開三來	卒臻合一精	恤臻合三心	出臻合三昌
廣　州	lɵt^{2}	tʃɵt^{5}	ʃɵt^{5}	$\text{tʃ}^{h}\text{ɵt}^{5}$
正吉坊	lɐt^{2}	tʃɐt^{5}	ʃɐt^{5}	$\text{tʃ}^{h}\text{ɐt}^{5}$

（7）古臻攝開口三等、曾攝開口三等、梗攝開口二等、梗攝開口三等、梗攝開口四等、梗攝合口三等、梗攝合口四等鼻音韻尾eŋ皆讀作ɐŋ；古臻攝開口三等、曾攝開口三等、梗攝開口二等、梗攝開口三等、梗攝開口四等、梗攝合口三等塞聲韻尾ek皆讀作ɐk

	認臻開三日	冰曾開三幫	鶯梗開二影	正梗開三章
廣　州	jeŋ^{22}	peŋ^{55}	jeŋ^{55}	tʃeŋ^{33}
正吉坊	jɐŋ^{22}	pɐŋ^{55}	jɐŋ^{55}	tʃɐŋ^{33}

	兄梗合三曉	螢梗合四匣	星梗開四心
廣　州	heŋ^{55}	jeŋ^{21}	ʃeŋ^{55}
正吉坊	hɐŋ^{55}	jɐŋ^{21}	ʃɐŋ^{55} / ʃɛŋ^{55}（口語）

	悉臻開三心	逼曾開三幫	迫梗開三幫
廣　州	ʃek^{5}	pek^{5}	pek^{5}
正吉坊	ʃɐk^{5}	pɐk^{5}	pɐk^{5}

	積梗開二精	的梗開四端	疫梗合三以
廣　州	tʃek^{5}	tek^{5}	jek^{2}
正吉坊	tʃɐk^{5}	tɐk^{5}	jɐk^{2}

3　聲調方面

聲調方面，正吉坊話與老廣州白話沒有差異，顯示了較大的一致性。其一致性特點是全濁聲母上聲字讀為陽上；聲調共九個；入聲有三個，分別是上陰入、下陰入、陽入。陰入按元音長短分成兩個，下陰入字的主要元音是長元音。這是粵方言粵海片的特點。

二　上莊音系特點

上莊是位於長洲鎮長洲村（行政村）的一條自然村。長洲村位於長洲島（黃埔島）上，原是珠江中一個陸洲，一九五九年黃埔造船廠在深井安來市至深井涌口河段吹沙填河，使這段成為陸地，將長洲村與深井村連成一片，使兩個島合為一個島，全島陸地面積為八點五平方公里，同屬長洲鎮管轄。[25]

上莊村的合作人是曾智燦（1944），這次調查，鎮政府只安排了一個人進行調查。至於下莊，由於安排的人是來自順德，也只安排一個下莊人，故此不加以記錄。曾智燦善稱這條自然村有上莊話和番禺新造兩種口音。

（一）聲韻調系統

1　聲母十九個，零聲母包括在內

p	補瀑品邊	p^h	頗爬編拼	m	磨務微媽						
								f	貨苦府復		
t	大釘代狄	t^h	拖替肚條			l	羅利歷念				
tʃ	借寨支逐	$tʃ^h$	次楚綽程					ʃ	四色恕市		
										j	由音日月
k	官巾件家	k^h	曲拘期劇	ŋ	臥顏蟻岸						
kw	乖均季郡	kw^h	誇盔葵規							w	和宏蛙位
								h	開客獻械		
ø	歐藹丫矮										

25 長洲鎮地方志辦公室編：《長洲鎮志》（廣州市：廣東省地圖出版社，1998年9月），頁51。

2 韻母

韻母表（韻母四十五個，包括二個鼻韻韻母）

單母音	複母音		鼻尾韻			塞尾韻		
a 馬加牙蛙	ai 孩界街槐	au 爆吵教矛	am 探慚站鑑	an 炭簡刪關	aŋ 彭坑橙橫	ap 踏塌夾峽	at 達察猾髮	ak 柏宅責隔
(ɐ)	ɐi 厲迷虧貴	ɐu 剖狗紐幼	ɐm 暗針深妗	ɐn 很真婚津	ɐŋ 登衡粳蒸	ɐp 恰輯入吸	ɐt 漆質忽律	ɐk 特塞黑力
ɛ 借寫者耶					ɛŋ 病鏡餅頸			ɛk 隻石笛吃
(e)								
i 宜私絲彼		iu 飄少妖調	im 陜炎瞻點	in 錢延填宴		ip 業怯疊牒	it 哲設歇切	
ɔ 左過禍梳	ɔi 來賽礙歲				ɔŋ 莽黃望降			ɔk 寞確國獲
(o)		ou 模肚到懊			oŋ 東工豐胸			ok 卜屋六局
u 古護扶附	ui 配媒悔潰			un 半貫換肝			ut 潑括豁喝	
œ 靴					œŋ 良相羊窗			œk 略弱躍啄
(ɵ)								
y 諸與註羽				yn 段川犬存			yt 脫悅粵穴	
鼻韻 m̩ 唔 ŋ̍ 伍悟梧午								

3　聲調

<table>
<tr><th colspan="2">調類</th><th>調值</th><th>例字</th></tr>
<tr><td colspan="2">陰平</td><td>55</td><td>三初丁知</td></tr>
<tr><td colspan="2">陰上</td><td>35</td><td>楚比走古</td></tr>
<tr><td colspan="2">陰去</td><td>33</td><td>怕愛對帳</td></tr>
<tr><td colspan="2">陽平</td><td>21</td><td>如龍時床</td></tr>
<tr><td colspan="2">陽上</td><td>13</td><td>努武婢倍</td></tr>
<tr><td colspan="2">陽去</td><td>22</td><td>望雁陣健</td></tr>
<tr><td>上</td><td rowspan="2">陰入</td><td>5</td><td>福出一曲</td></tr>
<tr><td>下</td><td>3</td><td>刷百接答</td></tr>
<tr><td colspan="2">陽入</td><td>2</td><td>落物舌局</td></tr>
</table>

（二）語音特點

1　聲母方面

無舌尖鼻音n，古泥母、來母字今音聲母均讀作l

古泥（娘）母字廣州話基本n、l不混，上莊話是n、l相混，結果南藍不分，諾落不分。

	女（泥）		呂（來）		諾（泥）		落（來）
廣州	nøy^{13}	≠	løy^{13}	廣州	nɔk^{2}	≠	lɔk^{2}
上莊	løy^{13}	=	løy^{13}	上莊	lɔk^{2}	=	lɔk^{2}

2　韻母方面

（1）古止攝開口三等、止攝合口三等字，廣州話讀作ei，上莊讀作i

	碑止開三幫	氣止開三溪	飛止合三非	尾止合三微
廣州	pei^{55}	hei^{33}	fei^{55}	mei^{13}
上莊	pi^{55}	hi^{33}	fi^{55}	mi^{13}

（2）ɵy是古遇攝合口三等、蟹攝合口一等、蟹攝合口三等字，止攝合口三等字長洲片皆讀作ui

	隊蟹合一定	稅蟹合三書	炊止合三昌	去遇合三溪
廣州	$t^hɵy^{22}$	$ʃɵy^{33}$	$tʃ^hɵy^{55}$	$hɵy^{55}$
上莊	t^hui^{22}	$ʃui^{33}$	$tʃ^hui^{55}$	hui^{55}

（3）古遇攝合口三等字的徐、除兩字皆讀作y，這一點跟深井村正吉坊一致的

	徐遇合三邪	除遇合三澄
廣州	$tʃ^hɵy^{21}$	$tʃ^hɵy^{21}$
上莊	$tʃ^hy^{21}$	$tʃ^hy^{21}$

（4）古遇攝合口三等字，只有女呂保留讀作ɵy

	女遇合三泥	呂遇合三來
廣州	$nɵy^{13}$	$lɵy^{13}$
上莊	$lɵy^{13}$	$lɵy^{13}$

（5）古遇攝合口三等字ɵy與見組、曉組字相拼讀作ui

	居遇合三見	巨遇合三群	許遇合三曉	虛遇合三曉
廣州	$kɵy^{55}$	$kɵy^{55}$	$hɵy^{35}$	$hɵy^{55}$
上莊	kui^{55}	kui^{55}	hui^{35}	hui^{55}

（6）古臻開口三等、臻攝合口一等、合口三等的ɵn讀作ɐn；古臻攝開口三等、合口一等、合口三等的ɵt，皆讀作ɐt

	津臻開三精	信臻開三心	頓臻合一端	順臻合三船
廣州	tʃɵn^{55}	ʃɵn^{33}	tɵn^{22}	ʃɵn^{22}
上莊	tʃɐn^{55}	ʃɐn^{33}	tɐn^{22}	ʃɐn^{22}

	栗臻開三來	卒臻合一精	率臻合三生	術臻合三船
廣州	lɵt^{5}	tʃɵt^{5}	ʃɵt^{5}	ʃɵt^{2}
上莊	lɐt^{5}	tʃɐt^{5}	ʃɐt^{5}	ʃɐt^{2}

（7）古臻攝開口三等、曾攝開口三等、梗攝開口二等、梗攝開口三等、梗攝開口四等、梗攝合口三等、梗攝合口四等鼻音韻尾eŋ皆讀作ɐŋ；古臻攝開口三等、曾攝開口三等、梗攝開口二等、梗攝開口三等、梗攝開口四等、梗攝合口三等塞聲韻尾ek皆讀作ɐk。這個特點跟深井村（行政村）正吉坊完全一致

	勁臻開三見	冰曾開三幫	鸚梗開二影	正梗開三章
廣州	keŋ^{22}	peŋ^{55}	jeŋ^{55}	tʃeŋ^{33}
上莊	kɐŋ^{22}	pɐŋ^{55}	jɐŋ^{55}	tʃɐŋ^{33}

	瓶梗開四並	泳梗合三云	螢梗合四匣
廣州	p^{h}eŋ^{21}	weŋ^{22}	jeŋ^{21}
上莊	p^{h}ɐŋ^{21}	wɐŋ^{22}	jɐŋ^{21}

	悉臻開三心	力曾開三來	迫梗開二幫
廣州	ʃek^{5}	lek^{2}	pek^{5}
上莊	ʃɐk^{5}	lɐk^{2}	pɐk^{5}

	僻梗開三滂	壁梗開四幫	役梗合三以
廣州	$p^{h}ek^{5}$	pek^{5}	jek^{2}
上莊	$p^{h}ɐk^{5}$	$pɐk^{5}$	$jɐk^{2}$

（8）古山攝開口一等字ɔn皆讀作un；古咸攝開口一等、山攝開口一等字ɔt，皆讀作ut

	肝山開一見	岸山開一疑	寒山開一匣	安山開一影
廣州	$kɔn^{55}$	$ŋɔn^{22}$	$hɔn^{21}$	$ɔn^{55}$
上莊	kun^{55}	$ŋun^{22}$	hun^{21}	un^{55}

	喝咸開一曉	割山開一見	葛山開一見	渴山開一溪
廣州	$hɔt^{3}$	$kɔt^{3}$	$kɔt^{3}$	$hɔt^{3}$
上莊	hut^{3}	kut^{3}	kut^{3}	hut^{3}

3　聲調方面

聲調方面，上莊話與老廣州白話沒有差異，顯示了較大的一致性。其一致性特點是全濁聲母上聲字讀為陽上；聲調共九個；入聲有三個，分別是上陰入、下陰入、陽入。陰入按元音長短分成兩個，下陰入字的主要元音是長元音。這是粵方言粵海片的特點。

三　江瀝海水上話音系特點

江瀝海位於深井村，是深井南邊沿珠江地方，漁民的聚居地，他們在珠江邊一帶以打魚網魚維生。這裡原是在沿江邊架起的茅棚，跟香港新界大澳茅棚一樣，所以那時漁民生活條件不大好，一九五八年政府為漁民建成磚屋，形成一條自然村。他們的居住地，是安來市部分地段。

受訪者有彭炳坤（1935）、盧九（1943）、黃細佬（1946年）。一九九九年調查時，彭炳坤因年老，已不再打魚，盧九則還繼續打魚，黃細佬也打過魚，後來在村裡當上幹部。本音系以黃細佬為主，因其水上話保留較多特色，彭炳坤、盧九受廣州話影響較大，特色較少。筆者在江瀝海前後調查進行了多次田野調查，除了記錄語音外，也調查了水上人五行命名文化。

（一）聲韻調系統

1　聲母十九個，零聲母包括在內

p	波薄玻閉	p^h	浦排鄙拼	m	摩無末麥						
								f	貨褲富煩		
t	到定豆笛	t^h	土體談填			l	羅例另你				
tʃ	醉責舟逐	$tʃ^h$	秋楚吹長					ʃ	私縮水時		
										j	已於入月
k	古已局嫁	k^h	卻級茄勤	ŋ	呆顏銀岸						
kw	怪軌季倔	kw^h	強垮狂規							w	回獲溫韻
								h	考腔許下		
ø	奧安丫握										

2　韻母

韻母表（韻母五十一個，包括二個鼻韻韻母）

單母音	複母音		鼻尾韻			塞尾韻		
a　馬查也話	ai　大界街槐	au　飽炒較貓	am　男膽衫巖	an　坦扮慢幻	aŋ　膨坑橙横	ap　踏蠟狹鴨	at　捺軋滑發	ak　惑白客革
(ɐ)	ɐi　世迷危歸	ɐu　鬥叩劉柚	ɐm　甘針甚妗	ɐn　跟民婚進	ɐŋ　朋杏哽兵	ɐp　合立急泣	ɐt　七失不卒	ɐk　墨得則碧
ɛ　些車蛇野					ɛŋ　頸餅鏡病			ɛk　屐尺笛糴
(e)	ei　碑你希尾				eŋ　勝命鈴傾			ek　直亦劈寂
i　宜次司以		iu　表少耀跳	im　沾劍簽店	in　綿延田現		ip　脅頁貼歉	it　列設揭潔	
ɔ　左果窩梳	ɔi　來改愛內			ɔn　稈漢韓按	ɔŋ　堂皇防兩		ɔt　葛割喝渴	ɔk　博學國腳
(o)		ou　菩肚到高			oŋ　凍公終恭			ok　族毒目束
u　故護扶芋	ui　背媒妹舉			un　盤灌歡盆			ut　末括豁勃	
œ　鋤茄螺糯								
(ɵ)								
y　舒於株羽				yn　團宣縣孫			yt　奪悅越決	
鼻韻　m̩　唔　ŋ̍ 五悟梧誤								

3　聲調

<table>
<tr><th colspan="2">調類</th><th>調值</th><th>例字</th></tr>
<tr><td colspan="2">陰平</td><td>55</td><td>三知剛開</td></tr>
<tr><td colspan="2">陰上</td><td>35</td><td>展口手楚</td></tr>
<tr><td colspan="2">陰去</td><td>33</td><td>醉怕至抗</td></tr>
<tr><td colspan="2">陽平</td><td>21</td><td>如人唐時</td></tr>
<tr><td colspan="2">陽上</td><td>13</td><td>染有蟹瓦</td></tr>
<tr><td colspan="2">陽去</td><td>22</td><td>雁代陣健</td></tr>
<tr><td>上</td><td rowspan="2">陰入</td><td>5</td><td>一即筆急</td></tr>
<tr><td>下</td><td>3</td><td>答百刷割</td></tr>
<tr><td colspan="2">陽入</td><td>2</td><td>律弱俗服</td></tr>
</table>

（二）語音特點

1　聲母方面

無舌尖鼻音n，古泥母、來母字今音聲母均讀作l

古泥（娘）母字廣州話基本n、l不混，江瀝海水上話卻是n、l相混，結果南藍不分，諾落不分。

	女（泥）		呂（來）		諾（泥）		落（來）
廣　州	nɵy^{13}	≠	lɵy^{13}	廣　州	nɔk^{2}	≠	lɔk^{2}
江瀝海	lɵy^{13}	=	lɵy^{13}	江瀝海	lɔk^{2}	=	lɔk^{2}

2　韻母方面

（1）古止攝開口三等、止攝合口三等字，廣州話讀作ei，江瀝海水上話受廣州話影響很大，黃細佬只餘下四、死、飢保留讀作i

盧九、彭炳坤皆讀作ei。

	四止開三心	死止開三心	飢止開三見
廣　州	ʃei^{33}	ʃei^{35}	kei^{55}
江瀝海	ʃi^{33}	ʃi^{35}	ki^{55}

（2）部分字讀作半開前圓唇元音œ

	茄果開三群	螺果合一來	糯果合一泥
廣　州	k^{h}ɛ^{21}	lɔ^{21}	nɔ^{22}
江瀝海	k^{h}œ^{35} / k^{h}œ^{55}	lœ^{35} / lœ^{55}	lœ^{22}

黃細佬、盧九、彭炳坤皆不懂甚麼是靴，所以不知道此字是如何讀的。

（3）ɵy是古遇攝合口三等、蟹攝合口一等、蟹攝合口三等字，止攝合口三等字，江瀝海分別讀作ui、ɔi、y、ɵy。讀作ui是最多的，稅、醉、帥、水四個字讀作ɔi，女、呂、除三個字保留讀ɵy，而徐、趣兩字則讀作y

	居遇合三見	對蟹合一端	歲蟹合三心	累止合一來
廣　州	kɵy^{55}	tɵy^{33}	ʃɵy^{33}	lɵy^{22}
江瀝海	kui^{55}	tui^{33}	ʃui^{33}	lui^{22}

	稅蟹合三書	醉止合三精	水止合三書	帥止合三生
廣　州	ʃɵy^{33}	tʃɵy^{33}	ʃɵy^{35}	ʃɵy^{33}
江瀝海	ʃɔi^{33}	tʃɔi^{33}	ʃɔi^{35}	ʃɔi^{33}

	女遇合三泥	呂遇合三來	除遇合三澄
廣　州	$nɵy^{13}$	$lɵy^{13}$	$tʃ^hɵy^{21}$
江瀝海	$lɵy^{13}$	$lɵy^{13}$	$tʃ^hɵy^{21}$

	趣遇合三清	徐遇合三邪
廣　州	$tʃ^hɵy^{33}$	$tʃ^hɵy^{21}$
江瀝海	$tʃ^hy^{33}$	$tʃ^hy^{21}$

（4）少量古臻開口三等、臻攝合口一等、合口三等的ɵn讀作ɐn；大部分古臻攝開口三等、合口一等、合口三等的ɵt，皆讀作ɐt。這些字是受深井村正吉坊、歧西坊、叢桂坊、中約坊、南田坊方言影響。原因黃細佬在深井村當幹部，幹部日常用語以深井話為主

	津臻開三精	進臻開三精	春臻合三昌	潤臻合三日
廣　州	$tʃɵn^{55}$	$tʃɵn^{33}$	$tʃ^hɵn^{55}$	$jɵn^{22}$
江瀝海	$tʃɐn^{55}$	$tʃɐn^{33}$	$tʃ^hɐn^{55}$	$jɐn^{22}$

	卒臻合一精	律臻合三來	術臻合三船	述臻合三船
廣　州	$tʃɵt^{5}$	$lɵt^{2}$	$ʃɵt^{2}$	$ʃɵt^{2}$
江瀝海	$tʃɐt^{5}$	$lɐt^{2}$	$ʃɐt^{2}$	$ʃɐt^{2}$

（5）舌面前圓唇半開元音œ為主要元音一系列韻母中的œŋ、œk讀作ɔŋ、ɔk

	娘宕開三	將宕開三	香宕開三	唱宕開三
廣　州	$nœŋ^{21}$	$tʃœŋ^{55}$	$hœŋ^{55}$	$tʃ^hœŋ^{33}$
江瀝海	$lɔŋ^{42}$	$tʃɔŋ^{55}$	$hɔŋ^{55}$	$tʃ^hɔŋ^{33}$

	若宕開三	卻宕開三	雀宕開三	腳宕開三
廣　州	jœk²	kʰœk³	tʃœk³	kœk³
江瀝海	jɔk²	kʰɔk³	tʃɔk³	kɔk³

（6）古曾攝開口三等、梗攝開口二等、梗攝開口三等、梗攝開口四等、梗攝合只三等、梗攝合口四等字，廣州話皆讀作eŋ，江瀝海水上話除了曉匣不變讀，其餘皆讀作ɐŋ；古曾攝開口三等、梗攝開口三等、梗攝開口四等、梗攝合口三等字，廣州話讀作ek，江瀝海部分水上話除了見組、曉匣不變讀，其餘皆讀作ɐk。[26]盧九、彭炳坤兩人則跟廣州話一致讀法

	冰曾開三幫	京梗開三	英梗開三影	正梗開三章
廣　州	peŋ⁵⁵	keŋ⁵⁵	jeŋ⁵⁵	tʃeŋ³³
江瀝海	pɐŋ⁵⁵	kɐŋ⁵⁵	jɐŋ⁵⁵	tʃɐŋ³³

	熄曾開三心	碧梗開三幫	益梗開三影	敵梗開四定
廣　州	ʃek⁵	pek⁵	jek⁵	tek²
江瀝海	ʃɐk⁵	pɐk⁵	jɐk⁵	tɐk²

3　聲調方面

聲調方面，江瀝海話與老廣州白話沒有差異，顯示了較大的一致性。其一致性特點是全濁聲母上聲字讀為陽上；聲調共九個；入聲有三個，分別是上陰入、下陰入、陽入。陰入按元音長短分成兩個，下陰入字的主要元音是長元音。這是粵方言粵海片的特點。

26 黃家教：:〈廣州市東郊鄉音特點〉,《中山大學學報》(社會科學版) 第二期（廣州市：中山大學出版社，1991年），頁118：黃教授在廣州東郊鄉音特點例釋第二便提及了。

四　安來市水上話音系特點

安來市是長洲鎮深井村（行政村）屬下的墟市，這墟市有眾多的金鋪、茶樓、藥材店、理髮店、糧油百貨店、布匹店、成衣店、中西醫館等。由於這裡是墟場，也停了許許多多當地小漁船和聚了許多漁民在此做生意，鎮政府也代安排在這裡調查水上人。據鎮政府稱，陸上人口全是四方八面來的，沒有本土土著。

合作人是郭金（1926）、黃鏡全（1939）、梁滿棠（1947年，祖父是打魚人、父親轉了做運輸，黃鏡全也是當運輸工作）。三位合作人的口音，受廣州話影響很大，特別是黃鏡全和梁滿棠。郭金口音只保留部分水上人語音特點，但也受廣州話和安來市這個市集方言影響很大，由於這個也是反映語言的變遷與經濟的發展關係，以及與語言接觸的關係，筆者也記錄於此。

（一）聲韻調系統

1　聲母十九個，零聲母包括在內

p	貝步胖壁	p^h	鋪琵編批	m	魔美文貌						
								f	火課飛煩		
t	多店洞掉	t^h	他梯投亭			l	拉例另尼				
tʃ	姐炸支軸	tʃ^h	雌初綽除					ʃ	修師世上		
										j	由央仍語
k	個幾件介	k^h	驅級期拳	ŋ	餓硬藝傲						
kw	怪軌橘跪	kw^h	誇坤葵傀							w	禾環污韻
								h	孔客許效		
ø	阿藹鴨坳										

2 韻母

韻母表（韻母四十九個，包括二個鼻韻韻母）

單母音	複母音			鼻尾韻			塞尾韻		
a 把家蝦話	ai 太戒佳壞	au 爆吵狡貓		am 參談減鹹	an 丹產慢彎	aŋ 烹硬棚横	ap 搭鑞插峽	at 薩札刮發	ak 或魄額策
(ɐ)	ɐi 勵陛軌費	ɐu 茂夠流游		ɐm 堪臨枕音	ɐn 跟親婚鄰	ɐŋ 登耿萌轟	ɐp 盒立十及	ɐt 筆室突術	ɐk 默得塞刻
ɛ 姐者社野						ɛŋ 餅頸鄭病			ɛk 炙尺踢吃
(e)	ei 披你豈非					eŋ 蒸坪鈴營			ek 息惜嫡激
i 是資司意		iu 表少邀調		im 陝劍尖甜	in 綿膳年見		ip 業怯貼歉	it 別設熱結	
ɔ 多課貨所	ɔi 台在海內				ɔn 乾刊韓翰	ɔŋ 忙汪方相		ɔt 喝渴割葛	ɔk 博學撲腳
(o)		ou 布徒到好				oŋ 蒙洞中恐			ok 僕屋竹束
u 股狐付芋	ui 杯梅回匯				un 半觀碗本			ut 撥抹活沒	
œ 靴糯									
(ɵ)			ɵy 女須隊吹						
y 書於朱蛀					yn 暖選犬存			yt 奪悅越血	
鼻韻 m̩ 唔 ŋ̍ 五誤蜈悟									

3　聲調

<table>
<tr><th colspan="2">調類</th><th>調值</th><th>例字</th></tr>
<tr><td colspan="2">陰平</td><td>55</td><td>知丁超三</td></tr>
<tr><td colspan="2">陰上</td><td>35</td><td>展走比手</td></tr>
<tr><td colspan="2">陰去</td><td>33</td><td>蓋正愛唱</td></tr>
<tr><td colspan="2">陽平</td><td>21</td><td>人如扶陳</td></tr>
<tr><td colspan="2">陽上</td><td>13</td><td>老野距蟹</td></tr>
<tr><td colspan="2">陽去</td><td>22</td><td>弄怒大巨</td></tr>
<tr><td>上</td><td rowspan="2">陰入</td><td>5</td><td>一惜福筆</td></tr>
<tr><td>下</td><td>3</td><td>接鐵割刷</td></tr>
<tr><td colspan="2">陽入</td><td>2</td><td>六落宅服</td></tr>
</table>

（二）語音特點

1　聲母方面

無舌尖鼻音n，古泥母、來母字今音聲母均讀作l

古泥（娘）母字廣州話基本n、l不混，安來市水上話卻是n、l相混，結果南藍不分，諾落不分。

	女（泥）		呂（來）		諾（泥）		落（來）
廣　州	nɵy^{13}	≠	lɵy^{13}	廣　州	nɔk^{2}	≠	lɔk^{2}
安來市	lɵy^{13}	=	lɵy^{13}	安來市	lɔk^{2}	=	lɔk^{2}

2　韻母方面

（1）古止攝開口三等、止攝合口三等字，廣州話讀作ei，安來市水上話受廣州話影響很大，郭金只餘下四、死、李保留讀作i。黃

鏡全和梁滿棠皆讀作ei

	四止開三心	死止開三心	李止開三來
廣　州	ʃei^{33}	ʃei^{35}	lei^{13}
安來市	ʃi^{33}	ʃi^{35}	li^{13}

（2）古臻開口三等、臻攝合口一等、合口三等的ɵn讀作ɐn；古臻攝開口三等、合口一等、合口三等的ɵt，皆讀作ɐt

	津臻開三精	論臻合一來	循臻合三邪	閏臻合三日
廣　州	tʃɵn^{55}	lɵn^{22}	tʃʰɵn^{21}	jɵn^{22}
安來市	tʃɐn^{55}	lɐn^{22}	tʃʰɐn^{21}	jɐn^{22}

	栗臻開三來	卒臻合一精	朮臻合三澄	述臻合三船
廣　州	lɵt^{2}	tʃɵt^{5}	ʃɵt^{2}	ʃɵt^{2}
安來市	lɐt^{2}	tʃɐt^{5}	ʃɐt^{2}	ʃɐt^{2}

（3）舌面前圓唇半開元音œ為主要元音一系列韻母中的œŋ、œk讀作ɔŋ、ɔk，但這個水上最大特點，在安來市黃鏡全和梁滿棠皆完全讀作œŋ、œk，郭金則只有相、霜、亮三個字讀作ɔŋ，只有腳字讀作ɔk

	相宕開三心	霜宕開三生	亮宕開三來	腳宕開三見
廣　州	ʃœŋ^{55}	ʃœŋ^{55}	lœŋ^{22}	kœk^{3}
安來市	ʃɔŋ^{55}	ʃɔŋ^{55}	lɔŋ^{22}	kɔk^{3}

3　聲調方面

聲調方面，安來市話與老廣州白話沒有差異，顯示了較大的一致性。其一致性特點是全濁聲母上聲字讀為陽上；聲調共九個；入聲有三個，分別是上陰入、下陰入、陽入。陰入按元音長短分成兩個，下陰入字的主要元音是長元音。這是粵方言粵海片的特點。

五　洪福市水上話音系特點

洪福市屬下莊管轄，原是一條圍壆，是上下莊過鹿步司的主要來往碼頭，由於店舖的不斷興建自然形成一個集市，洪福成為停泊在河面船隻的購物點。在洪福市設有海關和檢疫所，並聚居有蜑民。當時洪福市是長洲最興旺之地，有三、四十間店舖，被譽為小香港，本地人稱之為長洲壆。[27]由於這裡的興旺，本地蜑民和漁艇便聚集起來，形成洪福市唯一土著方言，跟陸上方言來自四方八面不同。鎮政府也因此只安排了這裡的水上人給筆者進行調查。

合作人只安排了一個，就是陳耀（1932），他很強調自己是水上人，由於陳耀是在市上做生意，所以其口音完全向廣州話靠攏，只餘下水上話一種口音特點。

27 長洲鎮地方志辦公室編：《長洲鎮志》（廣州市：廣東省地圖出版社，1998年9月），頁51。

(一) 聲韻調系統

1　聲母十九個，零聲母包括在內

p	菠步品閉	p^h	普排編批	m	摩務聞媽						
								f	婚褲富煩		
t	多低誕敵	t^h	土聽投題			l	鑼李另那				
tʃ	醉責支珍	$tʃ^h$	次楚處澄					ʃ	些所試時		
										j	已影兒語
k	歌己共江	k^h	卻級拒勤	ŋ	呆捱偽昂						
kw	怪貴季倔	kw^h	誇困群愧							w	和話蛙詠
								h	開腔香行		
ø	哀安鴨握										

2　韻母

韻母表（韻母五十一個，包括二個鼻韻韻母）

單母音	複母音			鼻尾韻			塞尾韻		
a　馬嘉啞華	ai　帶派買懷	au　跑找搞矛		am　探膽陷巖	an　單盼限患	aŋ　膨冷棚橫	ap　沓臘眨匣	at　辣軋滑發	ak　或白擇策
(ɐ)	ɐi　祭米軌費	ɐu　畝叩流游		ɐm　柑深任音	ɐn　跟辛噴文	ɐŋ　朋耿笙宏	ɐp　盒立拾泣	ɐt　漆瑟骨物	ɐk　北特勒克
ɛ　且者扯社						ɛŋ　鄭頸餅病			ɛk　隻尺踢吃
(e)	ei　皮四希尾					eŋ　冰明定榮			ek　力昔覓歷
i　兒自思疑		iu　苗擾僑釣		im　漸艷瞻兼	in　仙膳填見		ip　業躡貼協	it　滅徹歇結	
ɔ　左坐禾初	ɔi　代腮凱外				ɔn　趕刊汗鞍	ɔŋ　忙慌望陽		ɔt　喝割葛渴	ɔk　托確國藥
(o)		ou　部土到糕				oŋ　董送鳳容			ok　瀑督六竹
u　姑胡赴腐	ui　背媒賄繪				un　絆灌款本			ut　潑括豁勃	
œ　靴									
(ɵ)			ɵy　女娶推追		ɵn　津論春潤			ɵt　率朮出述	
y　諸語株娛					yn　段全犬村			yt　奪悅月訣	
鼻韻　m̩　唔　ŋ̍ 五午蜈誤									

3　聲調

<table>
<tr><th colspan="2">調類</th><th>調值</th><th>例字</th></tr>
<tr><td colspan="2">陰平</td><td>55</td><td>專丁開超</td></tr>
<tr><td colspan="2">陰上</td><td>35</td><td>古走丑手</td></tr>
<tr><td colspan="2">陰去</td><td>33</td><td>帳醉唱怕</td></tr>
<tr><td colspan="2">陽平</td><td>21</td><td>娘雲陳時</td></tr>
<tr><td colspan="2">陽上</td><td>13</td><td>女武瓦婢</td></tr>
<tr><td colspan="2">陽去</td><td>22</td><td>漏共陣巨</td></tr>
<tr><td>上</td><td rowspan="2">陰入</td><td>5</td><td>竹筆出七</td></tr>
<tr><td>下</td><td>3</td><td>接桌鐵刷</td></tr>
<tr><td colspan="2">陽入</td><td>2</td><td>入藥白服</td></tr>
</table>

（二）語音特點

1　聲母方面

無舌尖鼻音n，古泥母、來母字今音聲母均讀作l

古泥（娘）母字廣州話基本n、l不混，洪福市話是n、l相混，結果南藍不分，諾落不分。

	女（泥）		呂（來）		諾（泥）		落（來）
廣　州	$nɵy^{13}$	≠	$lɵy^{13}$	廣　州	$nɔk^{2}$	≠	$lɔk^{2}$
洪福市	$lɵy^{13}$	=	$lɵy^{13}$	洪福市	$lɔk^{2}$	=	$lɔk^{2}$

2　韻母方面

（1）舌面前圓唇半開元音œ為主要元音一系列韻母中的œŋ、œk讀作ɔŋ、ɔk，但這個水上最大特點，陳耀大部分會讀作ɔŋ、ɔk，只

有少數字方讀作成œŋ、œk

	良宕開三來	槳宕開三精	上宕開三禪	窗江開三初
廣　州	lœŋ^{21}	tʃœŋ^{55}	ʃœŋ^{22}	tʃhœŋ^{55}
洪福市	lɔŋ^{21}	tʃɔŋ^{55}	ʃɔŋ^{22}	tʃ^{h}ɔŋ^{55}

	著宕開三知	腳宕開三見	藥宕開三以	桌江開二知
廣　州	tʃœk^{3}	kœk^{3}	jœk^{2}	tʃ^{h}œk^{5}
洪福市	tʃɔk^{3}	kɔk^{3}	jɔk^{2}	tʃ^{h}ɔk^{5}

3　聲調方面

聲調方面，洪福市話與老廣州白話沒有差異，顯示了較大的一致性。其一致性特點是全濁聲母上聲字讀為陽上；聲調共九個；入聲有三個，分別是上陰入、下陰入、陽入。陰入按元音長短分成兩個，下陰入字的主要元音是長元音。這是粵方言粵海片的特點。

第四節　方言片

關於黃埔區方言片的劃分，可分成四個片，就是南崗片、大沙片、長洲片，水鄉片。

一　南崗片的特點

南崗片主要特點在韻母，特點如下：

（1）古攝蟹開一、蟹攝蟹合一字在廣州話皆讀作ɔi，今讀作ui

	台蟹開一透	來蟹開一來	才蟹開一從	外蟹合一疑
廣　州	t^{h}ɔi^{21}	lɔi^{21}	tʃ^{h}ɔi^{21}	ŋɔi^{22}
南崗片	t^{h}ui^{21}	lui^{21}	tʃ^{h}ui^{21}	ŋui^{22}

（2）ɵy是古遇攝合口三等、蟹攝合口一等、蟹攝合口三等字，止攝合口三等字，今讀作ui

	慮遇合三來	對蟹合一端	稅蟹合三書	吹止合三昌
廣　州	lɵy^{22}	tɵy^{33}	ʃɵy^{33}	tʃ^{h}ɵy^{33}
南崗片	lui^{22}	tui^{33}	ʃui^{33}	tʃ^{h}ui^{33}

（3）廣州老四區山臻兩攝有一套鼻音韻尾-n（an、ɐn、in、ɔn、un、ɵn、yn）和塞音韻尾-t（at、ɐt、it、ɔt、ut、ɵt、yt），南崗片全套-n、-t韻尾讀作-ŋ、-k

	檀山開一定	飯山合三奉	押山開一影	髮山合三非
廣　州	t^{h}an^{21}	fan^{22}	at^{3}	fat^{3}
南崗片	t^{h}aŋ^{21}	faŋ^{22}	ak^{3}	fak^{3}

	民臻開三明	溫臻合三影	漆臻開三清	倔臻合三群
廣　州	mɐn^{21}	wɐn^{55}	tʃ^{h}ɐt^{5}	kwɐt^{2}
南岸片	mɐŋ^{21}	wɐŋ^{55}	tʃ^{h}ɐk^{5}	kwɐk^{2}

	辨山開三滂	片山開四滂	舌山開三船	節山開四精
廣　州	pin^{22}	p^{h}in^{33}	ʃit^{3}	tʃit^{3}
南崗片	piŋ^{22}	p^{h}iŋ^{33}	ʃik^{3}	tʃik^{3}

	趕山開一見	鞍山開一影	喝山開一曉	割山開一見
廣　州	kɔn^{55}	ɔn^{55}	hɔt^{3}	kɔt^{3}
南岸片	kuŋ^{55}	uŋ^{55}	huk^{3}	kuk^{3}

	盤山合一並	悶臻合一明	括山合一見	勃臻合一並
廣　州	p^{h}un^{21}	mun^{22}	k^{h}ut^{3}	put^{2}
南岸片	p^{h}uŋ^{21}	muŋ^{22}	k^{h}uk^{3}	puk^{2}

	晉臻開三精	醇臻合三禪	律臻合三來	出臻合三昌
廣　州	tʃɵn^{33}	ʃɵn^{21}	lɵt^{2}	tʃ^{h}ɵt^{5}
南岸片	tʃɐŋ^{33}	ʃɐŋ^{21}	lɐk^{2}	tʃ^{h}ɐk^{5}

	短山合一端	元山合三疑	雪山合三心	決山合四見
廣　州	tyn^{35}	jyn^{21}	ʃyt^{3}	k^{h}yt^{3}
南岸片	tyŋ^{35}	jyŋ^{21}	ʃyk^{3}	k^{h}yk^{3}

二　大沙片的特點

（一）共同特點方面

大沙片主要特點在韻母，與南崗片不同之處，就是多出舌面前圓唇半開元音œ為主要元音一系列韻母中的œŋ、œk，讀作ɔŋ、ɔk，這是與南崗片稍不同之處，兩地人一接觸，便知道來自哪一個鎮。

大沙片共同特點如下：

（1）ɵy是古遇攝合口三等、蟹攝合口一等、蟹攝合口三等字，止攝合口三等字大沙片皆讀作ui

	退蟹合一透	稅蟹合三書	吹止合三昌	墟遇合三溪
廣　州	t^{h}ɵy^{33}	ʃɵy^{33}	tʃ^{h}ɵy^{55}	hɵy^{55}
大沙片	t^{h}ui^{33}	ʃui^{33}	tʃ^{h}ui^{55}	hui^{55}

（2）古攝蟹開一、蟹攝蟹合一，大沙片皆讀作ɔi

	來蟹開一來	再蟹開一精	腮蟹開一心	外蟹合一疑
廣　州	lɔi^{21}	tʃɔi^{33}	ʃɔi^{55}	ŋɔi^{22}
大沙片	lui^{21}	tʃui^{33}	ʃui^{55}	ŋui^{22}

（3）廣州老四區山臻兩攝有一套鼻音韻尾-n（an、ɐn、in、ɔn、un、ɵn、yn）和塞音韻尾-t（at、ɐt、it、ɔt、ut、ɵt、yt），大沙片全套-n、-t韻尾讀作-ŋ、-k

	灘山開一	彎山合三	八山開二	刮山合二
廣　州	t^{h}an^{55}	wan^{55}	pat^{3}	kwat^{3}
大沙片	t^{h}aŋ^{55}	waŋ^{55}	pak^{3}	kwak^{3}

	賓臻開三	溫臻合一	拔山開二	七臻開三
廣　州	pɐn^{55}	wɐn^{55}	pɐt^{2}	tʃ^{h}ɐt^{5}
大沙片	pɐŋ^{55}	wɐŋ^{55}	pɐk^{2}	tʃ^{h}ɐk^{5}

	變山開三	見山開四	裂山開三	秩臻開三
廣　州	pin^{33}	kin^{33}	lit^{2}	tit^{2}
大沙片	piŋ^{33}	kiŋ^{33}	lik^{2}	tik^{2}

	竿山開一	汗山開一	喝山開一	割山開一
廣　州	kɔn^{55}	hɔn^{22}	hɔt^{3}	kɔt^{3}
大沙片	kuŋ^{55}	huŋ^{22}	huk^{3}	kuk^{3}

	半山合一	門臻合一	潑山合一	沒臻合一
廣　州	pun^{33}	mun^{21}	p^{h}ut^{3}	mut^{2}
大沙片	puŋ^{33}	muŋ^{21}	p^{h}uk^{3}	muk^{2}

	秦臻開三	遜臻合一	栗臻開三	朮臻合三
廣　州	tʃ^{h}ɵn^{21}	ʃɵn^{33}	lɵt^{2}	ʃɵt^{2}
大沙片	tʃ^{h}ɐŋ^{21}	ʃɐŋ^{33}	lɐk^{2}	ʃɐk^{2}

	團山合一	村臻合一	粵山合三	缺臻開三
廣　州	t^{h}yn^{21}	tʃ^{h}yn^{55}	jyt^{2}	k^{h}yt^{2}
大沙片	t^{h}yŋ^{21}	tʃ^{h}yŋ^{55}	jyk^{2}	k^{h}yk^{2}

（4）舌面前圓唇半開元音œ為主要元音一系列韻母中的œŋ、œk，讀作ɔŋ、ɔk

	涼宕開一來	醬宕開三精	向宕開三曉	窗江開二初
廣　州	lœŋ^{21}	tʃœŋ^{33}	hœŋ^{33}	tʃ^{h}œŋ^{55}
大沙片	lɔŋ^{21}	tʃɔŋ^{33}	hɔŋ^{33}	tʃ^{h}ɔŋ^{55}

	雀宕開三精	腳宕開三見	藥宕開三以	桌江開二知
廣　州	tʃœk^{3}	kœk^{3}	jœk^{2}	tʃ^{h}œk^{3}
大沙片	tʃɔk^{3}	kɔk^{3}	jɔk^{2}	tʃ^{h}ɔk^{3}

（5）廣州話eŋ見於古臻開三、曾開一、曾開三、梗開二、梗開三、梗開四、梗合三、梗合四；ek見於深開三、臻開三、曾開一、曾開三、梗開二、梗開三、梗開四、梗合二、梗合三，東福村話分別讀作ɐŋ、ɐk

	蒸曾開三章	興曾開三曉	兵梗開三幫	頂梗開四端
廣　州	$tʃeŋ^{55}$	$heŋ^{33}$	$peŋ^{55}$	$teŋ^{35}$
大沙片	$tʃɐŋ^{55}$	$hɐŋ^{33}$	$pɐŋ^{55}$	$tɐŋ^{35}$

	力曾開三來	亦梗開三以	剔梗開四透	疫梗合三以
廣　州	lek^{2}	jek^{2}	$t^{h}ek^{5}$	jek^{2}
大沙片	$lɐk^{2}$	$jɐk^{2}$	$t^{h}ɐk^{5}$	$jɐk^{2}$

（二）差異方面

古止攝開口三等、止攝合口三等字，廣州話讀作ei，蓮塘、珠江、東福、文沖部分字讀作單元音i

	皮止開三	地止開三	死止開三	你止開三	李止開三
廣州	$p^{h}ei^{21}$	tei^{22}	$ʃei^{35}$	nei^{13}	lei^{13}
蓮塘	$p^{h}i^{21}$	ti^{22}	$ʃi^{35}$	li^{13}	li^{13}

	碑止開三幫	機止開三見	鯉止開三來	尾止合三微
廣州	pei^{55}	kei^{55}	lei^{13}	mei^{13}
東福	pi^{55}	ki^{55}	li^{13}	mi^{13}

	死止開三心
廣州	ʃei³⁵
珠江	ʃi³⁵

	死止開三心	四止開三心
廣州	ʃei³⁵	ʃei³³
東福	ʃi³⁵	ʃi³³

三　長洲片的特點

（一）共同特點方面

（1）古止攝開口三等、止攝合口三等字，廣州話讀作ei，長洲片讀作i

	碑止開三幫	氣止開三溪	飛止合三非	尾止合三微
廣　州	pei⁵⁵	hei³³	fei⁵⁵	mei¹³
長洲片	pi⁵⁵	hi³³	fi⁵⁵	mi¹³

（2）ɵy是古遇攝合口三等、蟹攝合口一等、蟹攝合口三等字，止攝合口三等字長洲片皆讀作ui

	退蟹合一透	稅蟹合三書	吹止合三昌	墟遇合三溪
廣　州	tʰɵy³³	ʃɵy³³	tʃʰɵy⁵⁵	hɵy⁵⁵
長洲片	tʰui³³	ʃui³³	tʃʰui⁵⁵	hui⁵⁵

（3）古臻開口三等、臻攝合口一等、合口三等的ɵn讀作ɐn；古臻攝開口三等、合口一等、合口三等的ɵt，皆讀作ɐt

	津臻開三精	信臻開三心	頓臻合一端	順臻合三船
廣　州	tʃɵn^{55}	ʃɵn^{33}	tɵn^{22}	ʃɵn^{22}
長洲片	tʃɐn^{55}	ʃɐn^{33}	tɐn^{22}	ʃɐn^{22}

	栗臻開三來	卒臻合一精	率臻合三生	術臻合三船
廣　州	lɵt^{5}	tʃɵt^{5}	ʃɵt^{5}	ʃɵt^{2}
長洲片	lɐt^{5}	tʃɐt^{5}	ʃɐt^{5}	ʃɐt^{2}

（4）古臻攝開口三等、曾攝開口三等、梗攝開口二等、梗攝開口三等、梗攝開口四等、梗攝合口三等、梗攝合口四等鼻音韻尾eŋ，皆讀作ɐŋ；古臻攝開口三等、曾攝開口三等、梗攝開口二等、梗攝開口三等、梗攝開口四等、梗攝合口三等塞聲韻尾ek，皆讀作ɐk

	勁臻開三見	冰曾開三幫	鸚梗開二影	正梗開三章
廣　州	keŋ^{22}	peŋ^{55}	jeŋ^{55}	tʃeŋ^{33}
長洲片	kɐŋ^{22}	pɐŋ^{55}	jɐŋ^{55}	tʃɐŋ^{33}

	瓶梗開四並	泳梗合三云	螢梗合四匣
廣　州	p^{h}eŋ^{21}	weŋ^{22}	jeŋ^{21}
長洲片	p^{h}ɐŋ^{21}	wɐŋ^{22}	jɐŋ^{21}

	悉臻開三心	力曾開三來	迫梗開二幫
廣　州	ʃek^{5}	lek^{2}	pek^{5}
長洲片	ʃɐk^{5}	lɐk^{2}	pɐk^{5}

	僻梗開三滂	壁梗開四幫	役梗合三以
廣州	p^hek^5	pek^5	jek^2
長洲片	$p^hɐk^5$	$pɐk^5$	$jɐk^2$

（5）古山攝開口一等字ɔn，皆讀作un；古咸攝開口一等、山攝開口一等字ɔt，皆讀作ut

	肝山開一見	岸山開一疑	寒山開一匣	安山開一影
廣州	$kɔn^{55}$	$ŋɔn^{22}$	$hɔn^{21}$	$ɔn^{55}$
長洲片	kun^{55}	$ŋun^{22}$	hun^{21}	un^{55}

	喝咸開一曉	割山開一見	葛山開一見	渴山開一溪
廣州	$hɔt^3$	$kɔt^3$	$kɔt^3$	$hɔt^3$
長洲片	hut^3	kut^3	kut^3	hut^3

（二）差異方面

長洲鎮洪福市、安來市、江瀝海是水鄉話，三者方音有其特點，與陸上話上莊、正吉坊不同。水鄉話見水鄉片。

四　水鄉片特點

水鄉片有南崗鎮西基、大沙鎮九沙、長洲鎮洪福市、安來市、江瀝海。

（一）共同特點方面

廣州話有豐富的舌面前圓唇半開元音œ（ɵ）為主要元音一系列韻母，這類韻母多屬中古音裡的三等韻。但黃埔區水鄉話比較不常見，這五個點，共同特點是沒有圓唇韻母œŋ、œk韻母，歸入ɔŋ、ɔk，這一點特點見於珠三角水鄉之漁村，包括香港和澳門。[28]

	娘宕開三	香宕開三	雀宕開三	桌江開二
廣　州	nœŋ^{21}	hœŋ^{55}	tʃœk^{3}	tʃ^{h}œk^{3}
水鄉片	lɔŋ^{21}	hɔŋ^{55}	tʃɔk^{3}	tʃ^{h}ɔk^{3}

（二）差異方面

（1）九沙特點與大沙鎮大部分很一致，唯獨ɵn、eŋ不讀作ɐŋ；ɵt、ek不讀作ɐk

（2）南崗西基ɐn、ɵn讀作ɐŋ；ɐt、ɵt讀作ɐk，九沙只有ɐn、ɐt也讀作ɐŋ、ɐk

如：古山攝合口一等、臻攝開口三等、臻攝合口一等、臻攝合口三等字在廣州話韻母讀ɵn，西基話讀作ɐŋ；古臻攝開口三等、臻攝合口三等字在廣州話讀ɵt，西基話讀作ɐk。

	信臻開三心	倫臻合一來	巡臻合三邪	純臻合三禪
廣州	ʃɵn^{33}	lɵn^{21}	tʃ^{h}ɵn^{21}	ʃɵn^{21}
西基	ʃɐŋ^{33}	lɐŋ^{21}	tʃ^{h}ɐŋ^{21}	ʃɐŋ^{21}

	栗臻開三來	恤臻合三心	出臻合三昌	述臻合三船
廣州	lɵt^{2}	ʃɵt^{5}	tʃ^{h}yt^{5}	ʃɵt^{2}
西基	lɐk^{2}	ʃɐk^{5}	tʃ^{h}ɐk^{5}	ʃɐk^{2}

古深攝開口三等、臻攝開口一等、臻攝開口三等、臻攝合口一

28 參看馮國強：《珠三角水上族群的語言承傳和文化變遷》（臺北市：萬卷樓圖書公司，2015年12月），頁263-265。

等、臻攝合口三等字在廣州話讀ɐn，西基話讀作ɐŋ；古山攝開口二等、山攝合口一等、山攝合口三等、臻攝開口三等、臻攝合口一等、臻攝合口三等、梗攝開口二等字在廣州話讀ɐt，西基話讀作ɐk。

	品深開三滂	根臻開一見	民臻開三明	溫臻合一影
廣州	pɐn³⁵	kɐn⁵⁵	mɐn²¹	wɐn⁵⁵
西基	pɐŋ³⁵	kɐŋ⁵⁵	mɐŋ²¹	wɐŋ⁵⁵

	襪山開二微	疾臻開三從	不臻合一幫	勿臻合三微
廣州	mɐt²	tʃɐt²	pɐt⁵	mɐt²
西基	mɐk²	tʃɐk²	pɐk⁵	mɐk²

	神臻開三	吻臻合三	失臻開三	佛臻合三
廣州	ʃɐn²¹	mɐn³⁵	ʃɐt⁵	fɐt²
九沙	ʃɐŋ²¹	mɐŋ³⁵	ʃɐk⁵	fɐk²

（3）安來市、江瀝海ɵn、ɵt讀作ɐn、ɐt

古臻開口三等、臻攝合口一等、合口三等的ɵn讀作ɐn；古臻攝開口三等、合口一等、合口三等的ɵt，皆讀作ɐt。

	津臻開三精	論臻合一來	循臻合三邪	閏臻合三日
廣　州	tʃɵn⁵⁵	lɵn²²	tʃʰɵn²¹	jɵn²²
安來市、江瀝海	tʃɐn⁵⁵	lɐn²²	tʃʰɐn²¹	jɐn²²

	栗臻開三來	卒臻合一精	朮臻合三澄	述臻合三船
廣　州	lɵt²	tʃɵt⁵	ʃɵt²	ʃɵt²
安來市、江瀝海	lɐt²	tʃɐt⁵	ʃɐt²	ʃɐt²

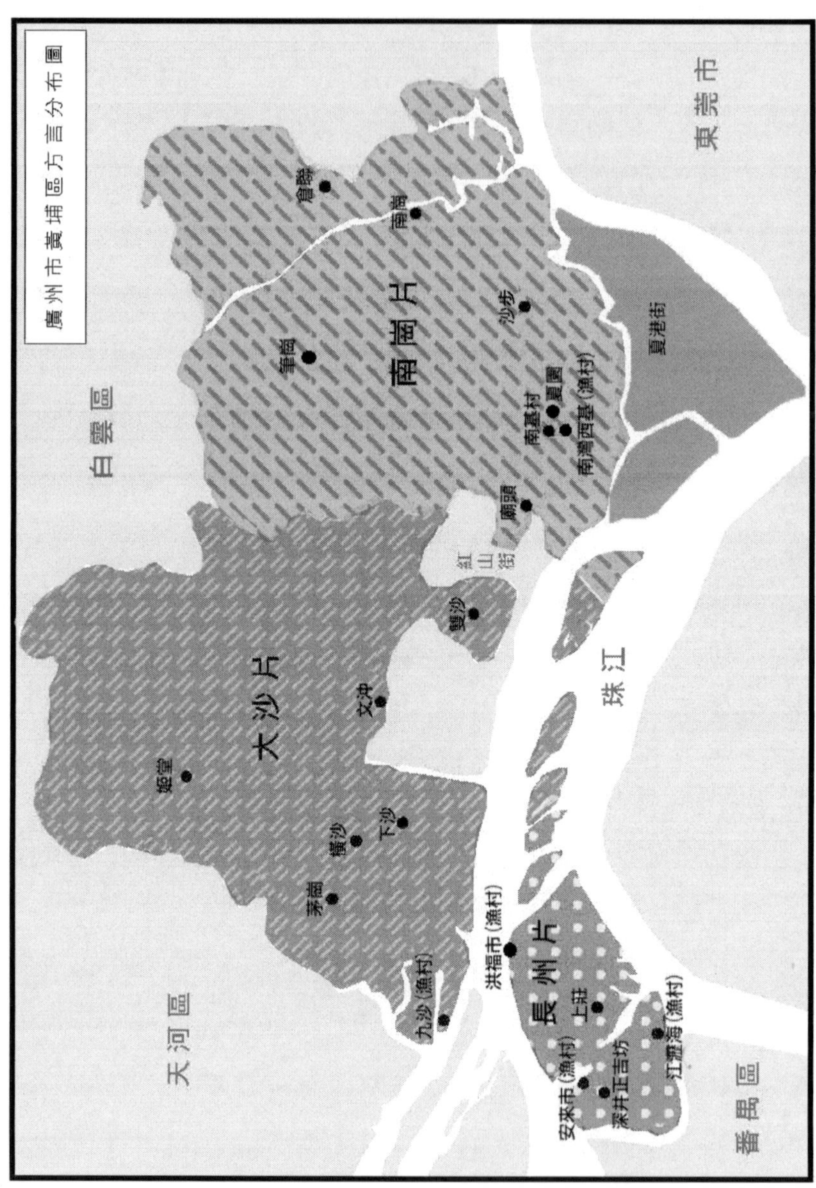

廣州市黃埔區方言分布圖

第五節　黃埔話、黃埔水上話與粵海片的一致性

以下的分析，南崗片以廟頭話作代表；大沙鎮以文沖話作代表；長洲鎮以正吉坊話作代表；水上話方面，則以九沙話、西基話、江瀝海話處理，而安來市、洪福市水上話已基本接近廣州話，不宜拿來分析。

一　聲母方面

（一）聲母方面

（1）粵海片粵語中古日母、影母、云母、以母字及疑母細音字的聲母，多讀成半元音性的濁擦音聲母j，黃埔話、水上話也是如此

	擾效開三日	揖深開三影	炎咸開三云	容通合三以	逆梗開三疑
廣　州[29]	jiu^{13}	$jɐp^{5}$	jim^{21}	$joŋ^{21}$	jek^{2}
廟　頭	jiu^{13}	$jɐp^{5}$	jim^{21}	$joŋ^{21}$	jek^{2}
文　沖	jiu^{13}	$jɐp^{5}$	jim^{21}	$joŋ^{21}$	$jɐk^{2}$
正吉坊	jiu^{13}	$jɐp^{5}$	jim^{21}	$joŋ^{21}$	$jɐk^{2}$
九　沙	jiu^{13}	$jɐp^{5}$	jim^{21}	$joŋ^{21}$	jek^{2}
西　基	jiu^{13}	$jɐp^{5}$	jim^{21}	$joŋ^{21}$	jek^{2}
江瀝海	jiu^{13}	$jɐp^{5}$	jim^{21}	$joŋ^{21}$	jek^{2}

（2）粵海片粵語中古次濁微、明母字的聲母讀m，黃埔話、水上話也是如此

29 廣州話根據詹伯慧、張日昇主編：《珠江三角洲方言字音對照》（廣州市：廣東人民出版社，1987年），頁119。

	萬山合三微	霧遇合三微	悶臻合一明	馬假開二明
廣　州	man^{22}	mou^{22}	mun^{22}	ma^{13}
廟　頭	maŋ^{22}	mou^{22}	muŋ^{22}	ma^{13}
文　沖	maŋ^{22}	mu^{22}	muŋ^{22}	ma^{13}
正吉坊	man^{22}	mou^{22}	mun^{22}	ma^{13}
九　沙	maŋ^{22}	mou^{22}	muŋ^{22}	ma^{13}
西　基	maŋ^{22}	mou^{22}	mun^{22}	ma^{13}
江瀝海	man^{22}	mou^{22}	mun^{22}	ma^{13}

（3）粵海片粵語特點之一是古精、莊、知、章四組聲母合流，都讀舌葉音tʃ、tʃ^{h}、ʃ，黃埔話、水上話也是如此

	左精母	猜清母	寫心母
廣　州	tʃɔ^{35}	tʃ^{h}ai^{55}	ʃɛ^{35}
廟　頭	tʃɔ^{35}	tʃ^{h}ai^{55}	ʃɛ^{35}
文　沖	tʃɔ^{35}	tʃ^{h}ai^{55}	ʃɛ^{35}
正吉坊	tʃɔ^{35}	tʃ^{h}ai^{55}	ʃɛ^{35}
九　沙	tʃɔ^{35}	tʃ^{h}ai^{55}	ʃɛ^{35}
西　基	tʃɔ^{35}	tʃ^{h}ai^{55}	ʃɛ^{35}
江瀝海	tʃɔ^{35}	tʃ^{h}ai^{55}	ʃɛ^{35}

	齋莊母	巢崇母	紗生母
廣　州	tʃai^{55}	tʃ^{h}au^{21}	ʃa^{55}
廟　頭	tʃai^{55}	tʃ^{h}au^{21}	ʃa^{55}
文　沖	tʃai^{55}	tʃ^{h}au^{21}	ʃa^{55}
正吉坊	tʃai^{55}	tʃ^{h}au^{21}	ʃa^{55}
九　沙	tʃai^{55}	tʃ^{h}au^{21}	ʃa^{55}

	齋莊母	巢崇母	紗生母
西　基	tʃai^{55}	tʃ^{h}au^{21}	ʃa^{55}
江瀝海	tʃai^{55}	tʃ^{h}au^{21}	ʃa^{55}

	正章母	扯昌母	身書母
廣　州	tʃeŋ^{33}	tʃ^{h}ɛ^{35}	ʃɐn^{55}
廟　頭	tʃeŋ^{33}	tʃ^{h}ɛ^{35}	ʃɐŋ^{55}
文　沖	tʃɐŋ^{33}	tʃ^{h}ɛ^{35}	ʃɐŋ^{55}
正吉坊	tʃɐŋ^{33}	tʃ^{h}ɛ^{35}	ʃɐn^{55}
九　沙	tʃeŋ^{33}	tʃ^{h}ɛ^{35}	ʃɐŋ^{55}
西　基	tʃeŋ^{33}	tʃ^{h}ɛ^{35}	ʃɐŋ^{55}
江瀝海	tʃeŋ^{33}	tʃ^{h}ɛ^{35}	ʃɐn^{55}

（4）粵海片粵語無濁塞音聲母、濁塞擦音聲母，塞音聲母和塞擦音聲母只有清音不送氣和清音不送氣之分而無清音和濁音之分。如有如有p、p^{h}而無b，有t、t^{h}而無d，有k、k^{h}而無g，有tʃ、tʃ^{h}而無dʒ。粵海片粵語裡的古濁聲母大部分轉成相應的清聲母字，於是平聲送氣，仄聲不送氣。黃埔話、水上話也是如此

	婆並母	部並母	途定母	代定母
廣　州	p^{h}ɔ^{21}	pou^{22}	t^{h}ou^{21}	tɔi^{22}
廟　頭	p^{h}ɔ^{21}	pou^{22}	t^{h}ou^{21}	tui^{22}
文　沖	p^{h}ɔ^{21}	pou^{22}	t^{h}ou^{21}	tui^{22}
正吉坊	p^{h}ɔ^{21}	pou^{22}	t^{h}ou^{42}	tɔi^{22}
九　沙	p^{h}ɔ^{21}	pou^{22}	t^{h}ou^{21}	tɔi^{22}
西　基	p^{h}ɔ^{21}	pou^{22}	t^{h}ou^{21}	tɔi^{22}
江瀝海	p^{h}ɔ^{21}	pou^{22}	t^{h}ou^{21}	tɔi^{22}

	虔群母	共群母	財從母	靜從母上聲
廣　州	k^{h}in^{21}	koŋ^{22}	tʃ^{h}ɔi^{21}	tʃeŋ^{22}
廟　頭	k^{h}iŋ^{21}	koŋ^{22}	tʃ^{h}ui^{21}	tʃeŋ^{22}
文　沖	k^{h}iŋ^{21}	koŋ^{22}	tʃ^{h}ui^{21}	tʃɐŋ^{22}
正吉坊	k^{h}in^{21}	koŋ^{22}	tʃ^{h}ɔi^{42}	tʃɐŋ^{22}
九　沙	k^{h}iŋ^{21}	koŋ^{22}	tʃ^{h}ɔi^{21}	tʃeŋ^{22}
西　基	k^{h}in^{21}	koŋ^{22}	tʃ^{h}ɔi^{21}	tʃeŋ^{22}
江瀝海	k^{h}in^{21}	koŋ^{22}	tʃ^{h}ɔi^{21}	tʃeŋ^{22}

	鋤崇母	助崇母	茶澄母	紂澄母上聲
廣　州	tʃ^{h}ɔi^{21}	tʃɔ^{22}	tʃ^{h}a^{21}	tʃɐu^{22}
廟　頭	tʃ^{h}ui^{21}	tʃɔ^{22}	tʃ^{h}a^{21}	tʃɐu^{22}
文　沖	tʃ^{h}ui^{21}	tʃɔ^{22}	tʃ^{h}a^{21}	tʃɐu^{22}
正吉坊	tʃ^{h}ɔi^{21}	tʃɔ^{22}	tʃ^{h}a^{42}	tʃɐu^{22}
九　沙	tʃ^{h}ɔi^{21}	tʃɔ^{22}	tʃ^{h}a^{21}	tʃɐu^{22}
西　基	tʃ^{h}ɔi^{21}	tʃɔ^{22}	tʃ^{h}a^{21}	tʃɐu^{22}
江瀝海	tʃ^{h}ɔi^{21}	tʃɔ^{22}	tʃ^{h}a^{21}	tʃɐu^{22}

（5）粵海片粵語一部分古溪母開口字讀作清喉擦音h聲母，古溪母合口字一部分讀作f聲母。黃埔話、水上話也體現了這個特點

	可溪開	器溪開	慶溪開
廣　州	hɔ^{35}	hei^{33}	heŋ^{33}
廟　頭	hɔ^{35}	hei^{33}	heŋ^{33}
文　沖	hɔ^{35}	hi^{33}	hɐŋ^{33}
正吉坊	hɔ^{35}	hi^{33}	hɐŋ^{33}
九　沙	hɔ^{35}	hei^{33}	heŋ^{33}

	可溪開	器溪開	慶溪開
西　基	$hɔ^{35}$	hei^{33}	$heŋ^{33}$
江瀝海	$hɔ^{35}$	hei^{33}	$heŋ^{33}$

	科溪合	褲溪合	快溪合
廣　州	$fɔ^{55}$	fu^{33}	fai^{33}
廟　頭	$fɔ^{55}$	fu^{33}	fai^{33}
文　沖	$fɔ^{55}$	fu^{33}	fai^{33}
正吉坊	$fɔ^{55}$	fu^{33}	fai^{33}
九　沙	$fɔ^{55}$	fu^{33}	fai^{33}
西　基	$fɔ^{55}$	fu^{33}	fai^{33}
江瀝海	$fɔ^{55}$	fu^{33}	fai^{33}

（6）粵海片粵語的古見母、群母字不論洪細，聲母一律讀作k、k^h，黃埔話、水上話也體現了這個特點

	丐蟹開一見	局通合三群	揭山開三見	倦山合三群
廣　州	$k^hɔi^{33}$	kok^2	k^hit^3	kyn^{22}
廟　頭	k^hui^{33}	kok^2	k^hik^3	$kyŋ^{22}$
文　沖	k^hui^{33}	kok^2	k^hik^3	$kyŋ^{22}$
正吉坊	$k^hɔi^{33}$	kok^2	k^hit^3	kyn^{22}
九　沙	$k^hɔi^{33}$	kok^2	k^hik^3	$kyŋ^{22}$
西　基	$k^hɔi^{33}$	kok^2	k^hit^3	kin^{22}
江瀝海	$k^hɔi^{33}$	kok^2	k^hit^3	kin^{22}

（7）粵海片粵語的古敷、奉母字讀作f，珠三角艇語也體現了這個特點

	翻山合三敷	覆通合三敷	父遇合三奉	罰山合三奉
廣　州	fan^{55}	fok^{5}	fu^{22}	$fɐt^{2}$
廟　頭	$faŋ^{55}$	fok^{5}	fu^{22}	$fɐk^{2}$
文　沖	$faŋ^{55}$	fok^{5}	fu^{22}	$fɐk^{2}$
正吉坊	fan^{55}	fok^{5}	fu^{22}	$fɐt^{2}$
九　沙	$faŋ^{55}$	fok^{5}	fu^{22}	$fɐk^{2}$
西　基	$faŋ^{55}$	fok^{5}	fu^{22}	$fɐk^{2}$
江瀝海	fan^{55}	fok^{5}	fu^{22}	$fɐt^{2}$

（8）粵海片粵語有圓唇化的聲母kw、kw^{h}，珠三角艇語也基本體現了這個特點，只有數個漁村出現個人特點而已

	怪見母	坤溪母	裙群母
廣　州	kwa^{33}	$kw^{h}ɐn^{55}$	$kw^{h}ɐn^{21}$
廟　頭	kwa^{33}	$kw^{h}ɐŋ^{55}$	$kw^{h}ɐŋ^{21}$
文　沖	kwa^{33}	$kw^{h}ɐŋ^{55}$	$kw^{h}ɐŋ^{21}$
正　吉坊	kwa^{33}	$kw^{h}ɐn^{55}$	$k^{h}ɐn^{21}$
九　沙	kwa^{33}	$kw^{h}ɐŋ^{55}$	$k^{h}ɐŋ^{21}$
西　基	kwa^{33}	$kw^{h}ɐŋ^{55}$	$kw^{h}ɐŋ^{21}$
江瀝海	kwa^{33}	$kw^{h}ɐn^{55}$	$kw^{h}ɐn^{21}$

二　韻母方面

（1）粵海片粵語在複合元音韻母、陽聲韻尾、入聲韻尾裡，有長元音a跟短元音ɐ對立，這是粵海片最大特點。黃埔話、水上話也體現了這個特點

	街 —	雞	三 —	心
廣　州	kai^{55}	kɐi^{55}	ʃam^{55}	ʃɐm^{55}
廟　頭	kai^{55}	kɐi^{55}	ʃam^{55}	ʃɐm^{55}
文　沖	kai^{55}	kɐi^{55}	ʃam^{55}	ʃɐm^{55}
正吉坊	kai^{55}	kɐi^{55}	ʃam^{55}	ʃɐm^{55}
九　沙	kai^{55}	kɐi^{55}	ʃam^{55}	ʃɐm^{55}
西　基	kai^{55}	kɐi^{55}	ʃam^{55}	ʃɐm^{55}
江瀝海	kai^{55}	kɐi^{55}	ʃam^{55}	ʃɐm^{55}

	蠻 —	民	彭 —	朋
廣　州	man^{21}	mɐn^{21}	p^{h}aŋ^{21}	p^{h}ɐŋ^{21}
廟　頭	maŋ^{21}	mɐŋ^{21}	p^{h}aŋ^{21}	p^{h}ɐŋ^{21}
文　沖	maŋ^{21}	mɐŋ^{21}	p^{h}aŋ^{21}	p^{h}ɐŋ^{21}
正吉坊	man^{42}	mɐn^{42}	p^{h}aŋ^{42}	p^{h}ɐŋ^{42}
九　沙	maŋ^{21}	mɐŋ^{21}	p^{h}aŋ^{21}	p^{h}ɐŋ^{21}
西　基	maŋ^{21}	mɐŋ^{21}	p^{h}aŋ^{21}	p^{h}ɐŋ^{21}
江瀝海	man^{21}	mɐn^{21}	p^{h}aŋ^{21}	p^{h}ɐŋ^{21}

	納 —	立	甲 —	蛤
廣　州	nap^{2}	lɐp^{2}	kap^{3}	kɐp^{3}
廟　頭	lap^{2}	lɐp^{2}	kap^{3}	kɐp^{3}
文　沖	lap^{2}	lɐp^{2}	kap^{3}	kɐp^{3}
正吉坊	lap^{2}	lɐp^{2}	kap^{3}	kɐp^{3}
九　沙	lap^{2}	lɐp^{2}	kap^{3}	kɐp^{3}
西　基	lap^{2}	lɐp^{2}	kap^{3}	kɐp^{3}
江瀝海	lap^{2}	lɐp^{2}	kap^{3}	kɐp^{3}

（2）粵海片粵語古蟹攝開口三四等、止攝合口三等字多讀作ɐi。黃埔話、水上話也體現了這個特點

	例蟹開三來	洗蟹開四心	揮止合三曉
廣　州	lɐi^{22}	ʃɐi^{35}	fɐi^{55}
廟　頭	lɐi^{22}	ʃɐi^{35}	fɐi^{55}
文　沖	lɐi^{22}	ʃɐi^{35}	fɐi^{55}
正吉坊	lɐi^{22}	ʃɐi^{35}	fɐi^{55}
九　沙	lɐi^{22}	ʃɐi^{35}	fɐi^{55}
西　基	lɐi^{22}	ʃɐi^{35}	fɐi^{55}
江瀝海	lɐi^{22}	ʃɐi^{35}	fɐi^{55}

（3）粵海片粵語古流攝韻母多讀成ɐu，黃埔話、水上話也體現了這個特點

	某流開一明	藕流開一疑	留流開三來	籌流開三澄
廣　州	mɐu^{13}	ŋɐu^{13}	lɐu^{21}	tʃʰɐu^{21}
廟　頭	mɐu^{13}	ŋɐu^{13}	lɐu^{21}	tʃʰɐu^{21}
文　沖	mɐu^{13}	ŋɐu^{13}	lɐu^{21}	tʃʰɐu^{21}
正吉坊	mɐu^{13}	ŋɐu^{13}	lɐu^{21}	tʃʰɐu^{21}
九　沙	mɐu^{13}	ŋɐu^{13}	lɐu^{21}	tʃʰɐu^{21}
西　基	mɐu^{13}	ŋɐu^{13}	lɐu^{21}	tʃʰɐu^{21}
江瀝海	mɐu^{13}	ŋɐu^{13}	lɐu^{21}	tʃʰɐu^{21}

（4）粵海片粵語有兩個自成音節的鼻化韻m̩和ŋ̍。黃埔話也體現了這個特點

	唔	五	午	吳	誤
廣　州	m̩	ŋ̍	ŋ̍	ŋ̍	ŋ̍
廟　頭	m̩	ŋ̍	ŋ̍	ŋ̍	ŋ
文　沖	m̩	ŋ̍	ŋ̍	ŋ̍	ŋ
正吉坊	m̩	ŋ̍	ŋ̍	ŋ̍	ŋ
九　沙	m̩	ŋ̍	ŋ̍	ŋ̍	ŋ
西　基	m̩	ŋ̍	ŋ̍	ŋ̍	ŋ
江瀝海	m̩	ŋ̍	ŋ̍	ŋ̍	ŋ

三　聲調方面

粵海片粵語的聲調特點是聲調數目最多有九個，黃埔區的南崗片、大沙片、長洲片之黃埔話與南崗鎮西基水上話、大沙鎮九沙水上話、長沙鎮之江瀝海、洪福市、安來市水上話也體現跟廣州話聲調一致，都是九個聲調，四聲都分陰陽，全濁聲母上聲字讀為陽上；入聲有三個，分別是上陰入、下陰入、陽入，都有短促的塞聲韻尾-p、-t、-k與之相配。

第六節　黃埔話、黃埔水上話與粵海片的的差異

一　韻母方面

（1）粵海片粵語裡有œŋ、œk，大沙片文沖，水上話讀作ɔŋ、ɔk，這個特點與粵海片不同

	娘宕開三	香宕開三	雀宕開三	腳宕開三
廣州	$nœŋ^{21}$	$hœŋ^{55}$	$tʃœk^{3}$	$kœk^{3}$
大沙鎮文沖	$lɔŋ^{21}$	$hɔŋ^{55}$	$tʃɔk^{3}$	$kɔk^{3}$
大沙鎮九沙水上話	$lɔŋ^{21}$	$hɔŋ^{55}$	$tʃɔk^{3}$	$kɔk^{3}$
南崗鎮西基水上話	$lɔŋ^{21}$	$hɔŋ^{55}$	$tʃɔk^{3}$	$kɔk^{3}$
長洲鎮江瀝海水上話	$lɔŋ^{21}$	$hɔŋ^{55}$	$tʃɔk^{3}$	$kɔk^{3}$

（2）古止攝開口三等、止攝合口三等字，廣州話讀作ei，黃埔區有數個方言點是讀作i

例如：

	紀止開三見	碑止開三幫	彌止開三明	非止合三非	尾止合三微
廣州話	kei^{35}	pei^{55}	nei^{21}	fei^{55}	mei^{13}
南崗鎮鹿步	ki^{35}	pi^{55}	li^{21}	fi^{55}	mi^{13}
大沙鎮珠江	ki^{35}	pi^{55}	li^{21}	fi^{55}	mi^{13}
大沙鎮東福	ki^{35}	pi^{55}	li^{21}	fi^{55}	mi^{13}
大沙鎮文沖	ki^{35}	pi^{55}	li^{21}	fi^{55}	mi^{13}
長洲鎮正吉坊	ki^{35}	pi^{55}	li^{21}	fi^{55}	mi^{13}

第三章
黃埔的漁農民俗文化遺產

第一節　諺語

一般的語言調查，主要是針對一個語言的語音、詞彙、語法來調查；關於農諺、漁諺的調查難度比一般語言調查還要高，如果調查一個語言的語音、詞彙和語法，我們可以設計一個針對性的語言調查表，但是「漁諺語調查表」、「農諺語調查表」無從設計起，坊間也沒有這類「調查表」作指導，因此，筆者調查這些漁農諺是花了漫長時間方能蒐集出來。這些漁農諺的調查，不是憑空想出來，是要該合作人在一個適當的語境下而觸發起來，關於這一點，筆者在《兩廣海南海洋捕撈漁諺輯注與其語言特色和語彙變遷》便提及過。所以張憲昌、梁玉璘、馬振坤編《南海漁諺拾零》一書漁諺的四百多條漁諺便用上二十多年方完成，筆者的漁諺就是從一九八二年開始蒐集，一直到二〇二〇年方結束，也只不過是三百六十五條而已。足見俗諺語的漁農諺蒐集不易。

一　農諺

黃埔區稱農諺為莊稼話，也稱作田經。農諺是歷代農民口頭流傳關於農業生產經驗的結晶，是農民長期生活和生產實踐經驗的概括和總結，是農業遺產中極其豐富的一個組成部分。農諺的特點跟漁諺一樣，是高度概括、簡短通俗、語言音律和諧、合轍押韻，目的便於記誦。內容以反映物候、生產經驗、氣象，由於它是人民在長期生產勞動中積累的經驗結晶，故此農諺的內容是實事求是，符合科學的道理。

農諺來源方面，主要是來自南基南灣麥劍輝；夏園村徐永才、廟頭村張沃興、張金潮、岑兆祥；文沖村陸遠孫。於眾人之中，張金潮提供最多，故此農諺音系以廟頭村作代表。由於黃埔區發展早，許多農地早已建廠，不像肇慶四會那邊還保留大量農諺，[1]這是經濟發展不同的差異。

（一）春令

1　春分秋分，晝夜均勻寒暑平；春分日日暖，秋分夜夜寒。

tʃ^{h}yŋ^{55}fɐŋ^{55}tʃ^{h}ɐu^{55}fɐŋ^{55}，tʃɐu^{33}jɛ^{22}kwɐŋ^{55}wɐŋ^{21}huŋ^{21}ʃy^{35}p^{h}eŋ^{21}；

tʃ^{h}yŋ^{55}fɐŋ^{55}jɐk^{2}jɐk^{2}jyŋ^{13}，tʃ^{h}ɐu^{55}fɐŋ^{55}jɛ^{22}jɛ^{22}huŋ^{21}。

春分此節氣從每年太陽到達黃經零度時（即春分點，三月二十一日前後）開始。此日陽光直射赤道，晝夜均勻寒暑平，往後則逐漸日長夜短，天氣漸暖。[2]因此春分時，廣州一帶，包括黃埔區地區早稻已開始插秧。「春分日日暖，秋分夜夜寒」，反映節氣的特徵。

2　春寒雨至，冬雨汗流。

tʃ^{h}yŋ^{55}huŋ^{21}jy^{13}tʃi^{33}，toŋ^{55}jy^{13}huŋ^{22}lɐu^{21}

1　張詩帆：〈四會農諺〉，收入四會縣政協《四會文史》編輯組：《四會文史第3輯》（1986年9月），頁53-58。

2　蕭亭主編；廣東省地方史志編纂委員會編：《廣東省志風俗志》（廣州市：廣東人民出版社，2002年8月），頁39。武平縣民間文學集成編委會編：《中國諺語集成　福建卷　武平縣　分卷》（龍岩市：武平縣民間文學集成編委會，1993年1月），頁173。

就是說冬天回南時常下雨，熱得發汗，春暖要北風來才有雨下，冬季回暖天氣也常引來南風。例如：在一月中，冷鋒後的晴冷天中，每因冷氣變性引來越南低壓，南風自海登陸，形成冬季陰曇溫暖天，可持續二至三日。冬春一月至三月間放晴回暖天，也可引入南風，形成高溫達攝氏二十三度的濕熱天氣，持續達五日。[3]

3　正月冷牛，二月冷馬，三月冷死蒔田（插秧）阿媽。

tʃeŋ^{55}jyk^{2}laŋ^{13}ŋɐu^{21}，ji^{22}jyk^{2}laŋ^{13}ma^{13}，

ʃam^{55}jyk^{2}laŋ^{13}ʃei^{35}ʃi^{21}t^{h}iŋ^{21}a^{33}ma^{55}

此農諺，在廣東一帶有變異文本，廣州花縣稱「正月冷牛，二月冷馬，三月冷死蒔田媽」、[4]仁化縣稱「正月冷牛，二月冷馬，三月冷死耕田者」、[5]羅定稱「正月冷牛，二月冷馬，三月冷死插田嬭」、[6]韶關市稱「正月冷牛，二月冷馬，三月冷死插嫲」、[7]白雲區人和鎮稱「正月冷牛，二月冷馬，三月冷壞蒔田阿爸」、[8]廣西桂平稱「正月冷牛，二月冷馬，三月冷著插田母」和「正月冷牛，二月冷馬，三月冷

3　曾昭璇著：《廣州歷史地理》（廣州市：廣東人民出版社，1991年5月），頁130-131。

4　廣東省地理學會科普組主編：《廣東農諺》（北京市：科學普及出版社；廣州分社，1983年2月），頁45。

5　仁化縣地方志編纂委員會編：《仁化縣誌》（北京市：方志出版社，2014年4月），頁556。

6　羅定市社會科學聯合會編：《羅定歷史藝文選》（北京市：華夏文藝出版社，2019年3月），頁295。

7　韶關市地方志編纂委員會編：《韶關市志　下》（北京市：中華書局，2001年7月），頁2333。

8　廣州市白雲區人和鎮政府編：《廣州市白雲區人和鎮志》（廣州市：廣州市白雲區人和鎮政府，1997年），頁279。

死插田母」，[9]指農曆一月牛幹活，二月馬幹活，三月春耕春種開始，農婦也忙於田裡幹活。[10]

4　穀雨無雨，交還田主。

kok^{5}jy^{13}mou$^{21\text{-}13}$jy^{13}，kau^{55}waŋ^{21}t^{h}iŋ^{21}tʃy^{35}

穀雨此節氣，從每年太陽到達黃經攝氏三十度時（四月二十日前後）開始。春耕迫於眉睫，如此時天旱無法插秧，早造失收已成定局，故諺云「穀雨無雨，交還田主」。[11]

5　驚蟄前三晝，下秧齊動手；驚蟄風，一去永無蹤；驚蟄無風，冷到芒種；未曾驚蟄先開口，冷到農夫冇氣抖。

keŋ^{55}tʃek^{2}tʃ^{h}iŋ^{21}ʃam^{55}tʃɐu^{33}，ha^{22}jœŋ^{55}tʃ^{h}ɐi^{21}toŋ^{22}ʃɐu^{35}；

keŋ^{55}tʃek^{2}foŋ^{55}，jɐk^{5}høy^{33}（不讀ui）weŋ^{13}mou^{21}tʃoŋ^{55}；

keŋ^{55}tʃek^{2}mou$^{21\text{-}13}$foŋ^{55}，laŋ^{13}tou^{33}mɔŋ^{21}tʃoŋ^{33}；

mei^{22}tʃ^{h}ɐŋ^{21}keŋ^{55}tʃek^{2}ʃiŋ^{55}hɔi^{55}hɐu^{35}，
laŋ^{13}tou^{33}loŋ^{21}fu^{55}mou^{13}hei^{33}t^{h}ɐu^{35}

中山市沙溪鎮則稱「驚蟄有風永無凍，驚蟄無風冷到芒種」。[12]驚

9　《語海》編輯委員會編：《語海》（上海市：上海文藝出版社，2000年1月），頁637。

10　劉振鐸主編：《諺語詞典上》（長春市：北方婦女兒童出版社，2002年10月），頁420。

11　蕭亭主編；廣東省地方史志編纂委員會編：《廣東省志風俗志》（廣州市：廣東人民出版社，2002年8月），頁39。

12　中山市沙溪鎮人民政府編：《沙溪鎮志》（廣州市：花城出版社，1999年6月），頁422。

蟄此節氣，從每年太陽到達黃經三百四十五度時（三月六日前後）開始，天氣漸暖，春雷初動，冬眠的昆蟲出土活動，春耕也正式開始，廣東省內早稻先後播種。民間習慣認為驚蟄節如果有風，且當年開雷（響頭一聲雷）在節前後數天，預示風調雨順，獲好收成，故有「驚蟄前三晝，下秧齊動手；驚蟄風，一去永無蹤；驚蟄無風，冷到芒種；未曾驚蟄先開口，冷到農夫冇氣抖」的農諺。[13]

6　三月大，擔秧過嶺賣。

ʃam^{55}jyk^{2}tai^{22}，tam^{55}jœŋ^{55}kwɔ^{33}lɛŋ^{13}mai^{22}

農曆三月是大月（有三十日），則氣候正常穩定，秧苗生長旺盛，同樣播種一樣穀種，無憂缺少秧苗，甚至有多餘的秧苗去賣。[14]

7　立春晴一天，農夫不用力。

lɐp^{2}tʃ^{h}ɐŋ^{55}tʃ^{h}ɐŋ^{21}jɐk^{5}t^{h}iŋ^{55}，loŋ^{21}fu^{55}pɐk^{5}joŋ^{22}lek^{2}

這是說立春之日要天晴不雨，這樣子當年便不會遭受旱澇之災，莊稼可望豐收。農夫不用力耕田，指耕田省力。

8　春寒雨至。

tʃ^{h}ɐŋ^{55}huŋ^{21}ji^{13}tʃi^{33}

13　蕭亭主編；廣東省地方史志編纂委員會編：《廣東省志風俗志》（廣州市：廣東人民出版社2002年8月），頁38-39。冇氣抖，廣州話，指喘不過氣來。

14　中山市沙溪鎮人民政府編：《沙溪鎮志》（廣州市：花城出版社，1999年6月），頁422。

低溫陰雨和長陰雨（連陰雨）是華南春季的主要冷害。嶺南春早，二到四月，是華南春耕春收春種的大忙季節，而此時大氣多變，影響生產，而低溫陰雨就是這一時期的主要災害性天氣，經常性的出現，尤其北部和中部；長陰雨則是周期性的出現。低溫陰雨過程的標準是春季日平均氣溫低於十二攝氏度，且持續三天以上。由於此時冷暖氣流交會於華南，因此常伴有綿綿陰雨，農諺便有「春寒雨至」的說法。當氣溫愈低，持續時間愈長、危害也愈大。低溫陰雨天氣，不僅對早稻的安全育秧影響甚大，而且晚稻生產有時也因整個生產季節的推遲而相應推遲。如一九七六年，早稻遇到嚴重陰雨，據不完全統計，僅兩廣損失穀種約五億斤，而且晚稻也因推遲而遇到寒露風，以致造成重大損失。[15]

9　清明下秧穀雨蒔田（插秧）。

tʃ^{h}eŋ^{55}meŋ^{21}ha^{22}jœŋ^{55}kok^{5}ji^{13}ʃi^{21}t^{h}iŋ^{21}

一九四九年前，清明下秧，穀雨蒔田。秧苗生長一段時間後，早上揭開薄膜，利用陽光升溫；晚間覆蓋保暖，以保證秧苗生長。由於有了薄膜，下秧的時間比一九四九年前提早一個節令。[16]

10　春分亂紛紛，農村無閒人。

tʃ^{h}ɐŋ^{21}fɐŋ^{55}lyŋ^{22}fɐŋ^{55}fɐŋ^{55}，loŋ^{21}tʃ^{h}yŋ^{55}mou$^{21\text{-}13}$haŋ^{21}jɐŋ^{21}

---

15 國家科學技術委員會編：《氣候》（北京市：科學技術文獻出版社，1990年11月），頁330-331。

16 廣州市白雲區蘿崗鎮人民政府修編：《廣州市白雲區蘿崗鎮志》（廣州市：廣州市白雲區地方志辦公室，2001年），頁40。

春分日太陽直射赤道，這一天全球晝夜各為十二小時。以後，太陽逐漸北移，直射到北半球，溫度迅速回升，寒潮活動只在個別年分有出現，但仍有些冷空氣活動。廣東大部分地區的溫度都在攝氏十八度以上，農事已進入了春收春種的繁忙時節。「春分亂紛紛，農村無閒人」正是這時期的寫照。[17]

11　二月清明莫在前，三月清明莫在後。

ji^{2}jyk^{2}tʃ^{h}eŋ^{55}meŋ^{21}mɔk^{2}tʃɔi^{22}tʃ^{h}iŋ^{21}，

ʃam^{55}jyk^{2}tʃ^{h}eŋ^{55}meŋ^{21}mɔk^{2}tʃɔi^{22}hɐu^{22}

指早造插秧季節，如果清明在農曆一、二月，宜清明後插，若是三月則要在清明前插。[18]

12　清明穀雨時，插田莫遲疑。

tʃ^{h}eŋ^{55}meŋ^{21}kok^{5}jy^{13}ʃi^{21}，tʃ^{h}ap^{3}t^{h}iŋ^{21}mɔk^{2}tʃ^{h}i^{21}ji^{21}

清明節前後，插秧最適宜，因早稻生長要有三個月，過了穀雨插秧必然減產。[19]

13　春寒春暖，春暖春寒。

tʃ^{h}ɐŋ^{55}huŋ^{21}tʃ^{h}ɐŋ^{55}lyŋ^{13}，tʃ^{h}ɐŋ^{55}lyŋ^{13}tʃ^{h}ɐŋ^{55}huŋ^{21}

---

17 徐蕾如著：《廣東二十四節氣氣候》（廣州市：廣東科技出版社，1986年7月），頁16。
18 廣東省土壤普查鑑定委員會編：《廣東農諺集》（缺出版社資料，1962年），頁17。
19 葉春生著：《廣府民俗》（廣州市：廣東人民出版社，2000年6月），頁84。

廣州風候，大抵三冬多暖，至春初乃有數日極寒，冬間寒不二三日復暖[20]……立春日宜微寒，諺曰：「春寒春暖，春暖春寒」。一春寒暖，以立春卜之。立春又宜晴，諺曰：「春晴一春晴，春陰一春陰」。元日則宜微雨，宜北風，宜西北東北風，不宜南風、東風。有微雨而北風則寒，寒亦春暖之兆。又以日權水輕重，以知雨多少，日直其月，至十二日則止，以測十二月之水旱，寒則水重而多雨，為豐年之兆。[21]

14　立春宜微寒。

$lɐp^{2}tʃ^{h}ɐŋ^{55}ji^{21}mei^{21}huŋ^{21}$

意思同「春寒春暖，春暖春寒」。[22]

（二）夏令

1　六月六，黃皮熟，夏收夏種忙碌碌。

$lok^{2}jyk^{2}lok^{2}$，$wɔŋ^{21}p^{h}ei^{21-35}ʃok^{2}$，

$ha^{22}ʃɐu^{55}ha^{22}tʃoŋ^{33}mɔŋ^{21}lok^{5}lok^{5}$

20　（明末）屈大均：《廣東新語》（北京市：北京愛如生數字化技術研究中心據（清）康熙庚辰三十九年（1700年）水天閣刻本影印，2009年），卷一〈天語・風候〉，頁13下。

21　（明末）屈大均：《廣東新語》（北京市：北京愛如生數字化技術研究中心據（清）康熙庚辰三十九年（1700年）水天閣刻本影印，2009年），卷一〈天語・風候〉，頁13下-15上。

22　（明末）屈大均：《廣東新語》（北京市：北京愛如生數字化技術研究中心據（清）康熙庚辰三十九年（1700年）水天閣刻本影印，2009年），卷一〈天語・風候〉，頁14下-15上。

此諺語也見於廣東龍川。[23]說明六月六日此時正是農忙之時。

2　蒔田（插秧）蒔到立夏，蒔唔蒔就罷。

ʃi²¹tʰiŋ²¹ʃi²¹tou³³lɐp²ha²²，ʃi²¹m̩²¹ʃi²¹tʃɐu²²pa²²

插秧是把秧田育成約十至十五公分長的嫩壯秧移植到大田，稱作「蒔田」，[24]所以「蒔田」是水稻的移植。

在本地區（廣州），插秧的時間，要受農事季節制約。按傳統，早稻一般在「立夏」前插完（大約在五一前，即比立夏還早五天），晚稻在「立秋」前插完。故農諺有云：「早禾要早，晚禾要著造」、「蒔田蒔到立夏，蒔唔蒔都罷」（到了立夏這個節令才插的秧，難得有收成）。蒔田，其株距行距的規格很有學問。傳統的習慣均為大株疏植。一九五六年起，經過農科人員的反覆試驗比較後，開始推行小株密植，既可增加單位面積的插植株數，又可使禾苗充分分蘗，提高產量。「蒔田」，是水稻耕作過程中最為費時和艱辛的工作。不但彎腰曲背十分辛苦，一個強勞動力一天只能蒔半畝左右。一九九四年推廣的拋秧新技術，一個強勞力一天便可拋秧六畝到七畝，大大提高了勞動效率。[25]

3　芒種節，食唔切。

mɔŋ²¹tʃoŋ³³tʃik³，ʃek²m̩²¹tʃʰik³

23　梁偉光編：《客家古邑民俗》（廣州市：華南理工大學出版社，2010年10月），頁142。

24　賴為傑主編；《沙井鎮志》編纂委員會編：《沙井鎮志》（長春市：吉林攝影出版社，2002年6月），頁741。沙井，是指廣東深圳市沙井。

25　廣州市白雲區人和鎮政府編：《廣州市白雲區人和鎮志》（廣州市：廣州市白雲區人和鎮政府，1997年），頁53-54。廣州市政協學習和文史資料委員會編；葉小帆主編：《廣州文史　第74輯》（廣州市：廣州出版社，2010年12月），頁94。

指芒種前後正好是瓜菜成熟的旺季，瓜菜太多讓人吃不過來。

4　立夏吹北風，十個魚塘九個空。

lɐp^{2}ha^{22}tʃ^{h}ui^{55}pɐk^{5}foŋ^{55}，ʃɐp^{2}kɔ^{33}jy^{21}t^{h}ɔŋ^{21}kɐu^{35}kɔ^{33}hoŋ^{55}

夏季北風是颱風先兆，這諺語是以北風預告澇患之意。[26]

5　三伏不熱，五穀不結。

ʃam^{55}fok^{2}pɐk^{5}jik^{2}，ŋ̍^{13}kok^{5}pɐk^{5}kik^{3}

伏，按農曆規定，夏至後第三個庚日為初伏（或稱頭伏）；第四個庚日為中伏（或稱二伏）；立秋後第一個庚日為末伏（或稱三伏）。其中初伏和末伏固定為十天。中伏交於七月二十八日前，規定為二十天；交於七月二十九日以後，規定為十天。

伏天出現在七月中旬到八月中旬一個月裡，這個時期中國處在副熱帶高壓控制下，天氣晴熱少雨，太陽照射時間長，地層熱量積累多，往往一年中除個別年分外，持續高溫出現在這個階段，所以諺語說「熱在三伏」。但是，三伏天時對農作物來說最好要熱，所以諺語說「三伏不熱，五穀不結」。[27]

6　六月無閒北。

lok^{2}jyk^{2}mou^{21}haŋ^{21}pɐk^{5}

---

26 廣東省地理學會科普組主編：《廣東農諺》（北京市：科學普及出版社；廣州分社，1983年2月），頁29。

27 吳天福編：《測天諺語集》（長沙市：湖南人民出版社，1979年），頁78。

「六月無閒北」，是指夏天的時候，廣東地區一般多吹偏南風，如果突然刮起北風，而且刮的時間又很長，這就有颱風發生，表示太平洋的颱風侵入南海。當太平洋颱風入侵南海的時候，廣東便處於颱風中心的外圍，又在它的北方或西北方，因受到颱風的影響，由吹偏南風變成刮北風，向颱風中心流動。所以，夏季吹北風，都意味著颱風要到來，應該及早做好防備工作。[28]

7　芒種聞雷聲，個個笑盈盈。

mɔŋ^{21}tʃoŋ^{33}mɐŋ^{21}lui^{21}ʃeŋ^{55}，kɔ^{33}kɔ^{33}ʃiu^{33}jeŋ^{21}jeŋ^{21}

芒種此節氣從每年太陽到達黃經七十五度時（六月六日前後）開始。農民習慣認為芒種宜有雷響，諺云：「芒種有雷，大暑無颱」（颱，指颱風），即是說可避免颱風打落已成熟的穀粒。所以農民「芒種聞雷聲，個個笑盈盈」。[29]

8　四月八，洗魚笪。

ʃei^{33}jyk^{2}pak^{3}，ʃɐi^{35}jy^{21}tak^{3}

魚的生長和溫度是有很大關係的，夏、秋兩季天氣熱，魚的食欲旺盛，生長很快。相反，到了冬天，天氣寒冷，魚就不大攝食了，生長也就停下來。有些魚，像我們華南特有的「土鯪魚」，遇到寒冷的冬天還會大量的死亡。大家都知道，遷來中國的越南魚（即非洲鯽），它們到了冬天還得躲到人工水池去避寒呢。因此，養魚的人為了適應

28　留明編著：《怎樣觀測天氣上》（呼和浩特市：遠方出版社，2004年9月），頁27-28。

29　蕭亭主編；廣東省地方史志編纂委員會編：《廣東省志風俗志》（廣州市：廣東人民出版社，2002年8月），頁40。

魚兒這些生長特點，一般都在農曆二月放養魚種，到了三月，水溫隨天氣溫暖而升高，魚兒也就迅速生長。而起魚的時間則多在立冬到次年一、二月。廣東有些地方甚至每年年底進行「乾塘」，把魚捉清，然後清理塘底，再放新魚。當然，有些地方並不每年「乾塘」，但也在秋冬選擇大魚出售，剩下小魚再養。這一來，初夏吃到的塘魚就會少了。因此廣東農諺「四月八，洗魚笪」就是這個道理。[30]

9　五月壬子破，龍船崗上過。

$\dot{ŋ}^{13}jyk^{2}jɐm^{21}tʃi^{35}p^{h}ɔ^{33}$，$loŋ^{21}ʃyŋ^{21}kɔŋ^{55}ʃœŋ^{22}kwɔ^{33}$

河南稱「五月壬子破，水從房脊過」，又稱「五月壬子破，水打城上過」。浙江稱「五月壬子破，水望山頭過」，又稱「五月壬子破，大水唱山歌」。江蘇稱「五月壬子破，鯉魚穿山過」，廣東又稱「五月壬子破，大水穿山過」。這條農諺是說在五月壬子日，又是破日，主有大水災。[31]

10　小暑小割，大暑大割。

$ʃiu^{35}jy^{35}ʃiu^{35}kuk^{3}$，$tai^{22}ʃy^{35}tai^{22}kuk^{3}$

小暑此節氣從每年太陽到達黃經一〇五度時（七月七日前後）開始。時正初伏前後，進入氣溫最高時期。廣東省內南部早稻收割開始，故諺云：「小暑小割，大暑大割」。[32]

---

30 盧景禧著：《動物王國和它的居民》（廣州市：廣東科技出版社，1979年2月），頁76-77。

31 楊亮才、董森主編：《諺海　第2卷　農諺　卷2》（蘭州市：甘肅少年兒童出版社，1991年3月），頁118。

32 蕭亭主編；廣東省地方史志編纂委員會編：《廣東省志風俗志》（廣州市：廣東人民出版社，2002年8月），頁40。

小暑時節，早熟稻開鐮收割，延續到六月上、中旬，大暑前後，晚熟稻方可收割完畢。一九四九年後，小暑之前要收割完早熟稻，晚熟稻收割最遲不過大暑。夏收完成後，隨即犁田灌水浸坯，大暑後進行進行倒坯、耙田，至立秋前後插完晚稻秧。[33]

11　未食五月粽，寒衣唔敢送；
食過五月粽，寒衣收入槓；
食過五月粽，過咗百日又番風。

mei^{22}ʃek^{2}ŋ̍^{13}jyk^{2}tʃoŋ^{35}，huŋ^{21}ji^{55}m̩^{21}kɐm^{35}ʃoŋ^{33}；

ʃek^{3}kwɔ^{33}ŋ̍^{13}jyk^{2}tʃoŋ^{35}，huŋ^{21}ji^{55}ʃɐu^{55}jɐp^{2}loŋ^{13}；

ʃek^{3}kwɔ^{33}ŋ̍^{13}jyk^{2}tʃoŋ^{35}，kwɔ^{33}tʃɔ^{35}pak^{3}jɐk^{2}jɐu^{22}faŋ^{55}foŋ^{55}

諺稱「未食五月粽，寒月不敢送」，在這段時期，冷空氣是一次爆發式南下，又回晴較暖，又再次爆發式南下，又回晴轉暖。故「冷頭暖尾」，在廣州多為驟冷、驟暖天氣。但真正寒潮由十一月到次年三月為止。[34]此農諺說明吃了粽子，時序就實實在在地進入夏季了，這是一年生活轉折點的信號。

12　梅裡不落蒔裡落。

mui^{21}lui^{13}pɐk^{5}lɔk^{2}ʃi^{21}lui^{13}lɔk^{2}

這農諺也見於上海。農曆五月正值梅雨季節，天空多雲層，如果

---

33 《東莞市鳳崗鎮志》編纂委員會編：《東莞市鳳崗鎮志》（廣州市：中山大學出版社，2009年12月），頁86-87。

34 曾昭璇著：《廣州歷史地理》（廣州市：廣東人民出版社，1991年5月），頁130。

這時出現霧，則多半屬於「鋒面霧」，即在準靜止鋒或低槽前部暖濕空氣流中形成的霧。這種霧的出現不僅說明空氣非常潮濕，而且說明有準靜止鋒或低槽在附近活動。因此預示要下大雨。如果經常出現大霧，則整個梅雨雨量就會很大，各處河濱都有積水……梅，指芒種節氣；蒔，指夏至節氣。這兩種節氣正值梅雨季節。除極個別的空梅年分外，通常都有一段連綿的陰雨天氣，只是各年連綿陰雨開始早晚不同，有的年分在芒種節氣就已開始，有的年分則延至夏至節氣才開始，所以有「梅裡不落蒔裡落」之說。[35]

13　四月八，大水發。

ʃei^{33}jyk^{2}pak^{3}，tai^{22}ʃui^{35}fak^{3}

農曆四月初八（是日佛誕）前後，正是一年中的多雨季節，往往容易發大水，要多留意農田，做好準備。

14　處暑根頭白，農夫吃一嚇。

tʃ^{h}y^{33}ʃy^{35}kɐŋ^{55}t^{h}ɐu^{21}pak^{2}，loŋ^{21}fu^{55}hɛk^{3}jɐk^{5}hak^{3}

古時稻田灌溉用的是水車。唐宋以後境內已普及使用。明清時期，農民十分重視「乾田」，古人云「六月不乾田，無米莫怨天」。唯此一乾，則根派深遠，苗乾蒼老，結秀成實。但到了處暑水稻做胎時不可缺水，古人云：「處暑根頭白，農夫吃一嚇」。民國時期，排灌工具不充足，低田經常漫灌，高田又常因缺水而受旱。五十年代，農田水利設施逐步改善，淺灌勤灌和適時擱田得到普及。六十年代後，農

35 許以平編著：《氣象諺語和氣象病》（上海市：上海科學普及出版社，2000年7月），頁101。

村實現電力排灌，田間渠系也相應配套，特別是七十年代到二〇〇一二年，通過平整土地和排灌工程的進一步完善，水渠管理水平不斷提高，大面積推行「淺水插秧、寸水護苗、薄露分蘖、夠苗擱田、薄水養胎（孕穗）抽穗、齊穗後活水灌溉」的管水方法。[36]

（三）秋令

1　立秋有雨抽抽有，立秋無雨企田頭。

lɐp^{2}tʃ^{h}ɐu^{55}jɐu^{13}jy^{13}tʃ^{h}ɐu^{55}tʃ^{h}ɐu^{55}jɐu^{13}，

lɐp^{2}tʃ^{h}ɐu^{55}mou$^{21-13}$jy^{13}k^{h}ei^{13}t^{h}iŋ^{21}t^{h}ɐu^{21}

廣州黃埔區大沙鎮稱「立秋有雨秋秋有，立秋無雨甚擔憂」。[37]廣西橫縣稱「立秋有雨喜豐收，立秋無雨人人愁」。桂平稱「立秋有水家家有，立秋無水家家憂」，桂平又稱「立秋下雨偷偷雨，立秋無雨枉功勞」。馬山壯區稱「立秋有雨雨水足，立秋無雨天大旱」。扶綏、橫縣壯區「立秋有雨秋秋有，立秋無雨半成收」。樂業稱「立秋有雨秋秋有、立秋無雨甚擔憂」。龍川稱「立秋有雨秋秋有，立秋無雨百家憂」等。[38]

關於「抽抽」，一般寫作「秋秋」，獨是《中山市阜沙鎮志》寫作「抽抽」。[39]筆者認為「秋秋」解不通，而「抽抽」是一抽一抽禾苗的

36 鳳鳴街道志編委會：《鳳鳴街道志》（北京市：方志出版社，2017年12月），頁165。

37 廣州市黃埔區大沙鎮地方志編纂委員會編：《大沙鎮志》（北京市：中華書局，2008年6月），頁449。

38 中國民間文學集成全國編輯委員會、中國民間文學集成廣西卷編輯委員會編：《中國諺語集成　廣西卷》（北京市：中國ISBN中心，2008年2月），頁492。

39 中山市阜沙鎮志編纂委員會編：《中山市阜沙鎮志》（廣州市：廣東人民出版社，2018年5月），頁501。

意思，是一株一株禾苗的意思。此諺語指立秋這一天有雨，即預兆不會出現秋旱，雨水會均勻，農作物生長正常，水稻可以豐收。立秋這一天無雨，則天有旱像，水稻收成將會減產，收成有影響。[40]

2　禾怕霜降風，人怕老來窮。

wɔ^{21}p^{h}a^{33}ʃœŋ^{55}kɔŋ^{33}foŋ^{55}，jɐŋ^{21}p^{h}a^{33}lou^{13}lɔi^{21}k^{h}oŋ^{21}

「霜降」期間，廣州地區不時會遇上冷空氣南下，刮七、八天的中、強北風，使氣溫驟降，稱為「霜降風」。是時正是晚稻抽穗揚花至稻穗灌漿期，如碰上「霜降風」的侵襲，晚稻便會出現空粒、秕粒現象。過去，農民最怕遇上霜降風，故有農諺謂「禾怕霜降風，人怕老來窮」。但近四十年來，由於推廣種田，提早插秧季節，到霜降期間，晚稻已進入黃熟階段，基本上不再受霜降風的侵害了。[41]

3　七月落金，八月落銀。

tʃ^{h}ɐk^{5}jyk^{2}lɔk^{2}kɐm^{55}，pak^{3}jyk^{2}lɔk^{2}ŋɐŋ^{21}

七月時，插秧不久，八月禾苗抽穗揚花，其時亟須雨水，這時天下雨就好比降金銀下來。[42]其實此農諺不單可用於水稻，也能用於油

40 中山市阜沙鎮志編纂委員會編：《中山市阜沙鎮志》（廣州市：廣東人民出版社，2018年5月），頁501。新會縣地方志編纂委員會：《新會縣志》（廣州市：廣東人民出版社，1995年10月），頁1088。中山市沙溪鎮人民政府編：《沙溪鎮志》（廣州市：花城出版社，1999年6月），頁423。

41 廣州市白雲區人和鎮政府編：《廣州市白雲區人和鎮志》（廣州市：白雲區人和鎮政府，1997年），頁76。

42 梧州市地方志編纂委員會編：《梧州市志　文化卷》（南寧市：廣西人民出版社，2000年8月），頁3889。

茶。這條農諺反映油茶在農曆七到八月對水分的迫切要求。若遇上七到八月乾旱，便會出現「七月乾球，八月乾油」的現象。[43]

4　白露水，冇益人。

pak^{2}lou^{22}ʃui^{35}，mou^{13}jɐk^{5}jɐŋ^{21}

廣州白雲區鴉崗村農諺「白露水，冇益人」稱這個季節落雨，不利於禾苗正常生長，會在成熟時引起「倒伏」。[44]廣東肇慶市四會縣則稱「白露水，毒過蛇」。[45]

5　不怕重陽雨，最怕十三陰；九月十三陰，漚爛禾稿心。

pɐk^{5}p^{h}a^{33}tʃ^{h}oŋ^{21}jœŋ^{21}jy^{13}，tʃui^{33}p^{h}a^{33}ʃɐp^{2}ʃam^{55}jɐm^{55}；

kɐu^{35}ʃyk^{2}ʃɐp^{2}ʃam^{55}jɐm^{55}，ɐu^{33}laŋ^{22}wɔ^{21}kou^{35}ʃɐm^{55}

九月九重陽下雨倒不怕，怕就怕在一連到九月十三日時還不晴，那時禾稿心也被漚爛了。[46]此農諺於廣西龍州稱「九月初九淋，帶來十三陰；日頭貴過金，種菜不用淋」。上思稱「九月十三陰，日頭難得風」，又稱「九月十三陰，柴火貴如金」、又稱「九月十三陰，禾稈漚爛心」、又稱「九月十三陰，菜園有雨淋」。賀州稱「不怕重陽雨，最怕十三陰」、玉林稱「重陽落雨都不怕，最怕九月十三陰」。南寧邕

43 謝雲勝：〈祁門縣油茶林分類型經營技術探討〉，《安徽林業科技》第一期（2018年），頁62。

44 鄧汝強主編：《鴉崗風物志》（廣州市：廣東經濟出版社，2013年8月），頁260。

45 四會縣政協：《四會文史》編輯組：《四會文史第3輯》（四會縣：四會縣政協文史組，1986年9月），頁55。

46 梧州市地方志編纂委員會編：《梧州市志　文化卷》（南寧市：廣西人民出版社，2000年8月），頁3889。

寧稱「重陽有雨重重雨，重陽無雨看十三，十三無雨看冬間」。[47]

6　霜降降禾黃，霜降滿田紅。

ʃœŋ^{55}kɔŋ^{33}kɔŋ^{33}wɔ^{21}wɔŋ^{21}，ʃœŋ^{55}kɔŋ^{33}muŋ^{13}t^{h}iŋ^{21}hoŋ^{21}

霜降此節氣從每年太陽到達黃經二一〇度時（十月二十三日前後）開始。廣東北部可能出現初霜。各地晚稻先後成熟，等待收割，故諺云：「霜降降禾黃，霜降滿田紅」。[48]佛山市三水那邊稱「霜降滿田紅」，正是晚造中熟水稻累累結實的時候。[49]關於「紅」這個字，不是指紅色，而是指農活多。[50]

7　霜降遇重陽，穀滿頂正樑。

ʃœŋ^{55}kɔŋ^{33}jy^{22}tʃ^{h}oŋ^{21}jœŋ^{21}，kok^{5}muŋ^{13}teŋ^{35}tʃeŋ^{33}lœŋ^{21}

意思是指霜降遇重陽時候，便會「一年穀米二年糧」（廣東），[51]甚至是「一年攞埋三年糧」。[52]

---

47 中國民間文學集成全國編輯委員會、中國民間文學集成廣西卷編輯委員會編：《中國諺語集成　廣西卷》（北京市：中國ISBN中心，2008年2月），頁465。

48 蕭亭主編；廣東省地方史志編纂委員會編：《廣東省志　風俗志》（廣州市：廣東人民出版社，2002年8月），頁42。

49 何錫安：〈農業氣節與三水農諺〉，《三水文史》第3-4期（1982年第，1982年），頁191。

50 熊春錦著：《中華傳統節氣修身文化　四時之冬》（北京市：中央編譯出版社，2017年1月），頁153。

51 楊亮才、董森主編：《諺海　第2卷　農諺　卷2》（蘭州市：甘肅少年兒童出版社，1991年3月），頁556。

52 新會縣地方志編纂委員會：《新會縣志》（廣州市：廣東人民出版社，1995年10月），頁1088。

8　七月冇立秋，遲禾冇得收。

tʃ^{h}ɐk^{5}jyk^{2}mou^{13}lɐp^{2}tʃ^{h}ɐu^{55}，tʃ^{h}i^{21}wɔ^{21}mou^{13}tɐk^{5}ʃɐu^{55}

此農諺見於廣東廣寧、四會、花縣，[53]此農諺又見於廣東番禺、順德和湖南。[54]意指如立秋在六月底而仍在七月插秧，則節氣已晚，插下後生長期短，致使穗小粒小，會減產。[55]

9　寒露過三朝，遲早一齊標。

huŋ^{21}lou^{22}kwɔ^{33}ʃam^{55}tʃiu^{55}，tʃ^{h}i^{21}tʃou^{35}jɐk^{5}tʃ^{h}ɐi^{21}piu^{55}

標，指水稻抽穗揚花。

寒露後三天，水稻無論早熟、遲熟品種都會一齊抽穗揚花。因晚稻開花要短日照，寒露節後日期日照少於十一小時半即會開花。[56]因此，要想晚稻不受「寒露風」為害（如果這時氣溫下降到攝氏二十三以下，濕度小至百分之六十以下。就會使水稻的生理機能受到影響，花粉不易黏著柱頭或花粉粒乾裂，不能發芽受精，形成大量不實粒和過冬青，從而招致減產。如果水稻在灌漿階段遇到寒露風，則會影響到稻禾體內養分的運轉，以致穀粒不飽滿，米質變劣）[57]，就必須從品

---

53 廣東省地理學會科普組主編：《廣東農諺》（北京市：科學普及出版社；廣州分社，1983年2月），頁75。

54 農業出版社編輯部：《中國農諺》（北京市：農業出版社，1980年5月），頁62。

55 楊亮才、董森主編：《諺海　第2卷　農諺　卷2》（蘭州市：甘肅少年兒童出版社，1991年3月），頁289。農業出版社編輯部：《中國農諺》（北京市：農業出版社，1980年5月），頁62。

56 廣東省地理學會科普組主編：《廣東農諺》（北京市：科學普及出版社；廣州分社，1983年2月），頁85。清新縣地方志編纂委員會編：《清新縣誌（1988-2005）》（廣州市：廣東人民出版社，2012年2月），頁90。

57 李學德著：《農事與民生農業文選》（廣東農業雜誌社、廣東省農牧資訊學會，2008年5月），頁45。

種選育和管理措施上下功夫，選擇一些早熟的良種和早、晚雜交種或翻秋種，在「寒露」前抽穗，以避過寒風危害。也可以選擇一些抗寒性強的良種，並通過水、施肥管理來抗禦自然災害的襲擊而達高產。[58]

10　寒露打大風，十個田頭九個空。

huŋ^{21}lou^{22}ta^{35}tai^{22}foŋ^{55}，ʃɐp^{2}kɔ^{33}t^{h}iŋ^{21}t^{h}ɐu^{21}kɐu^{35}kɔ^{33}hoŋ^{55}

寒露此節氣從每年太陽到達黃經一九五度時（十月八日前後）開始。這時天氣日漸害冷，晚稻正處抽穗揚花時節，最怕刮風，以所以說「寒露打大風，十個田頭九個空」。[59]

11　八月秋收忙，農夫穀滿倉。

pak^{3}jyk^{2}tʃ^{h}ɐu^{55}ʃɐu^{55}mɔŋ^{21}，loŋ^{21}fu^{55}kok^{5}muŋ^{13}tʃ^{h}ɔŋ^{55}

「八月秋收忙，農夫穀滿倉」這農諺的背後是反映了作物豐收時節農民的喜悅心情，是對生活充滿著樂觀與理想。[60]

12　七月紅雲蓋天頂，收好禾苗灣好艇。

tʃ^{h}ɐk^{5}jyk^{2}hoŋ^{21}wɐŋ^{21}kɔi^{33}t^{h}iŋ^{55}tɛŋ^{35}，
ʃɐu^{55}hou^{35}wɔ^{21}miu^{21}maŋ^{55}hou^{35}t^{h}ɛŋ^{13}

58　江泰樂著：《綠野文集》（廣東省農牧資訊學會、廣東農業雜志編輯部，2009年），頁6。

59　蕭亭主編；廣東省地方史志編纂委員會編：《廣東省志　風俗志》（廣州市：廣東人民出版社，2002年8月），頁41-42。

60　譚達先：〈略論粵語農諺〉，見廣東省民族研究所、廣東省群眾文化藝術館編：《民族民間藝術研究　第2集》（廣州市：廣東人民出版社，1986年5月），頁222-225。

珠海市稱「紅雲蓋頂，找艇搬錠」。「紅雲蓋頂，找艇搬錠」跟海南的「紅雲過頂，趕快收船，有颱風」（海南）意思一致。[61]這裡說的「紅雲」，是指出現東南海面上空的雲的顏色。颱風侵襲前，氣壓低、濕度大，大氣層中的水滴、灰塵大大增加，陽光透過大氣層的時候，碰到很多水滴和灰塵，這時候容易被反射的顏色光線都被射掉，只有不易被反射掉的紅、橙、黃等顏色光線能夠透過，所以看上去天空就是紅色。這種現象大都是出現在日出和日落的時候。[62]因此，當廣州一帶市郊的農民一看到天頂滿布紅雲，便知這是颱風來臨的預示，要趕快把農艇入涌作防風準備。

13　寒露過三朝，過水要尋橋。

huŋ^{21}lou^{22}kwɔ^{33}ʃam^{55}tʃiu^{55}，kwɔ^{33}ʃui^{35}jiu^{33}tʃʰɐm^{21}kʰiu^{21}

指天氣在寒露時變涼，寒露是在十月上旬，寒露後多吹西南風轉北風，因此不能像以前那樣赤腳蹚水過河或下田。可見，寒露期間，人們可以明顯感覺到季節的變化。

14　晚造望秋淋。

maŋ^{13}tʃou^{22}mɔŋ^{22}tʃʰɐu^{55}lɐm^{21}

「秋老虎」天是秋行夏令，但已有北方氣流南下，只不變涼，故仍屬夏季天氣。但九、十月間，北方已冷，故高壓南下冷氣流每入廣州。故本型可稱夏季結束，初秋開始。這時因冷氣流侵入南方暖氣

61　郝瑞著：《解放海南島》（北京市：解放軍出版社，2007年1月），頁229。

62　韋有暹編著：《民間看天經驗》（廣州市：廣東科技出版社，1984年10月），頁61。

區，故使濕熱的當地氣流被抬升地面成陰涼天氣。夜雨的原因是由於冷氣流晚間靠陸風幫助，加速吹向海洋，使抬升暖氣易受冷卻成雨，但雨量不大（約十毫米）。由於夜間冷氣流加速，故降低溫度也快些，使暖氣中水汽不斷析出，成為夜間不斷產生的疏落零碎分散小雨，故名「秋淋」。此時日溫增大，有利晚造拔節孕穗，故農諺云：「晚造望秋淋」。[63]

15　寒露風、穀不實；霜降雨，米多碎。

huŋ^{21}lou^{22}foŋ^{55} 、 kok^{5}pɐk^{5}ʃɐk^{2} ； ʃœŋ^{55}kɔŋ^{33}jy^{13} 、 mɐi^{13}tɔ^{55}ʃui^{33}

是指寒露節氣（陽曆十月八日或九日），較冷的北風提早吹至，影響晚造禾稻抽穗及花朵發育。再過兩星期後「霜降」氣節，結成穀果外穀（稃）後，進入灌漿階段（注入米漿），如該時天氣陰雨，氣溫下降，禾稻葉部的光合作用減慢，便無法製造足夠米漿輸送，穀果（穀實）便脆弱易碎了。[64]

16　蒔糯唔被立秋知。

ʃi^{21}lɔ^{22}m̩^{21}pei$^{22\text{-}13}$lɐp^{2}tʃ^{h}ɐu^{55}tʃi^{55}

立秋前要提糯秧播完。[65]

---

63 曾昭璇著：《廣州歷史地理》（廣州市：廣東人民出版社，1991年5月），頁101。

64 饒玖才：《十九及二十世紀的香港漁農業傳承與轉變下冊農業》（香港：天地圖書公司，2015年4月），頁36。

65 廣州市黃埔區大沙鎮地方志編纂委員會編：《大沙鎮志》（北京市：中華書局，2008年6月），頁449。

17　秋分定禾苗。

tʃ^{h}ɐu^{55}fɐŋ^{55}teŋ^{22}wɔ^{21}miu^{21}

晚稻到秋分已進入幼穗分化和孕穗生育階段，田間苗數（穗數）已基本確定下來，就苗數而言已成定局，但每穗粒數、結實率、千粒重多少，仍可通過水肥管理、病蟲防治而爭取豐收。[66]

18　八月水浸坡，九月蟲咬禾。

pak^{3}jyk^{2}ʃui^{35}tʃɐm^{33}pɔ^{55}，kɐu^{35}jyk^{2}tʃ^{h}oŋ^{21}ŋau^{13}wɔ^{21}

剝枝蟲是黏蟲、勞氏黏蟲、白脈黏蟲和水稻葉夜蛾的統稱。其中以黏蟲、水稻葉夜蛾發生較多。黏蟲在廣東越夏不越冬，其發生需要適宜溫度（二十二到二十五攝氏度）和較高濕度（相對濕度八十度以上）。一般夏季氣溫偏低，七到八月降雨量接近或超過歷史年平均值時，會導致晚稻田中黏蟲大發生。故農諺說：「八月水浸坡，九月蟲咬禾」，就是說降雨量較多，在白露前後受浸的稻田，有利於黏蟲的大發生。葉夜蛾主要是四到六月為害早稻，七到八月嚴重為害晚秧，八到九月轉移為害晚稻，一年出現三個高峰期。因此蟲畏害冷，寒露風來後就不再為害。[67]

66 黃劍雲主編；廣東省臺山縣誌編輯部編：《臺山通略》（江門市：廣東省江門市地方志學會，1988年），頁62。

67 廣東省農墾幹校農業植保學習班編：《農業植保講義》（廣東省農墾幹校農業植保學習班，1978年8月），頁42。湖南師院、廣東師院、華中師院等生物系合編：《作物保護學試用教材　下》（缺出版社資料，1977年2月），頁114。陽春市地方志編纂委員會編：《陽春市志　1979-2000》（廣州市：廣東人民出版社，2013年12月），頁334。呂錫祥編著：《主要農業害蟲的防治》（北京市：中國青年出版社，1965年3月），頁75。

（四）冬令

1 小雪滿田紅，大雪滿田空。

ʃiu^{35}ʃyk^{3}muŋ^{13}t^{h}iŋ^{21}hoŋ^{21}，tai^{22}ʃyk^{3}muŋ^{13}t^{h}iŋ^{21}hoŋ^{55}

這是流行在廣東地區的一句農諺。這裡所謂的紅，不是指紅色，而是在說農活多，晚造水稻到小雪節氣陸續黃熟，因此開始收穫晚稻，而到了大雪節氣，田裡已經收割完畢，空空如也了。[68]

2 南風入大寒，冷死早禾秧。

lam^{21}foŋ^{55}jɐp^{2}tai^{22}huŋ^{21}，laŋ^{13}ʃei^{35}tʃou^{35}wɔ^{21}jœŋ^{55}

大寒季節，是一年氣溫最低階段，如果偏偏於是日該寒而不寒，反而天暖吹南風，證明天氣已經反常，則倒春寒可能性極大，會冷死早禾秧。[69]

3 大寒牛滾湴，冷死早禾秧。

tai^{22}huŋ^{21}ŋɐu^{21}kwɐŋ^{35}paŋ^{22}，laŋ^{13}ʃei^{35}tʃou^{35}wɔ^{21}jœŋ^{55}

「牛滾湴」，是指牛打漿，在泥漿裡滾。大寒牛打漿，是因為大寒不寒，預示著清明時節容易出現低溫陰雨的早稻爛秧天氣。[70]其實

---

68 蘇易編著：《雪災防範與自救》（石家莊市：河北科學技術出版社，2013年5月），頁14。中山市沙溪鎮人民政府編：《沙溪鎮志》（廣州市：花城出版社，1999年6月），頁424。

69 中山市沙溪鎮人民政府編：《沙溪鎮志》（廣州市：花城出版社，1999年6月），頁424。

70 朱振全編著：《氣象諺語精選天氣預報小常識》（北京市：金盾出版社，2012年9月），頁163。

農民不單看牛，也會看豬，廣東農諺有「大寒豬屯濕，三月穀芽爛」，道理與「大寒牛滾漨，冷死早禾秧」一樣。[71]

4　十月初一濃罩山坡，明年正月雨水多。

ʃɐp^{2}jyk^{2}tʃ^{h}ɔ^{55}jɐk^{5}loŋ^{21}tʃau^{33}ʃaŋ^{55}pɔ^{55}，
meŋ^{21}liŋ^{21}tʃeŋ^{55}jyk^{2}jy^{13}ʃui^{35}tɔ^{55}

十月，朝霧大，明年下雨有個數，如十月初一大霧，明年正月雨水多；十月初二大霧，二月雨水多。[72]順德農諺有「十月初一露水大，明年正月雨水多；十月初二露水大，明年二月雨水多」，與「十月初一濃罩山坡，明年正月雨水多」意思一致。[73]

5　乾冬濕年，禾穀滿田。

kuŋ^{55}toŋ^{55}ʃɐp^{5}liŋ^{21}，wɔ^{21}kok^{5}muŋ^{13}t^{h}iŋ^{21}

是指如冬季天晴日子多，晚造收割後犁翻稻田，有充足陽光曝曬，把蟲卵殺死，翌年的蟲害會減少。隨後的農曆新年期間有雨水，使初春播穀育秧，以及移植能依時進行，其後收成必佳。[74]

71　夏榫等著：《晴雨冷暖話豐歉》（北京市：科學普及出版社，1992年10月），頁195。

72　恩平縣地方志編纂委員會編：《恩平縣志》（北京市：方志出版社，2004年6月），頁141。

73　廣東省土壤普查鑒定委員會編：《廣東農諺集》（缺出版社資料，1962年），頁27。

74　饒玖才：《十九及二十世紀的香港漁農業傳承與轉變下冊農業》（香港：天地圖書公司，2015年4月），頁36。

6　冬早莫割早，冬遲莫割遲，立冬最當時。

toŋ^{55}tʃou^{35}mɔk^{2}kuk^{3}tʃou^{35}，
toŋ^{55}tʃ^{h}i^{21}mɔk^{2}kuk^{3}tʃ^{h}i^{21}，
lɐp^{2}toŋ^{55}tʃui^{33}tɔŋ^{55}ʃi^{21}

指割桑枝一般在立冬前後最好。[75]

（五）物象

1　朝翻三，晚翻七，晏晝翻風唔過日，半夜亂風冷折骨。

tʃiu^{55}faŋ^{55}ʃam^{55}，maŋ^{13}faŋ^{55}tʃɐk^{5}，
aŋ^{33}tʃɐu^{33}faŋ^{55}foŋ^{55}m̩^{21}kwɔ^{33}jɐk^{2}，
puŋ^{33}jɛ^{22}lyŋ^{22}foŋ^{55}laŋ^{13}tʃik^{3}kwɐk^{5}

也稱「朝翻三，晚翻七，中午翻風不過日」。早上冷空氣影響轉北風，低溫陰雨天氣一般維持三天左右；傍晚或晚上冷空氣影響轉北風，低溫陰雨天氣一般維持七天左右；中午冷空氣南下影響，往往表明冷空氣勢力較強，一掃便過去了，天氣容易轉時回暖，低溫陰雨持續時間一般較短。[76]

2　初三十八，高低盡刮。

tʃ^{h}ɔ^{55}ʃam^{55}ʃɐp^{2}pak^{3}，kou^{55}tɐi^{55}tʃuŋ^{22}kwak^{3}

指農曆初三、十八，無論下雨、天旱，江邊的高處和低處都會因

75 廣東省土壤普查鑑定委員會編：《廣東農諺集》（缺出版社資料，1962年），頁20。

76 廣西桂平縣《農村氣象》編寫組編：《農村氣象》（貴港市：廣西桂平縣《農村氣象》編寫組，1976年9月），頁207。

為潮水上漲而淹沒，即是說漲潮水位都高於平時，河水漲退與大海的潮汐有密切關係。[77]

3　雨打黃梅頭，田岸變成溝。

jy^{13}ta^{35}wɔŋ^{21}mui^{21}t^{h}ɐu^{21}，t^{h}iŋ^{21}ŋuŋ^{22}piŋ^{33}ʃiŋ^{21}k^{h}ɐu^{55}

黃梅天開始時如果多雨，那麼整個雨季雨水就會較多。

4　天紅紅，漚禾蟲。

t^{h}iŋ^{55}hoŋ^{21}hoŋ^{21}，kɐu^{33}wɔ^{21}tʃ^{h}oŋ$^{21-35}$

生活在珠江三角洲，特別是沙田地區的人們，沒有不知道「禾蟲」的名字。禾蟲是生長在水稻田裡的環節動物多毛類，繁殖在禾根的下面。幼蟲時靠吃水稻裡的腐根成長。到了夏季或秋季早晚稻成熟時，禾蟲也跟著成熟了，全身變成了紅黃色，黏在泥土裡。每當農曆三月、五月、九月的朔望日，潮水比往日漲勢來得大，人們就鋤開田基缺口，讓潮水浸沒了整個田垌。禾蟲就從稻根蜿蜒而出，成群結隊地在水裡浮游。日間浮在水面，晚間沉在水底。潮落了，禾蟲就要跟隨著游到河涌中去，人們就在缺口安放粗夏布縫成丈多長口寬尾尖的纙袋，禾蟲就被截了下來。人們撈捕禾蟲的時間，新會流傳這樣的農諺：「初一前，十五後」。是指農曆三月、五月、八月初一前幾天，十五日後幾天，禾蟲就大量出現，可及時撈捕。因為那幾天的潮水特別高漲。又說「天紅紅，漚禾蟲」，是指那幾個月的晚上，經常有紅雲

77 廣州市越秀區礦泉街瑤臺村王聖堂經濟合作社編：《王聖堂村志》（廣州市：廣州出版社，2018年12月），頁154。江冰、張瓊主編：《回望故鄉嶺南地域文化探究》（長沙市：湖南師範大學出版社，2017年1月），頁152。

出現，預報禾蟲快要出沒，應及時去捕撈。[78]

5 上看初三，下看十六。

ʃœŋ^{22}huŋ^{33}tʃ^{h}ɔ^{55}ʃam^{55}，ha^{22}huŋ^{33}ʃɐp^{2}lok^{2}

農曆每月初三是上旬的氣象關鍵日，初三天氣好，則上旬雨水較少；初三下雨，上旬會雨水多。每月十六則是下旬的氣象關鍵日，十六天氣好，下旬雨水較少；十六下雨，下旬會雨水多。[79]

6 雲往東，一場空；雲往北，淋死雞。

wɐŋ^{21}wɔŋ^{13}toŋ^{55}，jɐk^{55}tʃ^{h}œŋ^{21}hoŋ^{55}，wɐŋ^{21}wɔŋ^{13}pɐk^{5}，lɐm^{21}ʃei^{35}kɐi^{55}

「雲往東，一場空」，指鋒面系統向東移動過境時，雲層薄，不易出現降水。如果西方有雲且雲層加厚的話，說明有新的擾動產生，儘管雲層向東走還是會出現降水。如果雲層自西而來，更說明將可能有降水的出現。「雲往北，淋死雞」，指鋒前東南風向西北輸送，表明水汽好，將有明顯降水。如果是地面高壓後部向西的回流，除非有系統東移而來，才能出現降水。[80]

78 新會縣政協文史資料研究工作組編：《新會文史資料選輯　第29輯》（新會縣政協文史資料研究工作組，1988年5月），頁61-62。

79 刁光全著：《蒙山話》（南寧市：廣西人民出版社，2016年12月），頁268。

80 鄒德和、楊琴、戴小景、高永紅、李平：〈氣象日曆的創意設計與製作——以固原市氣象日曆為例〉，《江西農業學報》第24卷第九期（南昌市：江西省農業科學院，2012年），頁82。

7　三朝大霧一朝風，一冷冷彎弓。

ʃam^{55}tʃiu^{55}tai^{22}mou^{22}jɐk^{5}tʃiu^{55}foŋ^{55}，jɐk^{55}laŋ^{13}laŋ^{13}wan^{55}koŋ^{55}

秋冬季節，如果是連續幾天起大霧，跟著便轉刮起風，天氣馬上會變得很冷，冷得人們都要彎著身子。

8　木棉花開透，築基兼使牛。

mok^{2}miŋ^{21}fa^{55}hɔi^{55}t^{h}ɐu^{33}，tʃok^{5}kei^{55}kim^{55}ʃɐi^{35}ŋɐu^{21}

木棉花大開時，就進入春忙時分，便要開始修埂並犁地。

9　朝霞陰，晚霞晴。

tʃiu^{55}ha^{21}jɐm^{55}，maŋ^{13}ha^{21}tʃ^{h}eŋ^{21}

霞多是由積雲和高積雲反照日光而成的。此種雲多在日間成功，晚間消滅。晚霞是常態，所以主晴；朝霞是變態，所以主陰雨。[81]

10　朝看東南，晚看西北，是晴是雨，看看便得。

tʃiu^{55}huŋ^{33}toŋ^{55}lam^{21}，maŋ^{13}huŋ^{33}ʃɐi^{55}pɐk^{5}，
ʃi^{22}tʃ^{h}eŋ^{21}ʃi^{22}jy^{13}，huŋ^{33}huŋ^{33}piŋ^{22}tɐk^{5}

每天早晨（八時前），東南方上空萬里無雲，則當天有大雨。傍晚（日落時），西北方上空若出現烏雲，則明天是陰雨天氣，反之則

81　竺可楨著；樊洪業主編；丁遼生等編纂：《竺可楨全集　第2卷》（上海市：上海科技教育出版社，2004年7月），頁315。

晴天。[82]

（六）活產

1 十年早，九年好。

$ʃɐp^{2}liŋ^{21}tʃou^{35}$，$kɐu^{35}liŋ^{21}hou^{35}$

就是指各種作物要適時搶時播種，而不是隨意延時遲播。有經驗的老農都知道，時令來了，遲播一天的情況都是大不一樣的。但是，不適時地早播了，也是要不得的。即是說明耕種要抓好季節，早計畫，早種植，十年早種植，九年會豐收。[83]

2 斗米養斤雞。

$tɐu^{35}mɐi^{13}jœŋ^{13}kɐŋ^{55}kɐi^{55}$

一九四九年前廣州地區養雞屬個體副業生產。農戶養幾隻母雞，放養、產蛋、孵化、育雛，由母雞完成，只是早晚餵一些碎米、穀粒或米糠等，其餘時間均任由母雞帶小雞自由覓食或放到稻田啄食遺穀。由於飼養期長，耗料多，生長慢，故有「斗米養斤雞」的說法。[84]

---

82 中山市坦洲鎮志編纂委員會編：《中山市坦洲鎮志》（廣州市：廣東人民出版社，2014年12月），頁699。

83 簡陽縣禾豐區公所編：《簡陽縣禾豐區區志》（簡陽縣禾豐區公所，1985年5月），頁104。中山市五桂山石鼓村志編纂委員會編：《中山市五桂山石鼓村志》（廣州市：廣東人民出版社；廣東省出版集團，2014年6月），頁272。〈廣東農業氣象災害對農業生產的影響〉收入中國農學會編：《新的農業科技革命戰略與對策》（北京市：中國農業科技出版社，1998年12月），頁488-489。

84 廣州市地方志編纂委員會編：《廣州市志　卷8》（廣州市：廣州出版社，1996年1月），頁156。

3　家有千條棕，子孫不怕窮。

ka^{55}jɐu^{13}tʃ^{h}iŋ^{55}t^{h}iu^{21}tʃoŋ^{55}，tʃi^{35}ʃyŋ^{55}pɐk^{5}p^{h}a^{33}k^{h}oŋ^{21}

棕編是許多農戶的傳統手工技藝之一。棕是熱帶及亞熱帶樹種，喜溫暖濕潤氣候，較耐寒耐陰，對土地適生性強，所以不少農戶在屋前房後種植棕樹。廣州一帶的編棕多做作掃把。

（七）押韻

農諺雖不是詩歌，也不是歌謠，但農諺也是押韻的，通過押韻讓音律和諧，韻律增強，富有生活氣息。

1　二月冷馬[a]，三月冷死蒔田阿媽[a]。

2　蒔田蒔到立夏[a]，蒔唔蒔就罷[a]。

3　四月八[ak]，大水發[ak]。

4　處暑根頭白[ak]，農夫吃一嚇[ak]。

5　四月八[ak]，洗魚笪[ak]。

6　初三十八[ak]，高低盡刮[ak]。

7　立秋有雨抽抽有[ɐu]，立秋無雨企田頭[ɐu]。

8　七月冇立秋[ɐu]，遲禾冇得收[ɐu]。

9　木棉花開透[ɐu]，築基兼使牛[ɐu]。

10　雨打黃梅頭[ɐu]，田岸變成溝[ɐu]。

11　朝翻三，晚翻七[ɐk]，晏晝翻風唔過日[ɐk]，
半夜亂風冷折骨[ɐk]。

12　朝看東南，晚看西北[ɐk]，是晴是雨，看看便得[ɐk]。

13　九月十三陰[ɐm]，漚爛禾稿心[ɐm]。

14　春分亂紛紛[ɐŋ]，農村無閒人[ɐŋ]。

15　五月壬子破[ɔ]，龍船崗上過[ɔ]。

16 八月水浸坡[ɔ]，九月蟲咬禾[ɔ]。

17 十月初一濃罩山坡[ɔ]，明年正月雨水多[ɔ]。

18 八月秋收忙[ɔŋ]，農夫穀滿倉[ɔŋ]。

19 十年早[ou]，九年好[ou]。

20 立夏吹北風[oŋ]，十個魚塘九個空[oŋ]。

21 未食五月粽[oŋ]，寒衣唔敢送[oŋ]；

22 食過五月粽[oŋ]，寒衣收入槓[oŋ]；

23 食過五月粽[oŋ]，過咗百日又番風[oŋ]。

24 禾怕霜降風[oŋ]，人怕老來窮[oŋ]。

25 寒露打大風[oŋ]，十個田頭九個空[oŋ]。

26 小雪滿田紅[oŋ]，大雪滿田空[oŋ]。

27 驚蟄風[oŋ]，一去永無蹤[oŋ]；驚蟄無風[oŋ]，冷到芒種[oŋ]。

28 三朝大霧一朝風[oŋ]，一冷冷彎弓[oŋ]。

29 天紅紅[oŋ]，漚禾蟲[oŋ]。

30 家有千條粽[oŋ]，子孫不怕窮[oŋ]。

31 六月六[ok]，黃皮熟[ok]，夏收夏種忙碌碌[ok]。

32 冬遲莫割遲[i]，立冬最當時[i]。

33 清明穀雨時[i]，插田莫遲疑[i]。

34 寒露過三朝[iu]，遲早一齊標[iu]。

35 寒露過三朝[iu]，過水要尋橋[iu]。

36 乾冬濕年[iŋ]，禾穀滿田[iŋ]。

37 芒種節[ik]，食唔切[ik]。

38 三伏不熱[ik]，五穀不結[ik]。

39 芒種聞雷聲[eŋ]，個個笑盈盈[eŋ]。

40 七月紅雲蓋天頂[ɛŋ]，收好禾苗灣好艇[ɛŋ]。

41 霜降遇重陽[œŋ]，穀滿頂正樑[œŋ]。

42 穀雨無雨[y]，交還田主[y]。

(八) 句式結構

句式有單句式、雙句式、三句式、四包式和多句式，以雙句式為主，雙句式有三十六句。

1　單句式

(1) 春寒雨至。
(2) 清明下秧穀雨蒔田。
(3) 立春宜微寒。
(4) 六月無閒北。
(5) 梅裡不落蒔裡落。
(6) 晚造望秋淋。
(7) 蒔糯唔被立秋知。
(8) 秋分定禾苗。

2　雙句式

(1) 春寒雨至，冬雨汗流。
(2) 穀雨無雨，交還田主。
(3) 三月大，擔秧過嶺賣。
(4) 立春晴一天，農夫不用力。
(5) 春分亂紛紛，農村無閒人。
(6) 二月清明莫在前，三月清明莫在後。
(7) 清明穀雨時，插田莫遲疑。
(8) 春寒春暖，春暖春寒。
(9) 蒔田蒔到立夏，蒔唔蒔就罷。
(10) 芒種節，食唔切。
(11) 立夏吹北風，十個魚塘九個空。

（12）三伏不熱，五穀不結。
（13）芒種聞雷聲，個個笑盈盈。
（14）四月八，洗魚笪。

3 三句式

（1）正月冷牛，二月冷馬，三月冷死蒔田阿媽。
（2）六月六，黃皮熟，夏收夏種忙碌碌。
（3）冬早莫割早，冬遲莫割遲，立冬最當時。

4 四句式

（1）春分秋分，晝夜均勻寒暑平；春分日日暖，秋分夜夜寒。
（2）不怕重陽雨，最怕十三陰；九月十三陰，漚爛禾稿心。
（3）寒露風、穀不實；霜降雨，米多碎。

5 多句式

（1）驚蟄前三晝，下秧齊動手；驚蟄風，一去永無蹤；驚蟄無風，冷到芒種；未曾驚蟄先開口，冷到農夫冇氣抖。
（2）未食五月粽，寒衣唔敢送；食過五月粽，寒衣收入槓；食過五月粽，過咗百日又番風。

二　漁諺

在漫長的漁業生產活動中，漁民先民們在生產作業時摸索到氣象、海洋、潮汐變化、漁具漁法、海況、魚蝦蟹習性、漁場漁汛，漁業生產時等規律性，在累積下和經過長時期的提煉和實踐中不斷驗證，因而漁諺便有一定的科學性和可用性，所以這些漁諺是實踐考驗的一種總結，方為其後代留下了許許多多豐富的漁諺。這些漁諺，它是含意深長，生動形象，全是像詩歌一樣，都是富有當地方言的音韻，以生動簡潔的語言，易於記憶的形式或順口溜的方式流傳於漁區……漁諺是漁民在生產作業時觀察魚類活動規律的總結，因此，誰能掌握好魚類活動規律，甚至正確解讀漁諺的意思，誰便能影響個人的生產產量。所以，這種規律的掌握，是漁民生產時的智慧結晶。從另一角度來，漁諺是漁文化承傳的載體。

因此，作為木帆漁船年代的漁民從小便要跟父母學習本領，就是從小要知道魚群分布、海底暗礁、季節氣候、漁汛情況、漁汛規律等，方能為家人帶來豐收。[85]

以下的漁諺是從太沙鎮九沙漁村調查得來，以下漁諺的方音是以九沙方音來處理。

（一）漁業

1　漁汛

（1）三月三，鱸魚上沙灘。（珠海市）

ʃam^{55}jyk^{2}ʃam^{55}，lou^{21}jy$^{21\text{-}35}$ʃɔŋ^{13}ʃa^{55}t^{h}aŋ^{55}

南方魚類產卵時期不少是在三月分，除了漁諺「三月三，鱸魚上沙灘」這一句，還有「三月三，黃皮馬鰶（魚）隨街擔」、「教子教孫，唔忘三月豐（汛）」、「三月打魚，四月閒，五月推艇上沙灘」，這幾條漁諺便是反映與魚群產卵有關。

經過一個冬天的蟄伏，到了農曆三月，春暖花開，是鱸魚游到河

85　馮國強：《兩廣海南海洋捕撈漁諺輯注與其語言特色和語彙變遷》（臺北市：萬卷樓圖書公司，2020年12月），頁1。

岸邊產卵的時節。鱸魚產卵場，一般位於河口灣澳附近及島嶼間的近岸低鹽淺水區，所以稱上沙灘，浙北地方稱「鱸魚上岸灘」，[86]中山有漁民說「三月三，魚兒要上灘」，也是說明到了三月三，不單是鱸魚，不少魚兒也會游到河岸邊產卵，漁民可以進行延繩釣，俗稱鱸魚釣。鱸魚上沙灘，魚群何以會跑到岸邊處產卵，跟魚卵孵化後，岸邊有小草可作掩護小魚，不會讓大魚吃去有關。漁民也掌握魚兒產卵特性，也會在魚兒產卵前進行大捕撈。

湖北省隨州那邊漁諺有「四月八晴，蝦子魚娃上崗嶺」[87]，意思跟珠三角的「三月三，鱸魚上沙灘」漁諺意思很接近。就是指在四月八晴天下，魚群也會隨著暖流而來，在崗嶺邊產卵，就是捕魚蝦好機會。而魚子和蝦子可以游進崗嶺處躲避大魚的攻擊。

（2）三月三，黃皮馬鰶隨街擔。（珠海市、番禺）

$ʃam^{55}jyk^{2}ʃam^{55}$，$wɔŋ^{21}p^{h}ei^{21\text{-}35}ma^{13}tʃ^{h}ɐi^{13}tʃ^{h}øy^{21}kai^{55}tam^{55}$

這句漁諺也見於番禺。[88]三月三，黃皮馬鰶是指黃皮頭（黃皮獅頭魚）[89]、馬鰶兩種魚類的漁汛期。由於三月三是黃皮、馬鰶的漁汛期，所以在整個街道上販賣的都是黃皮、馬鰶魚，這就反映出舉凡魚

86 張前方著：《浙北歷史與文化・湖魚文化》（西安市：三秦出版社，2003年10月），頁38。

87 中國民間文學集成全國編輯委員會，中國民間文學集成湖北卷編輯委員會編：《中國諺語集成　湖北卷》（北京市：中央民族大學出版社，1994年2月），頁584。

88 廣州市番禺區政協文史資料委員會編：《番禺文史資料　第十六期　番禺旅遊資料專輯》（廣州市番禺區政協文史資料委員會，2003月12月），頁172。

89 陳再超、劉繼興編：《南海經濟魚類》（廣州市：廣東科技出版社，1982年11月），頁132：棘頭梅童魚屬石首魚科，梅童魚屬。廣東地方俗稱黃皮、黃皮獅頭魚、頭生。中國科學院動物研究所等主編：《南海魚類志》（北京市：科學出版社，1962年12月），頁409-410記載，南海北部海區戶的梅童魚屬，僅棘頭梅童魚一種。

兒在產卵前一定會吸引大量漁民進行捕撈，因為產卵前的魚是最肥最美最好吃，而中國人尤其愛吃季節魚，所以捕捉的魚兒都能賣得好價錢，整個魚市場的魚便以隨街擔的方式叫賣，不是只有黃皮魚、馬鰽魚才有這現象。

「三月水」是黃皮頭、馬鰽漁汛。每年農曆二至三月，春暖花開，鹹淡水交會的珠江口，便成為黃皮頭、馬鰽的繁殖場所。成群結隊的魚游到河口附近的草灘產卵，從而形成黃皮頭、馬鰽漁汛的「三月水」。這是珠江口最大的漁汛，這兩種魚都屬地方性種群，捕撈量很大。另外，因為馬鰽魚和黃皮頭一年產卵兩次，第二次產卵期在農曆八月，所以八月也是捕撈黃皮頭、馬鰽為主的季節。[90]

（3）三月打魚四月閒，五月推艇上沙灘。（珠江口）

ʃam^{55}jyk^{2}ta^{35}jy$^{21\text{-}35}$ʃei^{33}jyk^{2}haŋ^{21}，
ŋ̍^{13}jyk^{2}t^{h}ɵy^{55}t^{h}ɛŋ^{13}ʃɔŋ^{13}ʃa^{55}t^{h}aŋ^{55}

三月打魚是清明，是很多魚的漁汛，所以漁民掌握好這春分前後的旺汛期，漁船必須爭分奪秒地快速趕去，因為漁汛季節是不等人的，舉凡魚兒產卵前一定有大量漁民進行捕撈，因為產卵前的魚是最肥最美最好吃，所以捕撈的魚兒便能好價錢出售，整個魚市場的魚便出現隨街擔的現象。產卵後捕撈的魚已不及產卵前的肥美，因此失去市場價值。中山市南朗鎮橫門涌口漁村那裡有一句諺語是說「三月魚

---

90 廣州市番禺區政協文史資料委員會編：《番禺文史資料　第十六期　番禺旅遊資料專輯》（廣州市：廣州市番禺區政協文史資料委員會，2003月12月），頁172。海洋開發試驗區、中國水產科學研究院南海水產研究所：《萬山海洋開發試驗區人工魚礁建設規劃（2001-2010年）》（珠海市：廣東省珠海萬山海洋開發試驗區、中國水產科學研究院南海水產研究所，2000年11月），頁28。

慨狗唔瀨」（瀨，[lai^{35}]，南方方言，舔的意思），就是說魚兒產卵（南方人只說散春）後，雌魚便體瘦，只呈魚骨，不單人不吃，連狗也不舔，就是連狗也覺得不好吃，那麼何來有市場價值。過了這個旺汛，海裡便沒有肥美的魚可捕撈，丈八長的小漁艇和木帆船年代的漁民也無魚可打，這時一般剛好是四月了，漁民會在四月期間把魚網來曬，這就是四月閒的原因。再要打魚便就須等到六月六了，因此，五月時可以推艇上沙灘休憩。並且端午前後一般都會下大雨，漲端陽水，水變得混沌，混沌的水，讓魚眼便看不清，魚就會游到深水處，而那個木帆漁船年代，不少漁船是出不了大海，因此漁民便索性把漁艇推上沙灘休憩，等待六月天的來臨，這就是五月推艇上沙灘的意思。這條漁諺反映出那是一個丈八長的小木漁船的打魚年代情況。

（4）清明早，來得早；清明遲，來得遲。（珠海斗門縣）

$t\int^{h}e\eta^{55}me\eta^{21}t\int ou^{35}$，$l\mathrm{ɔ}i^{21}t\mathrm{ɐ}k^{5}t\int ou^{35}$；
$t\int^{h}e\eta^{55}me\eta^{21}t\int^{h}i^{21}$，$l\mathrm{ɔ}i^{21}t\mathrm{ɐ}k^{5}t\int^{h}i^{21}$

這條漁諺也見於浙江舟山漁場。這條漁諺在廣東，都是以赤魚為例作出說明，而舟山漁場方面，則以小黃魚為例。赤魚每年有三次漁汛，最大量的是清明期間漁汛期。如果清明早（指清明在農曆二月），水溫低，魚群產卵期便會推遲，汛期一旦延長，對於漁民來說，就能多捕撈魚群；反之，清明遲（指清明在農曆三月），水溫便會高，魚群產卵後迅速離去，汛期就短，可捕的魚便相對少了。[91]

91 浙江省水產志編纂委員會編：《浙江省水產志》（北京市：中華書局，1999年），頁111。

（5）四月八，三黎隨街撻。（珠海市）

ʃei^{33}jyk^{2}pak^{3}，ʃam^{55}lɐi^{21}tʃ^{h}øy^{21}ka^{55}tak^{3}

這條漁諺也見於中山。這條漁諺，中山橫門有漁民稱作「四月八，三黎到處撻」。清明前後，市場便有大量三黎魚上市。三黎，學名叫鰣魚，珠三角一帶的人把鰣魚叫作三黎、三鯠，浙江一帶稱作三犁。鰣魚屬暖水中上層魚類，也是溯河性魚類（既能在淡水中生長，又能在海中生活的魚類），具有深入江河索餌和集群產卵的習性。鰣魚每年兩次洄游於珠江口。二至四月，鹽度開始下降，魚群自珠江口南水、蒲台（在香港水域）、九澳角向珠江河口區洄游移動，先到達香洲、白排、九洲外等處，在水深五至八公尺，水質較清處產卵。如遇水質、風向適合時，便繼續向北洄游至內伶仃、龍穴一帶生殖。四至七月雨水季節，水質過淡，不適其生長，魚群退向外海棲息。八至十一月，魚群又沿著上述路線向珠江口內洄游索餌。[92]

「四月八，三黎隨街撻」就是指每年初夏時節，三黎魚從海洋開始溯江進入珠江進行產卵繁殖，珠江口是三黎溯江而上的首站，[93]涌口門漁民吳桂友稱，每年這個三黎漁汛期，數以千計三黎漁船集中的珠江河口。這種現象，跟上面所稱「三月三，黃皮馬鰽隨街擔」同一道理。鰣魚的產卵環境條件要求江底為砂質卵石……幼鰣喜棲息於清澈多沙的平坦湖底或河灣緩流的江邊。[94]可惜的是，現在灘塗大量圍墾、漁場減少，影響魚類洄游棲息，海產品資源逐年下降，鰣魚（三

92 海洋開發試驗區、中國水產科學研究院南海水產研究所：《萬山海洋開發試驗區人工魚礁建設規劃（2001-2010年）》（廣東省珠海萬山海洋開發試驗區、中國水產科學研究院南海水產研究所，2000年11月），頁27。

93 吳瑞榮著：《漁夫》（北京市：中國農業出版社，2003年6月），頁222。

94 徐恭紹、鄭澄偉主編：《海產魚類養殖與增殖》（濟南市：山東科學技術出版社，1987年4月），頁575。

黎）已瀕臨絕跡。[95]或許有一天大家都吃不到美味的三黎魚了。

（6）七月正值休漁期，趕緊補網和修機。（珠江口）

tʃ^{h}ɐk^{5}jyk^{2}tʃeŋ^{33}tʃek^{2}jɐu^{55}jy^{21}k^{h}ei^{21}，
kuŋ^{35}kɐŋ^{35}pou^{35}mɔŋ^{13}wɔ^{21}ʃɐu^{55}kei^{55}

休漁期制度規定，在每年的一定時間、一定水域不得從事捕撈作業。因該制度所確定的休漁時間剛好處於每年的三伏季節，所以又稱伏季休漁。到了這個休漁期，不論木漁船、鐵漁船都要在這段休魚期間進行補網具和修理漁船。

（7）冬至前後，池汛來到。（珠江口）

toŋ^{55}tʃi^{33}tʃ^{h}iŋ^{21}hɐu^{22}，tʃ^{h}i^{21}ʃuŋ^{33}lɔi^{21}tou^{33}

每年的十二月二十三日左右，池魚、澤魚從外海洄游進入萬山漁場，形成了約三個月左右的萬山春汛圍網漁汛期。[96]中山涌口門吳桂友稱池魚不會像三黎魚跑到鹹淡水交界處產卵，甚至沿珠江向上游去產卵，池魚一般會游到萬山群島一帶的外海鹹水區產卵。胡傑、吳教東〈珠江口池魚漁場的初步調查〉這篇學會年會論文交代「冬至前後，池汛來到」最清楚。論文稱池魚在每年農曆十一月至翌年三月，為珠江口擔杆島至荷包島一帶海區池魚的漁汛期。過去漁民都使用風帆漁船進行捕撈。自一九六〇年開始，發展了一種捕撈池魚的機帆圍

95 中山市南朗鎮志編纂委員會編：《中山市南朗鎮志》（廣州市：廣東人民出版社，2015年10月），頁400。

96 張憲昌、梁玉磷、馬振坤編：《南海漁諺拾零》（北京市：海洋出版社，1988年4月），頁4。

網漁業，這是珠江口比較重要的漁業。池魚在分類學上屬於鰺科，這種魚，粵東叫巴浪魚，北部灣叫棍子魚，是常游泳在上層的溫、熱帶魚類，但有時也生活在底層。池魚游泳迅速。在珠江口、粵東、北部灣一帶均有分布，是廣東海洋漁業的主要捕撈對象之一。[97]

2　漁場

（1）一場風來一場色，打魚要在清水側。（珠海市萬山港）

jɐk^{5}tʃ^{h}ɔŋ^{21}foŋ^{55}lɔi^{21}jɐk^{5}tʃ^{h}ɔŋ^{21}ʃek^{5}，
ta^{35}jy$^{21-35}$jiu^{33}tʃɔi^{22}tʃ^{h}eŋ^{55}ʃɵy^{35}tʃak^{5}

有風來的時候，水就會混沌，混沌的水，魚眼便看不清，所以魚便要跑到清水區的一側去。《捕魷魚》稱「北流開始向南移動，這時的東南季風還未全部消失，在不同流向的沖擊下，沿岸水混濁，中國槍烏賊逐漸向外較深水區移動，隨著海況變化呈時偏內，時偏外狀況」，[98]水混濁確實會影響漁類改變移動方向。

（2）池魚埋沙，澤魚靠泥。（珠江口）

tʃ^{h}i^{21}jy$^{21-35}$mai^{21}ʃa^{55}，tʃak^{2}jy$^{21-35}$k^{h}ai^{33}lɐi^{21}

春汛（1-5月）是全年的第一大汛期，汛期長，漁汛好。由於春天雨水多，氣溫轉暖，近岸水溫回升，餌料多，是魚類洄游到粵東沿岸漁場覓食、產卵繁殖的主要季節，成為漁船捕撈作業的旺汛期，捕

97　胡傑、吳教東：〈珠江口池魚漁場的初步調查〉，收入廣東海洋湖沼學會編：《廣東海洋湖沼學會年會論文選集1962》（廣州市：廣東海洋湖沼學會，1963年12月），頁80。

98　蘇龍編著：《捕魷魚》（福州市：福建科學技術出版社，1989年7月），頁16。

撈量一般占全年的百分之四十至百分之四十五。主要漁獲有帶魚、馬鮫、澤魚、池魚及蝦蟹等，其中尤以池魚、澤魚較為大宗。[99]藍圓鰺（池魚）為水性中上層魚類，具洄游習性，喜結群。當天氣晴朗、流緩並有東南風時易起群。白天魚群沿表層起群上浮時，在海面呈灰黑色水塊，出現波紋式漩渦。大風期間，魚群分散，打雷時潛伏海底，易受音響而驚動，[100]故此稱「池魚埋沙」。澤魚，學名是金色小沙丁魚，鯡科。一般在閩南至臺灣淺灘漁場，它是最重要的中上層魚類之一，也是燈光圍網作業的主要漁獲物。在中國，一般分布於東海至南海沿岸。[101]但澤魚到了珠江口一帶，因珠江口一帶灘塗多，澤魚跟流水上落時不及時逃跑，只能鑽泥，也有部分澤魚追小魚吃時一直追至泥灘，出現澤魚靠泥的現象。澤魚都是成群的，帶頭的魚衝上去泥灘，其他魚群也照樣上去，上了泥灘就出不來了，故珠江口漁民稱「澤魚靠泥」。

（3）白天看起水，晚上拉夜紅。（珠海市）

$pak^{2}t^{h}iŋ^{55}huŋ^{33}hei^{35}ʃøy^{35}$，$maŋ^{13}ʃɔŋ^{22}lai^{55}jɛ^{22}hoŋ^{21}$

珠江口是池魚（巴浪魚，學名是藍圓鰺）漁場。池魚是珠江區海洋捕撈中的一種主要經濟魚類。池魚屬水性中上層魚類，性喜光，結群洄游。池魚的群體中混有同種類的竹池（長體圓鰺）、石池（竹莢魚）、黃尾池（達中鰺），還有混了不同種類的橫澤魚（沙丁魚）。春

99 海豐縣地方志編纂委員會：《海豐縣志上》（廣州市：廣東人民出版社，2005年8月），頁359-360。

100 伍漢霖等編著：《中國有毒魚類和藥用魚類》（上海市：上海科學技術出版社，1978年4月），頁103。

101 王鵬，陳積明，劉維編著：《海南主要水生生物》（北京市：海洋出版社，2014年6月），頁9。

汛產卵群的池魚對環境的要求，是喜歡東南或南風、霧天，稍有微波，水溫於十八至二十三度的沙泥處。產卵群在春汛期間，不同性成熟度個體的攝食強度也不同。但不管牠的性成熟度如何，或將產卵和正在產卵的池魚個體仍繼續進行攝食，只不過是攝食量下降而已。也就是說，在這一期間，餌料生物的分布將是影響池魚（也包括同游的澤魚）起群（「起水」）移動的重要原因之一。珠海的漁民利用池魚（包括澤魚）起水機會進行圍捕。[102]因此，珠海一帶漁民口傳著「白天看起水，晚上拉夜紅」這一漁諺。這是說珠海市漁民在白天觀看珠江口一帶池魚魚群在沿岸表層起群（「起水」）上浮時，藉由海面呈灰黑色水塊，出現波紋式漩渦，[103]便利用池魚、澤魚魚群性喜光特性決定是否晚上進行燈光圍網捕撈，這就是「晚上拉夜紅」的意思。

3　漁撈

魚頂流，網順流，兩下一齊湊。（珠海市）

jy$^{21-35}$teŋ^{35}lɐu^{21}，mɔŋ^{13}ʃuŋ^{22}lɐu^{21}，lɔŋ^{13}ha^{33}jɐt^{5}tʃ^{h}ɐi^{21}tʃ^{h}ɐu^{33}

「魚頂流，網順流」這句漁諺不是珠海漁民得出的生產總結，全國海洋生產作業和內河作業生產的漁民也有這種生產作業時所總結出來相同的經驗。網具流刺網是長帶形，船繫在網一端，船隨網隨流漂動，魚頂流而上，刺纏於網目便達到捕撈目的。網目大小根據漁獲物群體組成確定，網線規格根據漁獲物個體大小、活動能力及網具耐用性而定。[104]這是海洋捕撈作業的漁諺。每年一般在七月漲水，魚頂流

102 施主佑著：《科技與漁》（廣州市：中山大學出版社，1995年2月），頁52-55。

103 伍漢霖等編著：《中國有毒魚類和藥用魚類》（上海市：上海科學技術出版社，1978年4月），頁103。

104 《科教興國叢書》編輯委員會編：《中國現代農業文集》（北京市：中國書籍出版社，1997年9月），頁833。

而上，到上游泡沼廣闊水域中產卵、育肥。到了八月，水溫開始下降，水位也要下降，魚就要順流而下，到深水區準備越冬，這是魚類對環境的適應。[105]這是內河捕魚作業總結的漁諺。海洋拖網生產作業同樣也有「魚頂流、網順流」的獲高產經驗。如春汛期間，煙威漁場的魚群向西游去，此時拖網應從西向東拖迎頭魚才能獲高產，叫姑魚在大汛期間，如潮流方向和魚群游向一致時，則魚群起水移動快，漁場變化大；當流向和魚群游向不一致時，則魚群貼底，游動緩慢，漁場穩定，小汛期的漁場也較穩定。[106]

4　魚與氣象

（1）春海大霧到，池魚結成堆。（珠江口）

$t\int^{h}u\eta^{55}h\mathrm{ɔ}i^{35}tai^{22}mou^{22}tou^{33}$，$t\int^{h}i^{21}jy^{21\text{-}35}kik^{3}\int e\eta^{21}t\mathrm{ɵ}y^{55}$

池魚（學名是藍圓鰺）的群體中常混著同種類的竹池（長體圓鰺）、石池（竹莢魚）、黃尾池（達中鰺），還混有不同種類的橫澤魚（沙丁魚），所以，有池魚出現，就有橫澤魚出現。橫澤魚，學名是金色小沙丁魚，鯡科。一般在閩南至臺灣淺灘漁場，牠是最重要的中上層魚類之一，也是燈光圍網作業的主要漁獲物，年產量曾高達20×10^{4}t。一般分布於東海至南海沿岸。[107]夏天的氣候會影響水中的含氧量，特別是在大霧或悶熱時，氣壓低及濕度大都會影響水中的含氧量。自然界中氣壓高，水中含氧量就高，反之則低。如果空氣的濕度大，則水蒸氣的張力亦大，水中溶氧量減少；空氣濕度小，水蒸氣張

105 中國人民政治協商會議大安縣委員會文史辦公室編：《大安文史資料》（第3輯）（缺出版社資料，1986年12月），頁83。

106 陳大剛編著：《黃渤海漁業生態學》（北京市：海洋出版社，1991年2月），頁20。

107 王鵬，陳積明，劉維編著：《海南主要水生生物》（北京市：海洋出版社，2014年6月），頁9。

力亦小，溶氧量增加。因此，悶熱天黎明時常看到大量出現浮頭現象。[108]「春海大霧到，池魚結成堆」是說春天時遇上海霧的天氣，氣壓往往較低，會影響水中的含氧量，使大量群集在珠江口一帶的藍圓鰺（池魚）、橫澤魚浮頭於海面呼吸，這便是漁民捕撈的好時機。

（2）春雨早來，春魚早到。（珠江口）

tʃ^{h}uŋ^{55}jy^{13}tʃou^{35}lɔi^{21}，tʃ^{h}uŋ^{55}jy$^{21\text{-}35}$tʃou^{35}tou^{33}

春魚是春汛期的魚統稱。春天若然出現了適時降雨，再加上是適量的春雨，這樣子對於漁汛（春汛）會有提早產生作用，對魚兒的早發極為有利。若然出現久旱無雨，或者春雨過多，會直接影響水質變化，也會直接導致漁汛的延遲，春汛延遲，對幼魚繁殖生長和生產極之不利。[109]

（3）四月初八起東風，今年漁汛就落空。（珠江口）

ʃei^{33}jyk^{2}tʃ^{h}ɔ^{55}pak^{3}hei^{35}toŋ^{55}foŋ^{55}，
kɐm^{55}liŋ$^{21\text{-}35}$jy^{21}ʃuŋ^{33}tʃɐu^{22}lɔk^{2}hoŋ^{55}

「四月初八起東風，今年漁汛就落空」這條漁諺跟「穀雨風，山空海也空」（華南）、「穀雨吹東風，山空海也空」（南澳）、「不怕西南風大，只怕刮東風」（海南）意思一致。就是說東風風勢是特大的，即使是魚蝦春汛期，因風大，所有魚蝦未能接近岸邊產卵繁殖，就是這個原因，便構成不利於捕撈，捕不成魚蝦機會很大，所以漁諺說成

108 秦偉編著：《魚類學》（蘇州市：蘇州大學出版社，2000年5月），頁109。

109 陳再超、劉繼興編：《南海經濟魚類》（廣州市：廣東科技出版社，1982年11月），頁110。

「今年漁汛就落空」、「山空海也空」。中山市老漁民稱「清明穀雨，凍死老鼠」、「清明穀雨，凍死老家公」、「清明要晴，穀雨要淋」、「清明要宜晴，穀雨宜雨」，所以穀雨時，不宜有風，應該是下雨，若然起風，天氣便轉冷，連老家公、老鼠也會凍死。「清明穀雨風」不單跟漁獲量有關，也與農作物有關，如「大豆最怕穀雨風」（福建寧化），就是大豆作物也受不起春寒之風。[110]

（4）出北回頭東，餓死大貓公。（珠江口）

tʃ^{h}uk^{5}pɐk^{5}wui^{22}t^{h}ɐu^{21}toŋ^{55}，ɔ^{22}ʃei^{35}tai^{22}mau^{55}koŋ^{55}

「出北」是指吹北風；「回頭東」是指忽然轉吹起東風。海南省那邊有一條漁諺說「不怕西南風大，只怕刮東風」，廣東南澳縣有一條漁諺稱「穀雨吹東風，山空海也空」，珠江口一帶漁民也有「四月初八起東風，今年漁汛就落空」這樣的漁諺。原因是東風風勢是特大的，即使是魚蝦春汛期，因風大，所以魚蝦未能接近岸邊產卵繁殖，就是這個原因，便構成不利於捕撈，捕不成魚蝦機會很大，所以漁諺說成「山空海也空」。中山市老漁民稱「清明穀雨，凍死老鼠」、「清明穀雨，凍死老家公」、「清明要晴，穀雨要淋」、「清明要宜晴，穀雨宜雨」，所以穀雨時，不宜有風，應該是下雨，若然起風，天氣便轉冷，連老家公、老鼠也會凍死。「清明穀雨風」不單跟漁獲量有關，也與農作物有關，如「大豆最怕穀雨風」（福建寧化），就是大豆作物也受不起春寒之風。[111]所以這條漁諺是說，當珠江口先吹著北風，忽然轉吹起東風，就打擾了漁汛，打亂漁汛，就影響了漁獲量，大貓公

110 中國民間文學集成全國編輯委員會、中國民間文學集成廣西卷編輯委員會編：《中國諺語集成　福建卷》（北京市：中國ISBN中心，2001年6月），頁910。

111 中國民間文學集成全國編輯委員會、中國民間文學集成廣西卷編輯委員會編：《中國諺語集成　福建卷》（北京市：中國ISBN中心，2001年6月），頁910。

連一口小魚也吃不上，甚至要餓死。所以這一條漁諺是跟漁汛不好有關。同樣的，廣東也有如此接近的農諺，「七月吹西風，餓死大貓公」、[112]也是與風有關的。陸上吹西風，會影響農作物收成，而海洋捕撈遇上東風，就破壞了漁汛期，進而影響漁獲量。

（5）天氣暖柔柔，池魚向內游。（珠江口）

tʰiŋ^{55}hei^{33}lyŋ^{13}jɐu^{21}jɐu^{21}，tʃʰi^{21}jy$^{21\text{-}35}$hɔŋ^{33}lɔi^{22}jɐu^{21}

藍圓鰺在福建沿海俗稱巴浪魚、鰛咕，江浙一帶稱黃占，廣東叫池魚。藍圓鰺為典型的暖水性中上層洄游魚類，在南海北部海區分布廣泛，但平時棲息於底層的群體，其洄游移動不甚明顯。但冬春季期間，由於淡水範圍退縮，而外海水直迫近岸，此時產卵魚群大量結集，自外海洄游至沿岸海區行產卵活動。在珠江口附近海區，自十一月下旬至十二月初，首批游來的藍圓鰺出現於擔杆列島東南水深五十至七十米範圍內，形成該海區的冬、春漁汛。隨後魚群由東向西，由深向淺移動。三月中旬至四月中旬，魚群再西移至荷包島和高欄島以南，在水深二十至四十米處進行產卵。四月中旬以後，表層水溫較快回升，平均達攝氏二十四度以上，產卵活動也告結束，集結魚群漸趨分散。[113]這一條漁諺交代池魚在冬春期間，在南方相對天氣較暖柔柔之際，便會從水深處「向內游」，即是說接近珠江口近岸地方進行產卵，因內河淡水範圍退縮，所以藍圓鰺可以直迫近岸，也因淡水退

112 《東莞市厚街鎮志》編纂委員會編：《東莞市厚街鎮志》（廣州市：廣東人民出版社，2015年1月），頁226。東莞市中堂鎮潢涌村志編纂委員會編：《東莞市中堂鎮潢涌村志》（廣州市：嶺南美術出版社年2010年1月），頁406。廣東省地理學會科普組主編：《廣東農諺》（北京市：科學普及出版社；廣州分社，1983年2月），頁4。

113 陳再超、劉繼興編：《南海經濟魚類》（廣州市：廣東科技出版社，1982年11月），頁105-108。

縮，便讓人覺得藍圓鰺「向內游」。

（6）南風天澇海水清，魚群食水清；北風天陰海水濁，只有魚頭粥。（珠江口）

lam^{21}foŋ^{55}tʰiŋ^{55}lou^{13}hɔi^{35}ʃøy^{35}tʃʰeŋ^{55}，
jy^{21}kʰɐŋ^{21}ʃek^{2}ʃøy^{35}tʃʰeŋ^{55}；
pɐk^{5}foŋ^{55}tʰiŋ^{55}jɐm^{55}hɔi^{35}ʃøy^{35}tʃok^{2}，
tʃi^{35}jɐu^{13}jy^{21}tʰɐu^{21}tʃok^{5}

吹起南風時，又遇上大雨，漁場的海洋餌料就隨水流漂到別處去而變少了，魚群也因無餌料可進食便不到來，漁民就不能進行捕撈；北風起時，加上天陰，海水混濁，也不好捕撈，漁民只能吃魚頭充饑，故稱「只有魚頭粥」，寓意能捕撈起的魚不多。

（7）南風南霧，池魚浮露。（珠海市）

lam^{21}foŋ^{55}lam^{21}mou^{22}，tʃʰi^{21}jy$^{21\text{-}35}$fɐu^{21}lou^{22}

就廣東的氣候分析，南風南霧是氣溫較高、濕度較大的晴暖而濕潤的天時，池魚就會上浮露頭呼吸，這是有利於捕撈。

（8）池水面跳，會有大風到。（珠海市）

tʃʰi^{21}ʃøy^{35}miŋ$^{22\text{-}35}$tʰiu^{33}，wui^{33}jɐu^{13}tai^{22}foŋ^{55}tou^{33}

這條漁諺跟「魚蝦翻水面，大雨得浸田」有密切關係，都是與氣壓低有關。每逢大雨之前，溶水裡面的氧氣也比較少，池魚都會翻出水面而跳，目的也是想多呼吸一些氧氣，這就表示氣壓正在下降，低氣壓風暴或氣旋風暴正在迫近，將會有大雨或暴雨來襲，甚至出現暴風。

5　魚與海況

（1）五月初五起南浪，魚群漁汛有曬行。（珠江口）

ŋ̍^{13}jyk^{2}tʃ^{h}ɔ^{55}ŋ̍^{13}hei^{35}lam^{21}lɔŋ^{22}，
jy^{21}k^{h}ɐŋ^{21}jy^{21}ʃuŋ^{33}mou^{13}ʃai^{33}hɔŋ^{21}

每逢端午時總會起南風，風吹得很急，而引起大浪，漁民便稱作「五月初五起南浪」，大浪會讓海洋餌料多隨海浪而漂流到別處，因此整個海面餌料顯然不多。此時還是汛期，魚群洄游到南方索餌育肥和產卵或者在外海洄游到近岸育肥和產卵，但漁場卻因「南浪」導致餌料變少，魚群也因不能進行索餌料而無法在產卵期前進食，所以便出現漁汛失效，故珠江口漁民稱「魚群漁汛有曬行」。

（2）清流一把水，海底無魚游。（珠江口）

tʃ^{h}eŋ^{55}lɐu^{21}jɐk^{5}pa^{35}ʃɵy^{35}，hɔi^{35}tɐi^{35}mou^{13}jy$^{21-35}$jɐu^{21}

清流是漁民分析和觀測到無浮游生物棲息的海區，因為餌料缺乏，導致魚不能在此集群索餌。這個漁諺就是告訴漁民這時候不會出現漁汛會，若然要捕撈也不會有好漁獲。

6　其他

五月無閒人，六月無閒北。（珠江口）

ŋ̍^{13}jyk^{2}mou^{21}haŋ^{21}jɐŋ^{21}，lok^{2}jyk^{2}mou^{21}haŋ^{21}pɐk^{5}

「五月無閒人」，表示與漁汛的大旺有關。至於「六月無閒北」，則是指夏天的時候，廣東地區一般多吹偏南風，如果突然刮起北風，而且刮的時間又很長，這就預測會有颱風發生，表示太平洋的颱風侵入南海。當太平洋颱風入侵南海的時候，廣東便處於颱風中心的外圍，又在它的北方或西北方，因受到颱風的影響，由吹偏南風變成刮北風，向颱風中心流動。所以，夏季吹北風，都意味著颱風要到來，應該及早做好防備工作。[114]

（二）海況

1　海溫

海水發臭，海冒氣泡，颱風不出一兩天。（珠海市）

hɔi^{35}ʃøy^{35}fak^{3}tʃ^{h}ɐu^{33}，hɔi^{35}mou^{22}hei^{33}p^{h}au^{55}，
t^{h}ɔi^{21}foŋ^{55}pɐk^{5}tʃ^{h}uk^{5}jɐk^{5}lɔŋ^{13}t^{h}iŋ^{55}

與此漁諺相近的有「海水發臭天將變」（浙）、「海泥發臭，海水發紅，海生物不安，二至三天；內有大風」（桂）；「水冒泡大風到」（冀、遼、魯）、「海底冒泡，必是風兆」（魯）、「水裡冒泡，海裡有風」（冀）。[115]

「海水發臭天將變」，這是因為海水中本來含有一些氣體．天氣晴朗時，氣壓較高，這些氣體能夠溶解在水中，而當天氣變壞時，氣壓降低，水中容納不了較多的氣體，就形成氣泡浮到水面上來。另外，淺海的海底，原來沉積有魚蝦等腐敗物，當氣泡浮到水面上來時，會把這些淺海海底的髒穢物帶到水面，所以，海水發臭、冒泡說明附近海面將形成颱風或風暴。[116]

114 留明編著：《怎樣觀測天氣上》（呼和浩特市：遠方出版社，2004年9月），頁27-28。
115 熊第恕主編：《中國氣象諺語》（北京市：氣象出版社，1991年3月），頁496。
116 廈門水產學院、江仁主編：《氣象學》（北京市：農業出版社，1980年9月），頁149。

2　海流

朝北晚南午來東，駛船打漁好流風。（珠江口）

tʃiu^{55}pɐk^{5}maŋ^{13}lam^{21}ŋ̍^{13}lɔi^{21}toŋ^{55}，
ʃɐi^{35}ʃyŋ^{21}ta^{35}jy$^{21\text{-}35}$hou^{35}lɐu^{21}foŋ^{55}

「駛船打漁好流風」是指在秋風頭這季度，是拖網船一年生產中的黃金時代。與此相近有「朝北晚南晏晝（午）東，天天都見日紅」，意指到了秋天季節，如果每天早吹北風，中午時分吹東風，傍晚吹南風，即屬乾旱象，天天可見紅日當頭。[117]至於跟此漁諺意思一致的是「朝北晚南晏時東」，也是講述秋天的作業。秋風頭（七月十五至十二月底）是東北風盛行季節，風力大，漁船有足夠的拖速，是一年生產中的黃金時代。初期天氣的特點是「朝北晚南晏時東」，即早上吹北風，傍晚吹南風，中午吹東風。漁船在上東航行途中，可在適宜的漁場爭取沿途作業，若在泥口側等漁場，最好拖橫蓬（直拖），使船易回步（回原來作業漁場）。到了八月間，東北風已開始到來，早上風力較大，傍晚即趨減弱，整天有風生產。[118]

3　海浪

鹽田風，平沙浪。（寶安縣）

jim^{21}t^{h}iŋ^{21}foŋ^{55}，p^{h}eŋ^{21}ʃa^{55}lɔŋ^{22}

117　中山市坦洲鎮志編纂委員會編：《中山市坦洲鎮志》（廣州市：廣東人民出版社，2014年12月），頁698。

118　省水產廳、南海水產研究所工作組：〈閘波公社深海拖風漁船是怎樣掌握漁場漁汛〉，見廣東省水產廳技術站、漁汛站編印：《廣東省海洋漁業技術資料彙編　第2輯》（廣東省水產廳技術站、漁汛站編印，1965年10月），頁3。

鹽田和平沙兩地位於深圳市的西部沿海地區，此兩地以風浪著明。[119]

4 潮汐

水頭魚多，水尾魚少，不如沓潮，魚無大小。（廣州）

ʃɵy^{35}tʰɐu^{21}jy$^{21\text{-}35}$tɔ^{55}，ʃɵy^{35}mei^{13}jy$^{21\text{-}35}$ʃiu^{35}，
pɐk^{5}jy^{21}tap^{2}tʃʰiu^{21}，jy$^{21\text{-}35}$mou^{21}tai^{22}ʃiu^{35}

廣州城瀕海，珠江每天都有漲潮和落潮現象。古代人們對於廣州潮汐觀察卻很深入細緻。如《羊城古鈔》卷二：「以溯日長至初四而漸消，以望日長至十八而消，謂之水頭。以初四消至十四，以十八消至廿九三十，謂之水尾。春夏水頭盛於晝，秋冬盛於夜。春夏水頭大，秋冬小」。由這段嘉慶前的記載可知：第一，一日有兩次高潮和兩次低潮，每次相隔約六小時。這和月球近天頂有關。第二，兩次高潮，有一次高些，一次低些。故被稱為非正規半日混合潮，反映了廣州受離海洋遠，進潮退潮路徑複雜影響結果。第三，潮汐分水頭（即大潮）和水尾（即小潮）。即一日中有朔望大潮的存在。水頭即大潮，初一到初四潮水特大，十五到十八又來一次特大潮水期。一在朔，一在望，都是因為這時太陽和月亮正好位於同一直線上，引力為日、月合力，故漲潮特大。水尾是在上、下弦時。這時，日和月正好成直角位置，故它們對地球所起潮力是互相抵銷的，所以漲潮不大。第四，春夏水頭大，秋冬小。在朔望大潮中，尤其在春分、秋分時，因日月同時運行於地球的赤道上方，故起潮力比一般朔望大潮要高，稱為「二分大潮」。故沿海一帶「三月三觀潮」和「八月十八觀潮」是很

119 張憲昌、梁玉磷、馬振坤編：《南海漁諺拾零》（北京市：海洋出版社，1988年4月），頁25。

有名的。這種精密的觀測是由於人們生產上的實際需要。俗稱「水頭魚多，水尾魚少，不如沓潮，魚無大小」。這是因為漲潮特大時，大的魚才能進入珠江，數量也多的緣故。廣州潮還有一特殊的「沓潮」，是北方少見的。「沓潮」即「潮之盛也」。一名合沓水，即謂「水之新舊者去來相逆」。「沓者重沓也。故重沓時，舊潮之勢微劣不能進退。」為什麼潮水應退不退，反而新漲潮又可以漲上來？這多是由於颱風在珠江口吹襲時引起的。沓潮時，漲水期長，江河成大海，魚退而復來，漁人最喜歡。[120]

（三）氣象

1　海霧

一朝大霧三朝風，三朝大霧冷攣躬。（珠江口）

jɐk^{5}tʃiu^{55}tai^{22}mou^{22}ʃam^{55}tʃiu^{55}foŋ^{55}，
ʃam^{55}tʃiu^{55}tai^{22}mou^{22}laŋ^{13}lyŋ^{55}koŋ^{55}

《南海漁諺拾零》寫作「三朝大霧起北風」[121]，意思與「一朝大霧三朝風，三朝大霧冷攣躬」相同。廣東中山市小欖鎮、惠州市稱作「三朝大霧一朝風」[122]，廣東鶴山說「一朝大霧三朝風，三朝大霧冷無窮」[123]，廣東佛山順德區、南海區九江鎮稱「一朝大霧三朝風，三

120 曾昭璇著：《廣州歷史地理》（廣州市：廣東人民出版社，1991年5月），頁197-199。

121 張憲昌、梁玉磷、馬振坤編：《南海漁諺拾零》（北京市：海洋出版社，1988年4月），頁35。

122 《小欖鎮東區社區志》編纂組編：《小欖鎮東區社區志（1152-2009）》（廣州市：廣東人民出版社，2012年5月），頁48。林慧文著：《惠州方言俗語評析》（北京市：中國文聯出版社，2004年6月），頁124。

123 鶴山縣民間文學「三套集成」編委會編：《中國民間文學「三套集成」　廣東卷鶴山縣資料本》（鶴山縣民間文學「三套集成」編委會，1989年3月），頁238。

朝大霧冷攣躬」、[124]順德也有人說「一朝大霧三朝風，三朝大霧雨重重」[125]，南海有人說「一朝大霧三朝風，三朝霧搵竇攻」等。[126]這漁諺是說秋冬季節，如果連續幾天起大霧，跟著刮起風，天氣就會馬上變得很寒冷，冷得使人都要彎著身子，甚至要找竇躲起來，不單如此，還會重重下起寒雨來，讓天氣更寒起來。

2 颱風

（1）六月北風，水浸雞籠。（珠江口）

lok^{2}jyk^{2}pɐk^{5}foŋ^{55}，ʃøy^{35}tʃɐm^{33}kɐi^{55}loŋ^{21}

「六月北風，水浸雞籠」是群眾看風暴颱風的經驗，在沿海漁民中廣泛流傳。因為颱風多自東南方向而來，當受到前半圈外圍氣流影響時，就常出現西—北—東這些方位範圍的風向。這些風向出現並持續半天到一天以上時，即成為颱風的預兆。[127]

（2）回南唔回西，唔夠三日又打回。（寶安縣）

wui^{21}lam^{21}m̩^{21}wui^{21}ʃɐi^{55}，m̩^{21}kɐu^{33}ʃam^{55}jɐk^{2}jɐu^{22}ta^{35}wui^{21}

颱風接近，多數吹西北風；颱風離去，多數吹西南風。如颱風過

124 順德市地方志編纂委員會編；招汝基主編：《順德縣志》（北京市：中華書局，1996年12月），頁1167。佛山市南海區九江鎮地方志編纂委員會編：《南海市九江鎮志》（廣州市：廣東經濟出版社，2009年9月），頁957。

125 順德區龍江鎮坦西社區居民委員會編：《坦西村志》（缺出版社資料），頁59。

126 廣東省土壤普查鑑定委員會編：《廣東農諺集》（缺出版社資料，1962年），頁32。

127 《氣象知識》編寫組編著：《氣象知識》（上海市：上海人民出版社，1974年12月），頁212。

境，未見吹回西南風，則表示颱風尚未離去。[128]

（3）紅雲蓋頂，找艇撇錠。（珠海市）

hoŋ^{21}weŋ^{21}k^{h}ɔi^{33}teŋ^{35}，tʃau^{35}t^{h}ɛŋ^{13}puŋ^{55}teŋ^{22}

「紅雲蓋頂，找艇撇錠」跟海南的「紅雲過頂，趕快收船，有颱風」（海南）意思一致。熱帶氣旋來臨前幾天，一般是晴朗少雲，陽光猛烈照射，感到悶熱，熱帶氣旋外圍接近時，天空出現輻射狀卷雲，並逐漸變厚變密，輻射中心的方向就是熱帶氣旋中心所在方向。在中緯度地區，高雲隨熱帶氣候自偏東向偏西方向移動。此時，早晚還可以看到紅色或紫銅色的雲霞。[129]

3　風

送年南。（珠海市）

ʃoŋ^{33}liŋ^{21}lam^{21}

這是漁汛旺發期預報，主要是根據漁民生產經驗，如漁民有所謂「送年南」之經驗談，即每年春汛前後，若颳幾次南風，則會出現漁汛旺發。[130]

128 廣東省地理學會科普組主編：《廣東農諺》（北京市：科學普及出版社；廣州分社，1983年2月），頁30。

129 郝瑞著：《解放海南島》（北京市：解放軍出版社，2007年1月），頁229。

130 鄧景耀、趙傳絪等著：《海洋漁業生物學》（北京市：農業出版社，1991年10月），頁514。

（四）押韻

漁諺不是詩歌，也不是歌謠，但大部分是有押韻的，目的是通過押韻以方便記誦。

1 三月三[am]，黃皮馬鰽隨街擔[am]。
2 三月打魚四月閒[aŋ]，五月推艇上沙灘[aŋ]。
3 四月八[ak]，三黎隨街撻[ak]。
4 魚頂流[ɐu]，網順流[ɐu]，兩下一齊湊[ɐu]。
5 天氣暖柔柔[ɐu]，池魚向內游[ɐu]。
6 水頭魚多，水尾魚少[iu]，
不如沓潮，魚無大小[iu]。
7 紅雲蓋頂[eŋ]，找艇搬錠[eŋ]。
8 七月正值休漁期[ei]，趕緊補網和修機[ei]。
9 五月初五起南浪[ɔŋ]，魚群漁汛有曬行[ɔŋ]。
10 四月初八起東風[oŋ]，今年漁汛就落空[oŋ]。
11 出北回頭東[oŋ]，餓死大貓公[oŋ]。
12 一朝大霧三朝風[oŋ]，三朝大霧冷攣躬[oŋ]。
13 六月北風[oŋ]，水浸雞籠[oŋ]。
14 北風天陰海水濁[ok]，只有魚頭粥[ok]。

（五）句式結構

句式有雙句式、三句式和四句式，以雙句式為主。

1 雙句式

（1）三月三，鱸魚上沙灘。
（2）三月三，黃皮馬鰽隨街擔。
（3）三月打魚四月閒，五月推艇上沙灘。

（4）四月八，三黎隨街撻。
（5）七月正值休漁期，趕緊補網和修機。
（6）冬至前後，池汛來到。
（7）一場風來一場色，打魚要在清水側。
（8）池魚埋沙，澤魚靠泥。
（9）白天看起水，晚上拉夜紅。
（10）春海大霧到，池魚結成堆。
（11）春雨早來，春魚早到。
（12）四月初八起東風，今年漁汛就落空。
（13）出北回頭東，餓死大貓公。

2　三句式

（1）魚頂流，網順流，兩下一齊湊。
（2）海水發臭，海冒氣泡，颱風不出一兩天。

3　四句式

（1）清明早，來得早；清明遲，來得遲。
（2）南風天澇海水清，魚群食水清；北風天陰海水濁，只有魚頭粥。
（3）水頭魚多，水尾魚少，不如沓潮，魚無大小。

第二節　鹹水歌

「社會上許多人都習慣將水上人演唱的民歌，籠統地稱為『鹹水歌』」，[131]筆者按著調式調性的傳統分類法，鹹水歌其下可分成鹹水

131 陳錦昌：〈序〉，傅寶榮主編：《坦洲鹹水歌集》（中山市：中山市坦洲鎮宣傳文化

歌、姑妹歌、大罾歌、擔傘調、高堂歌、唉歌、嘆家姐七類小歌種。這七類小歌種可以再分成「唱類」和「嘆類」。陳錦昌《中山鹹水歌》則把鹹水歌按其腔調分作鹹水歌、大罾歌、姑妹歌、嘆家姐、哭喪歌、噯仔歌、高堂歌、擔傘調和鴨歌，一共有九種。[132]但坦文〈鹹水歌的種類及特色〉則把鹹水歌分作鹹水歌、高堂歌、大罾歌、姑妹歌，[133]坦文明顯是不把嘆類歌劃作鹹水歌，這是不合理的分法。

第一歌種是鹹水歌，其還可以細分成古腔鹹水歌、長句鹹水歌、短句鹹水歌，[134]但一般歌譜只把短句鹹水歌稱作鹹水歌，如《中山原生態民歌民謠精選集》。[135]把鹹水歌分成長句和短句，看來是一些人因句子有長短之別創出短句鹹水歌一語。陳錦昌稱：「在水鄉人中，只有稱長句鹹水歌和鹹水歌，很少人稱短句鹹水歌的。因為他們稱『鹹水歌』就是泛指短句鹹水歌。」[136]短句鹹水歌的句式是每段兩句歌詞，普遍用於對歌演唱形式，因此也使它形式獨特而又富於變化的腔調。演唱短句鹹水歌，每段歌詞的第一句開頭都唱「妹子呀哩」、「大姐呀哩」或「弟好呀哩」等喊句。在唱完上句後續唱「好你妹呀囉」或「好你弟呀囉」的稱謂詞襯腔。演唱下句開頭、重複唱上開頭的喊句。在整段歌詞都唱完後，則唱「啊囉嗨」襯腔收尾。許多農民

中心，2009年9月），頁1。黃妙秋教授跟筆者說中山是鹹水歌歌曲最豐富的一個地區，裡面有很多藝術加工成分。

132 陳錦昌：《中山鹹水歌》（廣州市：廣東旅遊出版社，2015年），頁55。

133 坦文：〈鹹水歌的種類和特色〉，傳寶榮主編：《坦洲鹹水歌集》（中山市：中山市坦洲鎮宣傳文化中心，2009年9月），頁10。

134 馮建章：〈蜑家鹹水歌稱謂與曲調類型辨析〉，《中國音樂學》第二期（2019年4月），頁73稱「從曲調比對上來看，古腔鹹水歌、長句鹹水歌、短句鹹水歌此三種應該屬於同一曲調的變體。」

135 中山市非物質文化遺產保護中心編：《中山原生態民歌民謠精選集》（廣州市：廣州音像教材出版社，2011年）。見目錄。

136 陳錦昌：《中山鹹水歌》（廣州市：廣東旅遊出版社，2015年），頁55。

在勞動中演唱短句鹹水歌時，在詞語間自發地增加「又」或「咧」等虛詞運腔，達到換氣自然以舒解疲勞。歌手們稱這樣子的運腔是「勞動歌」唱法，學者們則認定是「原生態古腔唱法」。長句鹹水歌就是它的每段歌詞都可自由伸展，就是說話活動句可隨意增多，故此句子比較長。但活動句之後，必須用短句鹹水歌收尾。長句鹹水歌敘事性強，適用於獨唱，這也是它與短句鹹水歌的明顯區別。長句鹹水歌的唱腔生活動活潑，含蓄而風趣，別具一格。[137]鹹水歌開頭都會出現徵音，最後滑向於角音，結束於徵音，滑向角音，基本特徵是多裝飾音。[138]鹹水歌著名作品有《對花》、《阿哥有意妹有情》、《金斗灣》等。

鹹水歌《對花》[139]譜例：

137 陳錦昌：《中山鹹水歌》（廣州市：廣東旅遊出版社，2015年），頁55-58。

138 梁靜文：〈中山鹹水歌的總體特徵〉，《試析中山鹹水歌的風格因素——以鹹水歌《對花》為例》（廣州市：廣州大學音樂舞蹈學院音樂系畢業論文，2014年），頁9。

139 譜例資料來源：中山市非物質文化遺產保護中心編：《中山原生態民歌民謠精選集》（廣州市：廣州音像教材出版社，2011年），頁4-5。

對花

(鹹水歌)

1=G 2/4 3/4

吳容妹 吳連友 演唱

黃德堯 記譜

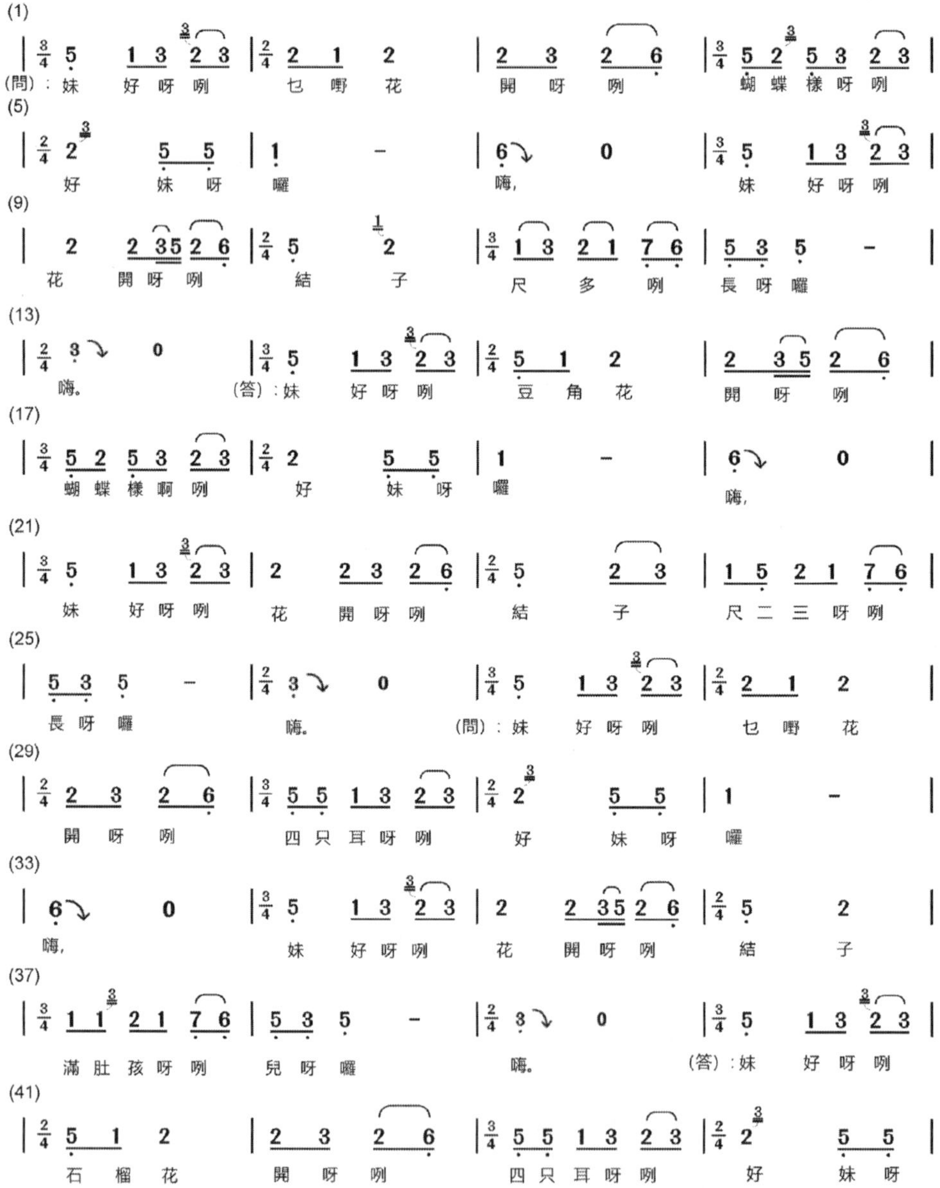

(1)
| 3/4 5 1 3 2 3 | 2/4 2 1 2 | 2 3 2 6 | 3/4 5 2 5 3 2 3 |
(問)：妹 好 呀 咧 乜 嘢 花 開 呀 咧 蝴 蝶 樣 呀 咧

(5)
| 2/4 2 5 5 | 1 – | 6 0 | 3/4 5 1 3 2 3 |
好 妹 呀 囉 嗨, 妹 好 呀 咧

(9)
| 2 2 35 2 6 | 2/4 5 2 | 3/4 1 3 2 1 7 6 | 5 3 5 – |
花 開 呀 咧 結 子 尺 多 咧 長 呀 囉

(13)
| 2/4 3 0 | 3/4 5 1 3 2 3 | 2/4 5 1 2 | 2 35 2 6 |
嗨。(答)：妹 好 呀 咧 豆 角 花 開 呀 咧

(17)
| 3/4 5 2 5 3 2 3 | 2/4 2 5 5 | 1 – | 6 0 |
蝴 蝶 樣 啊 咧 好 妹 呀 囉 嗨,

(21)
| 3/4 5 1 3 2 3 | 2 2 3 2 6 | 2/4 5 2 3 | 1 5 2 1 7 6 |
妹 好 呀 咧 花 開 呀 咧 結 子 尺 二 三 呀 咧

(25)
| 5 3 5 – | 2/4 3 0 | 3/4 5 1 3 2 3 | 2/4 2 1 2 |
長 呀 囉 嗨。(問)：妹 好 呀 咧 乜 嘢 花

(29)
| 2/4 2 3 2 6 | 3/4 5 5 1 3 2 3 | 2/4 2 5 5 | 1 – |
開 呀 咧 四 只 耳 呀 咧 好 妹 呀 囉

(33)
| 6 0 | 3/4 5 1 3 2 3 | 2 2 35 2 6 | 2/4 5 2 |
嗨, 妹 好 呀 咧 花 開 呀 咧 結 子

(37)
| 3/4 1 1 2 1 7 6 | 5 3 5 – | 2/4 3 0 | 3/4 5 1 3 2 3 |
滿 肚 孩 呀 咧 兒 呀 囉 嗨。(答)：妹 好 呀 咧

(41)
| 2/4 5 1 2 | 2 3 2 6 | 3/4 5 5 1 3 2 3 | 2/4 2 5 5 |
石 榴 花 開 呀 咧 四 只 耳 呀 咧 好 妹 呀

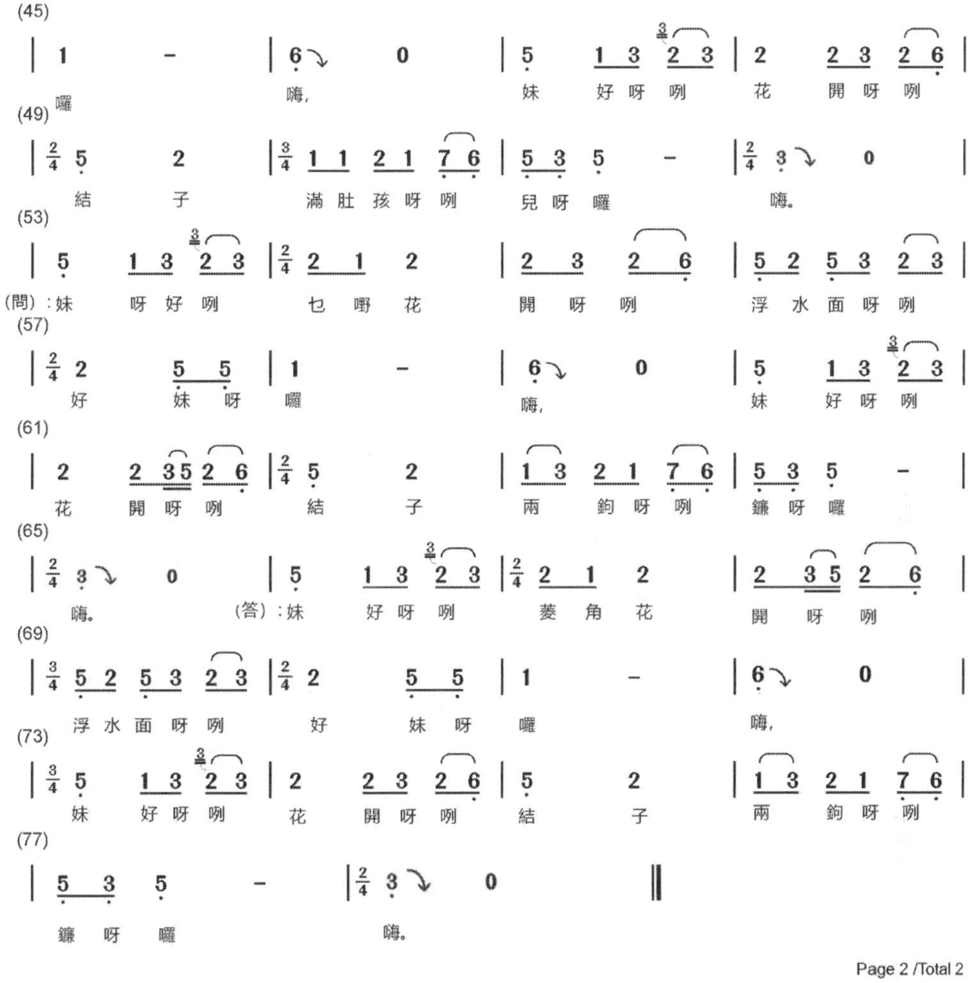

(45)
| 1 - | 6 0 | 5 1 3 2 3 | 2 2 3 2 6 |
囉 嗨, 妹 好 呀 咧 花 開 呀 咧
(49)
| 2/4 5 2 | 3/4 1 1 2 1 7 6 | 5 3 5 - | 2/4 3 0 |
結 子 滿 肚 孩 呀 咧 兒 呀 囉 嗨。
(53)
| 5 1 3 2 3 | 2/4 2 1 2 | 2 3 2 6 | 5 2 5 3 2 3 |
(問):妹 呀 好 咧 乜 嘢 花 開 呀 咧 浮 水 面 呀 咧
(57)
| 2/4 2 5 5 | 1 - | 6 0 | 5 1 3 2 3 |
好 妹 呀 囉 嗨, 妹 好 呀 咧
(61)
| 2 2 35 2 6 | 2/4 5 2 | 1 3 2 1 7 6 | 5 3 5 - |
花 開 呀 咧 結 子 兩 鉤 呀 咧 鐮 呀 囉
(65)
| 2/4 3 0 | 5 1 3 2 3 | 2/4 2 1 2 | 2 35 2 6 |
嗨。 (答):妹 好 呀 咧 菱 角 花 開 呀 咧
(69)
| 3/4 5 2 5 3 2 3 | 2/4 2 5 5 | 1 - | 6 0 |
浮 水 面 呀 咧 好 妹 呀 囉 嗨,
(73)
| 3/4 5 1 3 2 3 | 2 2 3 2 6 | 5 2 | 1 3 2 1 7 6 |
妹 好 呀 咧 花 開 呀 咧 結 子 兩 鉤 呀 咧
(77)
| 5 3 5 - | 2/4 3 0 ‖
鐮 呀 囉 嗨。

Page 2 /Total 2

第二歌種是大罾歌，大罾是打漁時用上大罾網有關，莫日芬卻認為大罾（她寫作大繒）是地名，在該地流傳的歌調稱為大罾（繒）歌，這是很大的錯誤，[140]翻閱《廣東省中山市地名志》[141]、《廣東省

140 中國民間歌曲集成全國編輯委員會、中國民間歌曲集成廣東卷編輯委員會編：《中國民間歌曲集成廣東卷》（北京市：中國ISBN中心，2005年7月），頁99。

珠海市地名志》[142]、《廣東省志・地名志》[143]來看，不見有「大罾」或「大繒」地名。陳錦昌則認為「大罾歌」流行於珠江河道出海口沿岸水鄉，坦洲等一帶地區最為流行。由於以上地區的水鄉人喜歡在近岸的河面插罾棟（大木樁）拉大網，利用潮水漲落的時機，捕捉出入海的魚類，故此在這些地區流行的民歌稱大罾歌。

大罾

（攝於二〇〇二年七月三十一日）

141 《廣東省中山市地名志》編纂委員會編：《廣東省中山市地名志》（廣州市：廣東科技出版社，1989年10月）。

142 《廣東省珠海市地名志》編纂委員會編：《廣東省珠海市地名志》（廣州市：廣東科技出版社，1989年1月）。

143 廣東省地方史志編纂委員會編：《廣東省志・地名志》（廣州市：廣東人民出版社，1997年）。

大罾歌與鹹水歌的句式基本相同，但腔調各異。如鹹水歌以「妹好呀哩」或「弟好呀哩」等稱謂作喊句，大罾歌則以「妹呀哩」或「哥呀哩」等稱謂作喊句。大罾歌同樣適用於對歌，腔調抒情、奔放。[144]大罾歌是由兩樂句組成，上句結束在宮音，滑向角音，下句結束在徵音，滑向角音。歌詞同為抒情哀怨。大罾歌的節奏相對於鹹水歌的節奏要慢，故大罾歌比鹹水歌多了幾分哀怨，悲涼之感。[145]大罾歌作品有《海底珍珠容易搵》。

大罾歌《海底珍珠容易搵》[146]譜例：

144　陳錦昌：《中山鹹水歌》（廣州市：廣東旅遊出版社，2015年），頁59。

145　梁靜文：〈中山鹹水歌的總體特徵〉，《試析中山鹹水歌的風格因素——以鹹水歌：《對花》為例》（廣州市：廣州大學音樂舞蹈學院音樂系畢業論文，2014年），頁9。

146　譜例資料來源：中山市非物質文化遺產保護中心編：《中山原生態民歌民謠精選集》（廣州市：廣州音像教材出版社，2011年），頁14-15。

海底珍珠容易搵

(大罾歌)

1=F $\frac{2}{4}$ $\frac{3}{4}$

吳志輝 吳三林 演唱

黃德堯 記譜

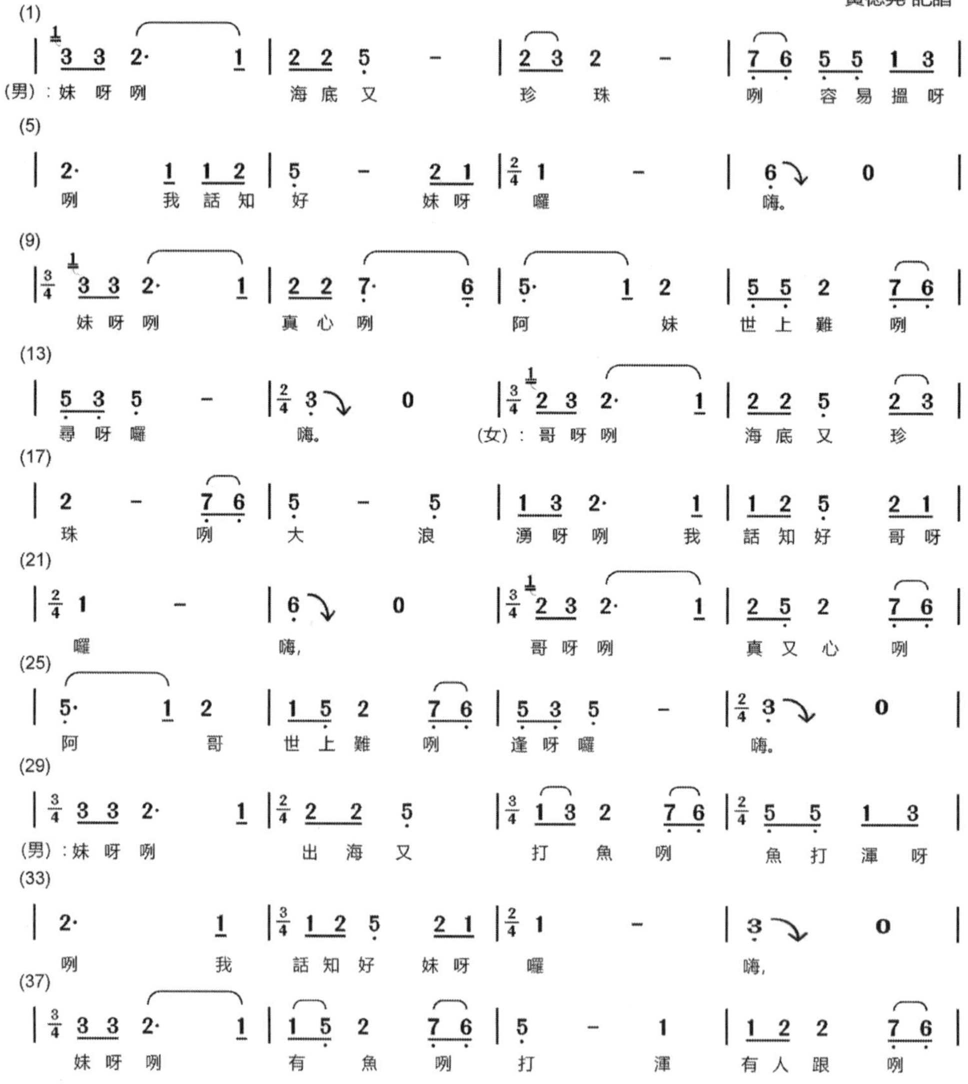

(1)
(男)：妹 呀 咧 海 底 又 珍 珠 咧 容 易 搵 呀

(5)
咧 我 話 知 好 妹 呀 囉 嗨。

(9)
妹 呀 咧 真 心 咧 阿 妹 世 上 難 咧

(13)
尋 呀 囉 嗨。 (女)：哥 呀 咧 海 底 又 珍

(17)
珠 咧 大 浪 湧 呀 咧 我 話 知 好 哥 呀

(21)
囉 嗨, 哥 呀 咧 真 又 心 咧

(25)
阿 哥 世 上 難 咧 逢 呀 囉 嗨。

(29)
(男)：妹 呀 咧 出 海 又 打 魚 咧 魚 打 渾 呀

(33)
咧 我 話 知 好 妹 呀 囉 嗨,

(37)
妹 呀 咧 有 魚 咧 打 渾 有 人 跟 咧

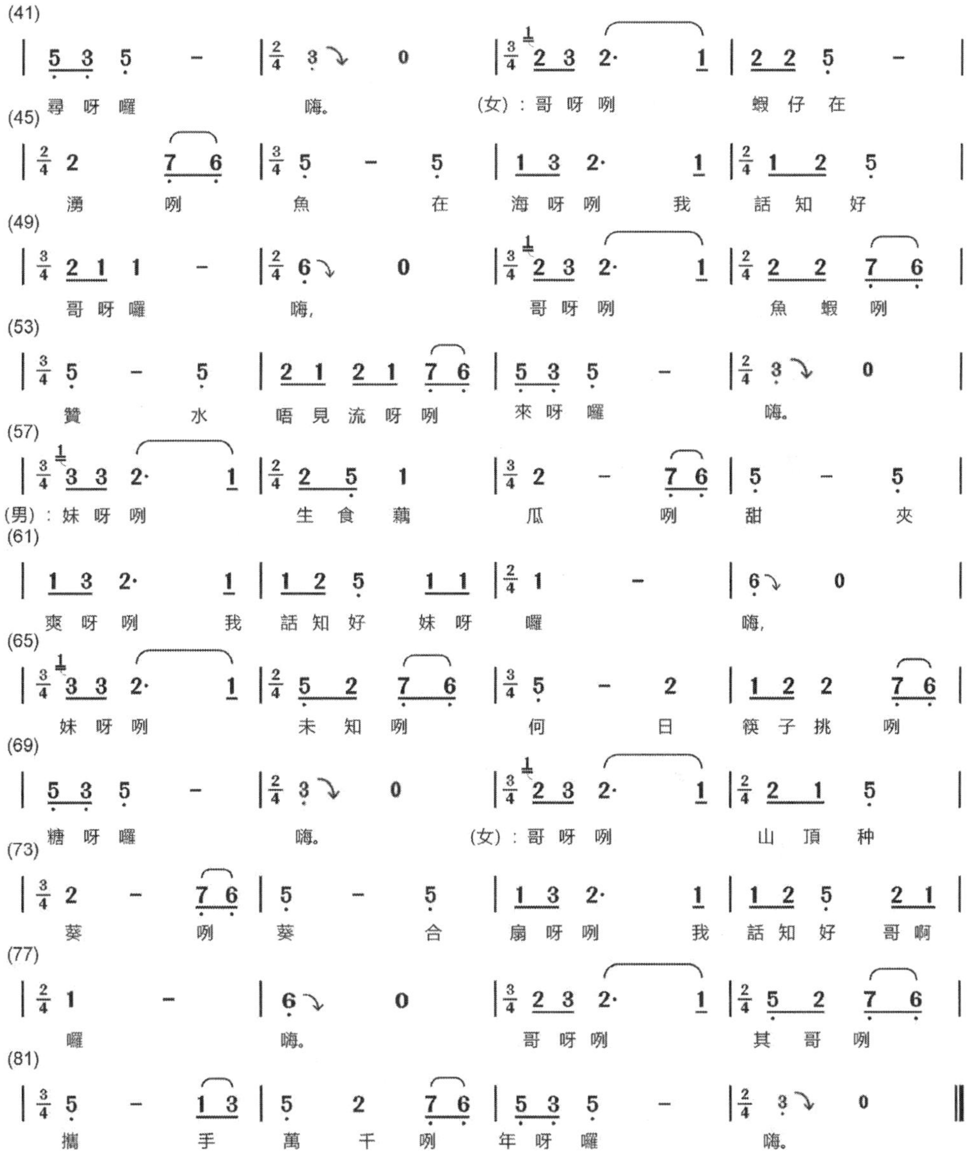

(41)
尋 呀 囉 嗨。 (女)：哥 呀 咧 蝦 仔 在

(45)
湧 咧 魚 在 海 呀 咧 我 話 知 好

(49)
哥 呀 囉 嗨, 哥 呀 咧 魚 蝦 咧

(53)
贊 水 唔 見 流 呀 咧 來 呀 囉 嗨。

(57)
(男)：妹 呀 咧 生 食 藕 瓜 咧 甜 夾

(61)
爽 呀 咧 我 話 知 好 妹 呀 囉 嗨,

(65)
妹 呀 咧 未 知 咧 何 日 筷 子 挑 咧

(69)
糖 呀 囉 嗨。 (女)：哥 呀 咧 山 頂 种

(73)
葵 咧 葵 合 扇 呀 咧 我 話 知 好 哥 啊

(77)
囉 嗨。 哥 呀 咧 其 哥 咧

(81)
攜 手 萬 千 咧 年 呀 囉 嗨。

第三歌種為姑妹歌，流行於廣州、香港、澳門沿海，以及中山南部坦洲等地水鄉。[147]過去，姑妹歌在廣州沿海一帶很流行，廣州地區的一些粵劇團還將姑妹歌引入粵劇演唱，所以人們都稱它是「廣州鹹水歌」。姑妹歌與鹹水歌和大罾歌的句式基本相同，但腔調有別。它歌頭喊句唱「有情呀哥」或「有情呀妹」。唱完上句之後續唱「姑妹」或「兄哥」等稱謂詞襯腔。正因為該歌的襯腔唱詞突出「姑妹」的稱謂，故稱「姑妹歌」。姑妹歌與鹹水歌和大罾歌一樣，適用於對歌，腔調奔放、抒情。[148]姑妹歌曲式方面，純五聲音階徵調式，上句結束在羽音，下句結束在徵音。姑妹歌與鹹水歌一樣，都是以對唱的形式進行，歌曲曲調平緩。[149]姑妹歌作品有《蝦仔冇腸魚冇臓》。[150]

姑妹歌《蝦仔冇腸魚冇臓》[151]譜例：

147 筆者於一九八二年開始在香港、澳門、廣州采風時，從來未聽到這些地區還保留姑妹歌。

148 陳錦昌：《中山鹹水歌》（廣州市：廣東旅遊出版社，2015年），頁60。

149 梁靜文：〈中山鹹水歌的總體特徵〉，《試析中山鹹水歌的風格因素——以鹹水歌《對花》為例》（廣州市：廣州大學音樂舞蹈學院音樂系畢業論文，2014年），頁9。

150 中山市非物質文化遺產保護中心編：《中山原生態民歌民謠精選集》（廣州市：廣州音像教材出版社，2011年），頁16-17把此歌歸入鹹水歌。黃妙秋：《兩廣白話疍民音樂文化研究》（北京市：中央音樂學院音樂學系博士學位論文，2009年4月），頁257歸入姑妹歌。陳錦昌：《中山鹹水歌》（廣州市：廣東旅遊出版社，2015年），頁60歸入姑妹歌。吳娟：《漁歌》（廣州市：華南理工大學出版社，2019年6月），頁73歸入姑妹歌。

151 譜例資料來源：中山市非物質文化遺產保護中心編：《中山原生態民歌民謠精選集》（廣州市：廣州音像教材出版社，2011年），頁16-17。

蝦仔冇腸魚冇臟

(姑妹歌)

1=G $\frac{2}{4}$ $\frac{3}{4}$

吳志輝 梁三妹 演唱

黃德堯 記譜

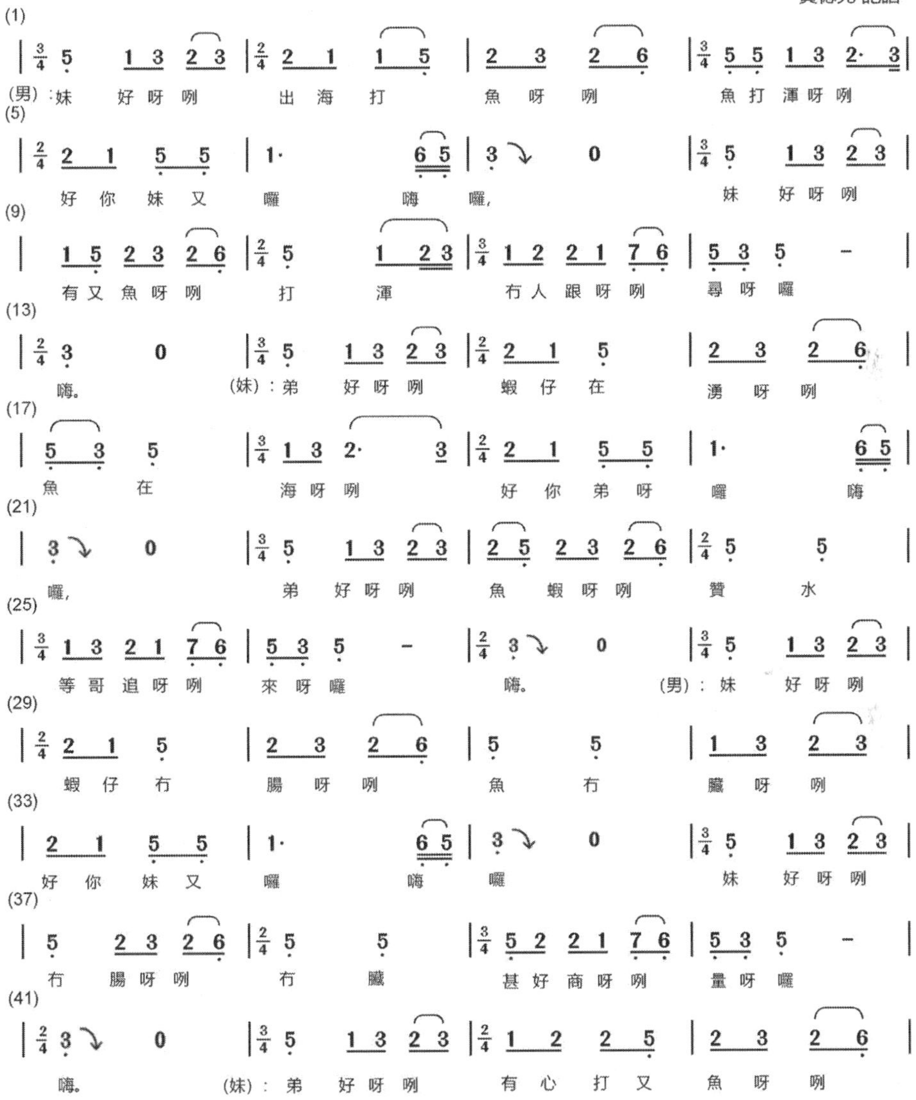

(1) (男)：妹 好 呀 咧 出 海 打 魚 呀 咧 魚 打 渾 呀 咧

(5) 好 你 妹 又 囉 嗨 囉, 妹 好 呀 咧

(9) 有 又 魚 呀 咧 打 渾 冇 人 跟 呀 咧 尋 呀 囉

(13) 嗨。 (妹)：弟 好 呀 咧 蝦 仔 在 湧 呀 咧

(17) 魚 在 海 呀 咧 好 你 弟 呀 囉 嗨

(21) 囉, 弟 好 呀 咧 魚 蝦 呀 咧 讚 水

(25) 等 哥 追 呀 咧 來 呀 囉 嗨。 (男)：妹 好 呀 咧

(29) 蝦 仔 冇 腸 呀 咧 魚 冇 臟 呀 咧

(33) 好 你 妹 又 囉 嗨 囉 妹 好 呀 咧

(37) 冇 腸 呀 咧 冇 臟 甚 好 商 呀 咧 量 呀 囉

(41) 嗨。 (妹)：弟 好 呀 咧 有 心 打 又 魚 呀 咧

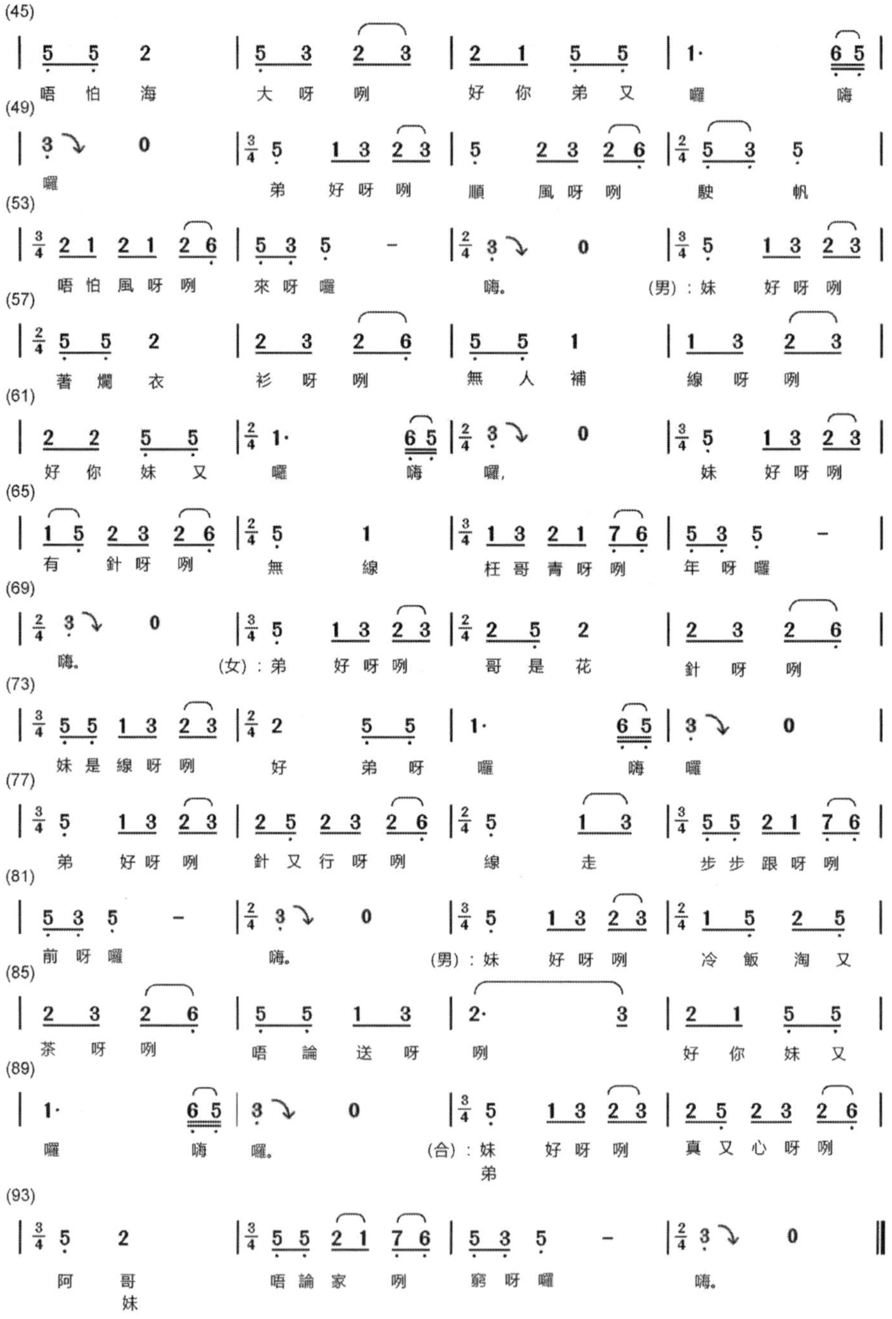

(45)

| 5 5 2 | 5 3 2 3 | 2 1 5 5 | 1· 6 5 |

唔 怕 海 大 呀 咧 好 你 弟 又 囉 嗨

(49)

| 3 ↘ 0 | 3/4 5 1 3 2 3 | 5 2 3 2 6 | 2/4 5 3 5 |

囉 弟 好 呀 咧 順 風 呀 咧 駛 帆

(53)

| 3/4 2 1 2 1 2 6 | 5 3 5 − | 2/4 3 ↘ 0 | 3/4 5 1 3 2 3 |

唔 怕 風 呀 咧 來 呀 囉 嗨。 (男)：妹 好 呀 咧

(57)

| 2/4 5 5 2 | 2 3 2 6 | 5 5 1 | 1 3 2 3 |

著 爛 衣 衫 呀 咧 無 人 補 線 呀 咧

(61)

| 2 2 5 5 | 2/4 1· 6 5 | 2/4 3 ↘ 0 | 3/4 5 1 3 2 3 |

好 你 妹 又 囉 嗨 囉， 妹 好 呀 咧

(65)

| 1 5 2 3 2 6 | 2/4 5 1 | 3/4 1 3 2 1 7 6 | 5 3 5 − |

有 針 呀 咧 無 線 枉 哥 青 呀 咧 年 呀 囉

(69)

| 2/4 3 ↘ 0 | 3/4 5 1 3 2 3 | 2/4 2 5 2 | 2 3 2 6 |

嗨。 (女)：弟 好 呀 咧 哥 是 花 針 呀 咧

(73)

| 3/4 5 5 1 3 2 3 | 2/4 2 5 5 | 1· 6 5 | 3 ↘ 0 |

妹 是 線 呀 咧 好 弟 呀 囉 嗨 囉

(77)

| 3/4 5 1 3 2 3 | 2 5 2 3 2 6 | 2/4 5 1 3 | 3/4 5 5 2 1 7 6 |

弟 好 呀 咧 針 又 行 呀 咧 線 走 步 步 跟 呀 咧

(81)

| 5 3 5 − | 2/4 3 ↘ 0 | 3/4 5 1 3 2 3 | 2/4 1 5 2 5 |

前 呀 囉 嗨。 (男)：妹 好 呀 咧 冷 飯 淘 又

(85)

| 2 3 2 6 | 5 5 1 3 | 2· 3 | 2 1 5 5 |

茶 呀 咧 唔 論 送 呀 咧 好 你 妹 又

(89)

| 1· 6 5 | 3 ↘ 0 | 3/4 5 1 3 2 3 | 2 5 2 3 2 6 |

囉 嗨 囉。 (合)：妹 好 呀 咧 真 又 心 呀 咧

弟

(93)

| 3/4 5 2 | 3/4 5 5 2 1 7 6 | 5 3 5 − | 2/4 3 ↘ 0 ‖

阿 哥 唔 論 家 咧 窮 呀 囉 嗨。

妹

第四歌種是高堂歌，這是與水鄉人在舉行婚禮進行「坐高堂」儀式時演唱的歌有關，故此有高堂歌之名。高堂歌的句式，每段歌詞為四句體結構，第一、二、四句押平韻，第三句押仄韻，[152]腔調激昂、奔放。其唱腔特色是第一句和第三句均以「囉嗬」作拖腔襯詞。高堂歌分古腔高堂歌和新腔高堂歌，就句式結構而言，又可分長句高堂歌和短句高堂歌。長句高堂歌都用古腔演唱，[153]短句高堂歌則用古腔或新腔演唱均可。短句高堂歌多用於獨唱，古腔長句高堂歌多用於對唱。[154]高堂歌開頭是徵音，結束也是徵音，由四個樂句組成，第一樂句的結束音會由商音滑向徵音，第三樂句則停留在徵音，在徵音前會有裝飾音；二四樂句的結束音是低八度的徵音。樂句間對得非常規整，高堂歌較鹹水歌少裝飾音，語氣詞也相對少一些。[155]高堂歌作品有《釣魚仔》、《我來到高堂失失慌》、《送郎一條花手巾》。

高堂歌《割禾》[156]譜例：

152 與絕詩相同。絕詩是二四句必須押韻，而第一句是可押韻或不押韻，但多數習慣也押韻。

153 從曲調比對上來看，古腔高堂歌和新腔高堂歌屬於同一曲調的變體。

154 陳錦昌：《中山鹹水歌》（廣州市：廣東旅遊出版社，2015年），頁3。

155 梁靜文：〈中山鹹水歌的總體特徵〉，《試析中山鹹水歌的風格因素——以鹹水歌《對花》為例》（廣州市：廣州大學音樂舞蹈學院音樂系畢業論文，2014年），頁9。

156 譜例資料來源：中山市非物質文化遺產保護中心編：《中山原生態民歌民謠精選集》（廣州市：廣州音像教材出版社，2011年），頁36。

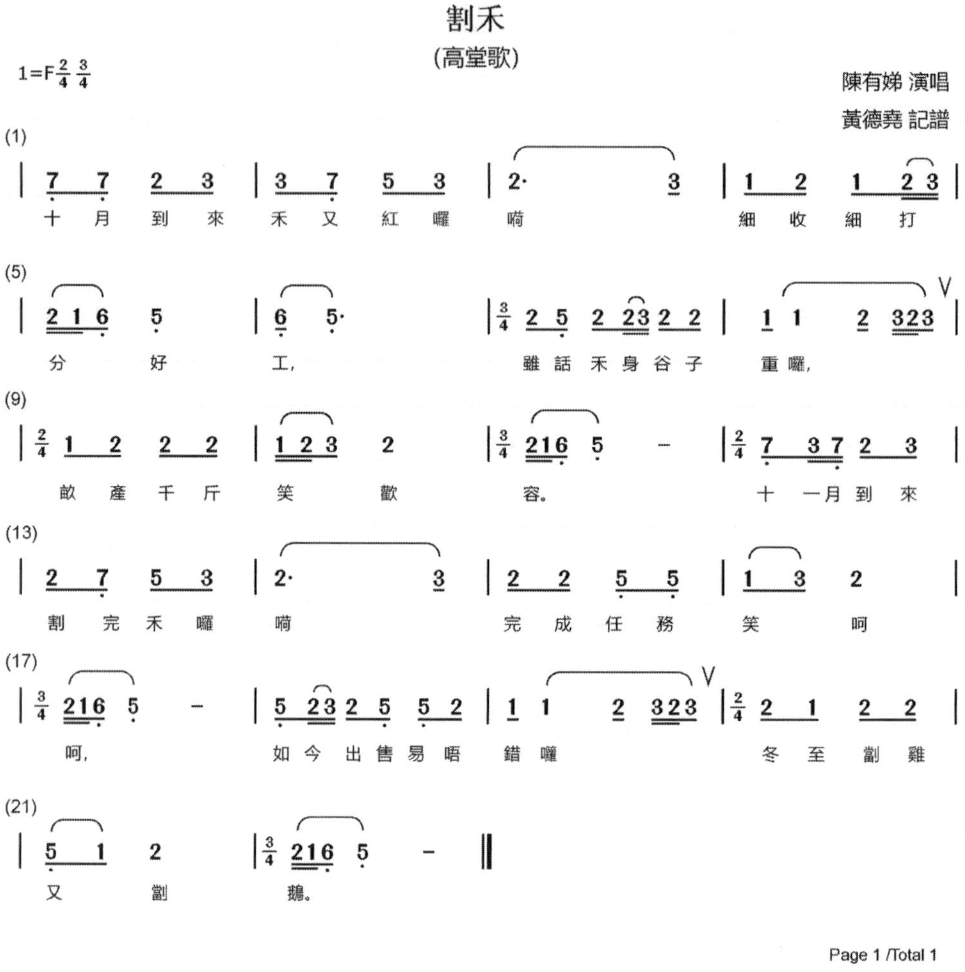

割禾

(高堂歌)

1=F $\frac{2}{4}$ $\frac{3}{4}$

陳有娣 演唱

黃德堯 記譜

(1)
| 7 7 2 3 | 3 7 5 3 | 2· 3 | 1 2 1 23 |
十月到來 禾又紅囉 嗬 細收細打

(5)
| 216 5 | 6 5· | $\frac{3}{4}$ 2 5 2 23 2 2 | 1 1 2 323 |
分 好 工, 雖話禾身谷子 重囉,

(9)
| $\frac{2}{4}$ 1 2 2 2 | 123 2 | $\frac{3}{4}$ 216 5 – | $\frac{2}{4}$ 7 37 2 3 |
畝產千斤 笑 歡 容。 十一月到來

(13)
| 2 7 5 3 | 2· 3 | 2 2 5 5 | 13 2 |
割完禾囉 嗬 完成任務 笑 呵

(17)
| $\frac{3}{4}$ 216 5 – | 5 23 2 5 5 2 | 1 1 2 323 | $\frac{2}{4}$ 2 1 2 2 |
呵, 如今出售易唔 錯囉 冬至劏雞

(21)
| 51 2 | $\frac{3}{4}$ 216 5 – ‖
又 劏 鵝。

Page 1 /Total 1

古腔高堂歌《我來到高堂失失慌》[157]譜例：

157 譜例資料來源：中山市非物質文化遺產保護中心編：《中山原生態民歌民謠精選集》（廣州市：廣州音像教材出版社，2011年），頁9-10。

我來到高堂失失慌

(古腔高堂歌)

1=F $\frac{2}{4}$ $\frac{3}{4}$

霍林 梁三妹 演唱

黃德堯 記譜

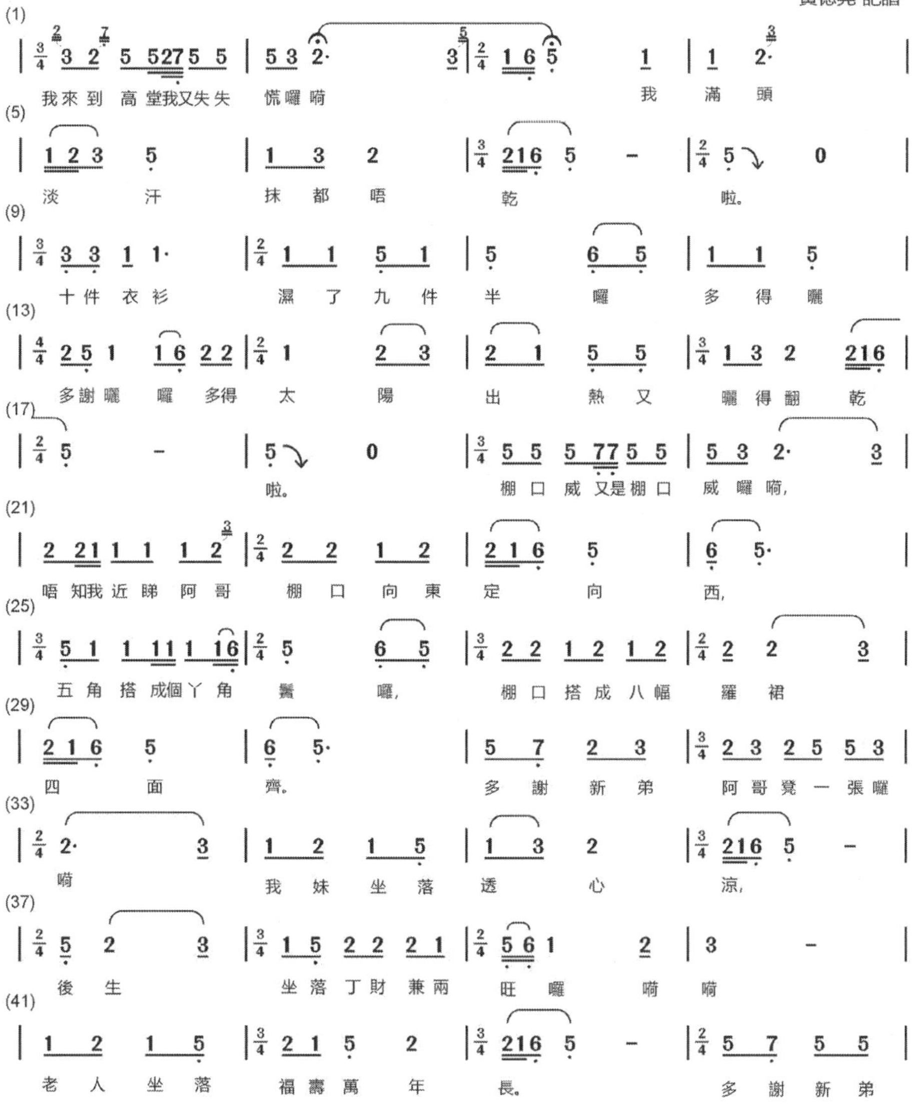

(1) 我來到高堂我又失失慌囉嗬 我滿頭

(5) 淡汗抹都唔乾啦。

(9) 十件衣衫濕了九件半囉 多得曬

(13) 多謝曬囉多得太陽出熱又曬得翻乾

(17) 啦。 棚口威又是棚口威囉嗬，

(21) 唔知我近睇阿哥棚口向東定向西，

(25) 五角搭成個丫角鬟囉， 棚口搭成八幅羅裙

(29) 四面齊。 多謝新弟阿哥凳一張囉

(33) 嗬 我妹坐落透心涼，

(37) 後生 坐落丁財兼兩旺囉嗬嗬

(41) 老人坐落福壽萬年長。 多謝新弟

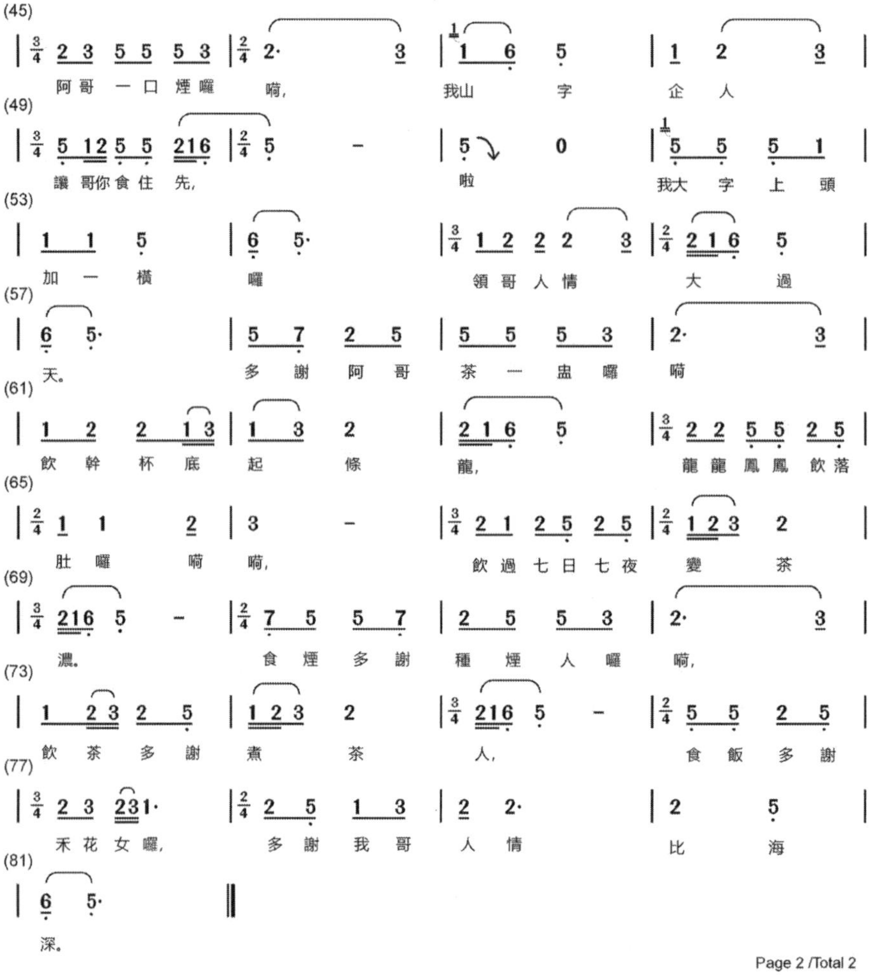

(45)
| 3/4 2 3 5 5 5 3 | 2/4 2· 3 | 1 6 5 | 1 2 3 |
阿哥一口煙囉 啝, 我山 字 企 人

(49)
| 3/4 5 12 5 5 216 | 2/4 5 – | 5 0 | 5 5 5 1 |
讓哥你食住 先, 啦 我大 字 上 頭

(53)
| 1 1 5 | 6 5· | 3/4 1 2 2 2 3 | 2/4 2 1 6 5 |
加 一 橫 囉 領 哥 人 情 大 過

(57)
| 6 5· | 5 7 2 5 | 5 5 5 3 | 2· 3 |
天。 多 謝 阿 哥 茶 一 盅 囉 啝

(61)
| 1 2 2 1 3 | 1 3 2 | 2 1 6 5 | 3/4 2 2 5 5 2 5 |
飲 幹 杯 底 起 條 龍, 龍 龍 鳳 鳳 飲 落

(65)
| 2/4 1 1 2 | 3 – | 3/4 2 1 2 5 2 5 | 2/4 1 2 3 2 |
肚 囉 啝 啝, 飲 過 七 日 七 夜 變 茶

(69)
| 3/4 216 5 – | 2/4 7 5 5 7 | 2 5 5 3 | 2· 3 |
濃。 食 煙 多 謝 種 煙 人 囉 啝,

(73)
| 1 2 3 2 5 | 1 2 3 2 | 3/4 216 5 – | 2/4 5 5 2 5 |
飲 茶 多 謝 煮 茶 人, 食 飯 多 謝

(77)
| 3/4 2 3 231· | 2/4 2 5 1 3 | 2 2· | 2 5 |
禾 花 女 囉, 多 謝 我 哥 人 情 比 海

(81)
| 6 5· ||
深。

Page 2 /Total 2

第五歌種擔傘調，是因為有一首廣為流傳的敘事民歌《膊頭擔傘》而得名。其實擔傘調的句式結構都與高堂相同，音調也大同小異，因此有人稱擔傘調為高堂歌。擔傘調與高堂歌最明顯的區別是擔傘調沒有高堂歌的「囉啝」的拖腔襯詞。擔傘調的唱腔婉轉、抒情，有時甚至帶點哀怨。[158]擔傘調作品有《膊頭擔傘》、《十二月採茶》。

158 陳錦昌：《中山鹹水歌》（廣州市：廣東旅遊出版社，2015年），頁66。

擔傘調《膊頭擔傘》[159]譜例：

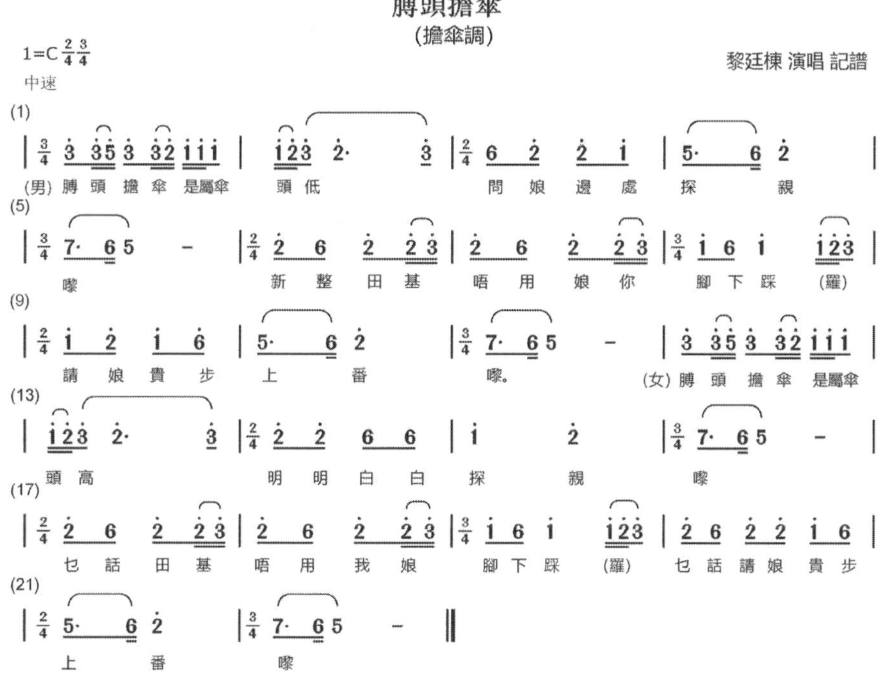

Page 1 /Total 1

第六種是嘆家姐，這是嘆類的鹹水歌。嘆家姐是水鄉姑娘在出嫁前一個晚上舉行坐夜儀式時，親人和姐妹們互道別離情詠嘆的歌，這樣的歌唱活動稱之為「嘆情」。由於這些歌絕大多數都是向出嫁姐表達難捨難分之情的，故此稱之為「嘆家姐」。嘆家姐的句式與鹹水歌的句式相仿。不過，它的唱腔與鹹水歌有很大區別，它是以「好姐呀唉」或「好妹呀唉」作喊句，而且每唱完上句之後，都要唱「好姐」或「好妹」的襯腔，在演唱完整段歌詞後，還要加上「唉」的嘆息襯

---

159 譜例資料來源：陳錦昌：《中山鹹水歌》（廣州市：廣東旅遊出版社，2015年），頁66。

腔收尾。「嘆家姐」唱腔靈活，歌者依據歌詞內容，以情運轉，大可自由發揮，腔調婉轉、抒情，又帶幾分哀怨，頗令聞者動情。[160]「嘆家姐」作品有《嘆爹媽》、《嘆家兄》、《嘆家姐》。

新娘坐夜儀式時，除「嘆家姐」外，女家也會唱起《拜席》、《點燭》、《拜酒茶》、《拜紅》、《拜全盒》、《姐妹相嘆》、《姑嫂相嘆》、《母女相嘆》、《船頭送別歌》，這些歌是鹹水歌。《姑嫂送別歌》、《做人阿嫂》、《七送阿姐》，這些歌全是高堂歌。《嘆情》時，是高堂調與鹹水調互混來唱。

至於新郎，結婚前坐高堂儀式也與女方一樣重視，他們會唱《上大字》、《穿衣歌》、《唱棚面》、《唱明燭》、《唱點燭》、《唱檯頭》、《燭師歌》、《檯頭歌》、《檯頭銀燭》、《全盒歌》，這些都是高堂歌。新郎迎親時有《新郎迎親朋》是高堂歌，而《渡水飯對歌》是鹹水歌。《看新娘》、《賀新郎》、《賀喜歌》、《賀高堂》、《賀婚歌》、《賀新娘》等全是高堂歌。

所以男方、女方在坐夜時，特別是女方，「嘆家姐」是重點活動，但也會唱起鹹水歌和高堂歌的。

上大字

（攝於二〇〇二年七月二十日）

160 陳錦昌：《中山鹹水歌》（廣州市：廣東旅遊出版社，2015年），頁60-61。

第七種唉歌屬於哭喪歌。哭喪歌是舉行喪禮拜祭亡魂時泣唱的歌。哭喪歌與嘆家姐的句式與曲調基本相同，兩者不同之處是哭喪歌的腔調更為靈活多變，歌者含悲泣唱，腔調哀怨，悲切，使人聞之動情。[161]唉歌作品如《哭阿媽》、《夜間破地獄》、《三七二十一上台安神》、《接材》、《旺桶》、《唱倒頭》、《唱買水》、《唱洗面》、《唱裝身》、《唱哭靈》、《唱拜祭》、《唱接材》、《唱招魂》、《唱入殮》、《唱送葬》等等。

南寧師範大學音樂舞蹈學院院長黃妙秋教授把廣西北海鹹水歌按歌曲曲調劃分成「嘆」和「唱」兩大類。她認為「嘆」是一種吟唱風格的鹹水歌，這類歌唱時，不追求熱情奔放的放聲高歌，而是輕聲曼語的吟哦低唱，感情內在含蓄，旋律平緩柔和，歌詞與語言的四聲音調密切相關，水鄉人多以「嘆」代「言」，在某種意義上，「嘆」實際上相當於被佐以某些固定音調的「說」，歌唱時帶有強烈即興性。此類歌主要指以下三種曲調：第一，嘆家姐是僅在水鄉人婚禮姑娘「哭嫁」時對唱，姑娘將感恩惜別等內容即興編詞添入這個固定曲調中，或自己獨唱，或與母親、朋友對嘆。第二，唉調專門用於喪禮及祭祀場合，常由單人獨唱，以女性居多。第三，「嘆調」為日常生活裡，男性粵籍水鄉人相互鬥歌取樂和水鄉婚禮中「伴郎」儀式時常唱此曲，女性則一般只是旁聽而不唱之。「嘆調」多由兩人對唱，一問一答，偶有獨唱。內容有「嘆字眼」、「嘆古人」和「嘆物」等。「嘆字眼」是猜；「嘆古人」是根據典故猜古代名人的姓名；「嘆物」則是競猜事物。要求歌者知識和急才。在鬥歌中，唱勝者往往受到周圍水上人的尊敬及稱讚。[162]

161 陳錦昌：《中山鹹水歌》（廣州市：廣東旅遊出版社，2015年），頁61。

162 黃妙秋：《海韻飄謠——廣西北海鹹水歌研究》（北京市：大眾文藝出版社，2004年5月），頁30-32。

珠江沿海的鹹水歌也能劃分成「唱」和「嘆」。在廣東珠江口一帶的唱類鹹水歌，筆者認為就是鹹水歌、姑妹歌、大罾歌、擔傘調、高堂歌這五類小歌種，黃妙秋教授則把唱類分作敘事歌、風俗歌、勞動歌、情歌、兒歌、娛樂歌六種類型。[163]她所稱的唱類，基本就是鹹水歌、高堂歌，如勞動歌有《釣魚仔》、《耕田仔》、《果子歌》、《種菜歌》、《割草犁田歌》、《開基攞草歌》都是高堂歌。至於《耕田歌》、《開基攞魚蝦歌》是高堂歌，也有人以鹹水歌來唱。長篇敘事歌，如《孝義歌》、《拆蔗寮》、《趁陽江》、《新抱仔》、《梁山伯與祝英台》都是高堂歌。至於兒歌方面，就是嗳仔歌，可以以高堂歌或鹹水歌來唱。作品如《嗳仔歌》、《月光光》、《搖啊搖》、《養育恩》、《十教才郎》等。

至於黃教授所說的「嘆家姐」、「唉調」，珠三角水網沿海都是具有這一類「嘆類」鹹水歌。黃妙秋教授也提到水鄉婚禮中「伴郎」儀式時常唱的鹹水歌是「嘆調」，屬於「嘆類」，筆者認為伴郎等唱的全是「唱類」的高堂歌，如《上大字》、《穿衣歌》、《唱棚面》、《唱明燭》、《唱點燭》、《唱檯頭》、《燭師歌》、《檯頭歌》、《檯頭銀燭》、《全盒歌》，這些都是高堂歌。新郎迎親時有《新郎迎親朋》是高堂歌，而《渡水飯對歌》是鹹水歌。《看新娘》、《賀新郎》、《賀喜歌》、《賀高堂》、《賀婚歌》、《賀新娘》等全是高堂歌，少部分是鹹水歌。

---

163 黃妙秋：《海韻飄謠——廣西北海鹹水歌研究》（北京市：大眾文藝出版社，2004年5月），頁32。

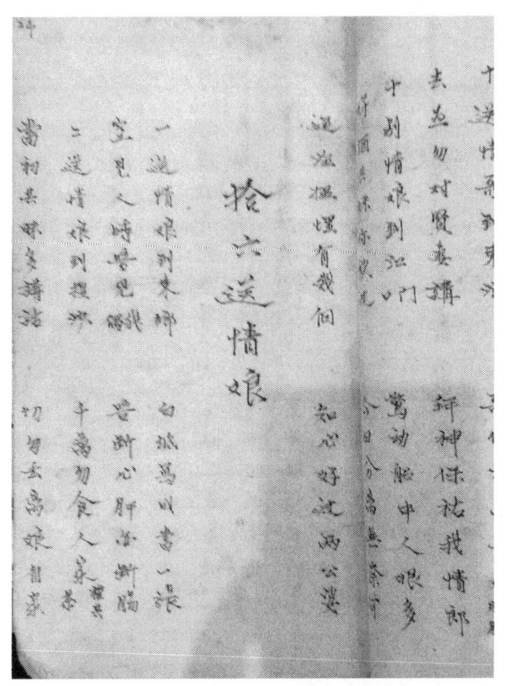
拾六送情娘

九沙漁村陳富手持的鹹水歌歌本
（攝於二〇〇二年五月三日）

筆者在采風中，香港、黃埔區、東莞所接觸的鹹水歌只有「嘆」類的歌，「唱」類已失傳。特別是黃埔區，其「嘆」唱已不能即興，即景生情，脫口而出，隨編隨唱，只能手持文字創作，經文人加工過的鹹水歌本而嘆，黃埔大沙鎮九沙漁村便有兩本鹹水歌本。至於黃埔南崗鎮南灣西基、長洲鎮江瀝海、安來市、洪福市等漁村水上人，連鹹水歌歌本也沒有，不會「唱」，也不會「嘆」。黃埔九沙陳富（1933-2017）在家門外嘆歌時，其夫人便在窗戶大罵其夫嘆唱這一類的歌，但陳富因我們有三十多人一起來采風，便樂於跟筆者嘆唱一番，看來鹹水歌在黃埔失傳有其原因。漁歌隨著陳富已歸道山，九沙連能嘆的唯一傳人也失傳了，傳承中斷了，出現完全斷層階段，將會永遠成為歷史。至於廣州南沙橫瀝鎮（沙田區），那兒的水上族群不單能嘆，也能唱，其腔調基本跟中山一致。[164]其實珠三角一帶的鹹水歌是頗一致的，差別很少。至於佛山市順德區、高明區，南海區；江門開平、大鰲，筆者也曾采風，此三地的水上人還能唱和嘆，情況比黃埔要好。至於肇慶，筆者聽過端州廠排當地年輕歌手彭慧卿小姐能唱鹹水歌，因那次是調查該地的水上方言為主，加上行程較趕，未聽到「嘆」類。

以下略舉九沙漁村陳富於二〇〇二年下午采風時記下他所嘆《遊園古文》的一段內容。他嘆時，如黃妙秋教授所言：「輕聲曼語的吟哦低唱，感情內在含蓄，旋律平緩柔和。」[165]完全不追求優美的旋律，只講求內心感情的抒發。

《遊園古文》

逍遙散蕩到江湖　唱奇人仔嘆英雄
白襪長衫多多做　好家人全好丈夫
遊遊蕩蕩到村邊　村邊有只採蓮船
偶問蓮船多少隻　當日採蓮人去邊
逍遙散蕩到沙洲　清風明月好閒遊
搖吓櫓時棹吓槳　人人話佢好風流
遊遊蕩蕩到村邊　行盡幾多低級路
田基跌倒個青年　逍遙散蕩到花間
遇著一群要牡丹　烏髮梳頭衫又白
驚青來襯月籃裙　遊遊蕩蕩到門尋

164 南沙區橫瀝鎮教育文化體育中心：《漁聲——橫瀝鹹水歌》（缺出版社資料，2011年12月）。

165 黃妙秋：《海韻飄謠——廣西北海鹹水歌研究》（北京市：大眾文藝出版社，2004年5月）頁30。

九沙漁村陳富

（攝於二〇〇二年五月三日）

黃埔九沙嘆類鹹水歌的特點：

一、基本是長篇唱文，跟中山「嘆類」鹹水歌不同，中山或者廣州南沙橫瀝鎮的嘆，基本是隨口而編，即興而作，高手還能嘆幾個小時或數天，即使是陽江閘坡的「嘆類」鹹水歌，在開漁節時，公園現場圍唱，歌者是即景生情，脫口而出，隨編隨唱，一嘆便嘆了一個下午，嘆者嘆時還傷心流淚，痛哭不已。

二、在格式上，明顯與中山市、廣州市南沙區橫瀝鎮，佛山市順德的鹹水歌嘆歌類不同，是一種近於木魚、龍舟的唱文。這一種唱文在九沙也已失傳，懂得唱的只餘下陳富，但陳富於早幾年已歸道山了。

三、九沙「嘆類」鹹水歌不流行於各地和九沙，與其旋律曲式結構與珠三角一帶「嘆類」鹹水歌不同，其歌最大特點是節奏極緩慢，也沒有拖腔、襯詞。這可能是地域上的一種差異。

四、九沙「嘆類」鹹水歌另一特色會讓其出現消亡，是與其功能性不強的節奏有密切關係。其歌節奏總體是極為舒緩，速度普遍偏慢。

五、其唱文詞有〈遊園古文〉（數百字）、〈蝦罟阿妹〉、〈解字眼文〉、〈古人歌文〉、〈賀中秋歌〉、〈採茶歌〉、〈拾六送情娘〉、〈女子自嘆〉等

六、陳富嘆九沙鹹水歌時，其歌唱不產生音樂一種強弱、長短、節奏、旋律效果，極其像一種帶唱式的舒緩誦文而已。

七、九沙「嘆類」鹹水歌基本是一種直敘，語言不追求修飾，沒有設問、加襯，十分樸素，兼且是直抒胸臆。這類鹹水歌跟「唱類」鹹水歌常運用對比、排比、比喻、誇張、設問、對偶、加襯完全不同。

陽江閘坡公園鹹水歌大會

（攝於二○○四年八月一日）

第三節　水上人的五行名字

關於漁民的名字，是有其特色。漁民命名文化，文獻方面，部分專節提及過的有徐川《石排灣的漁業》[166]，另一篇是筆者的《珠三角水上族群的語言承傳和文化變遷》[167]和《中山市沙田族群的方音承傳及其民俗變遷》[168]。以專題論文探討則有兩篇：一篇是香港理工大學萬小紅《從香港漁民姓名的特色看漁民文化》[169]；另一篇是陳贊康、何錦培、陳曉彬《香港四行人命名文化》[170]。所謂四行，是指珠三角沿海的白話水上人，其命名只採用金、木、水、火四行，因此有陸上人稱漁民為四行仔。[171]海洋捕撈的漁民不用土字，跟廣州一帶的內河水上人金、木、水、火、土五行並用不同明顯有區別。黃埔區九沙漁民陳金成和江瀝海漁民彭炳坤、盧九也說他們那邊就有漁民用上「土」字來命名。韶關北江區北江水道上的漁民命名不用五行，只用甲、乙、丙、茂、己等。（見頁246的公告照片）如駱甲有、封甲順、駱乙貴、駱丙祥。珠三角和韶關，駱姓是水上人，可參看《廣東疍民社會調查》[172]。

166 徐川：《石排灣的漁業》（2001年5月，未刊報告），筆者是該報告的指導老師。

167 馮國強：《珠三角水上族群的語言承傳和文化變遷》（臺北市：萬卷樓圖書公司，2015年12月），頁271-276。

168 馮國強、何惠玲：《中山市沙田族群的方音承傳及其民俗變遷》（臺北市：萬卷樓圖書公司，2018年8月），頁285-287。

169 萬小紅：《從香港漁民姓名的特色看漁民文化》（香港理工大學中文及雙語學系碩士論文，1996年）。

170 陳贊康、何錦培、陳曉彬：《香港四行人命名文化》（2002年5月，未刊報告）。筆者是該報告指導的老師。

171 廣東省民族研究所編：《廣東疍民社會調查》（廣州市：中山大學出版社，2001年），頁82。

172 廣東省民族研究所編：《廣東疍民社會調查》（廣州市：中山大學出版社，2001年），頁127-128。

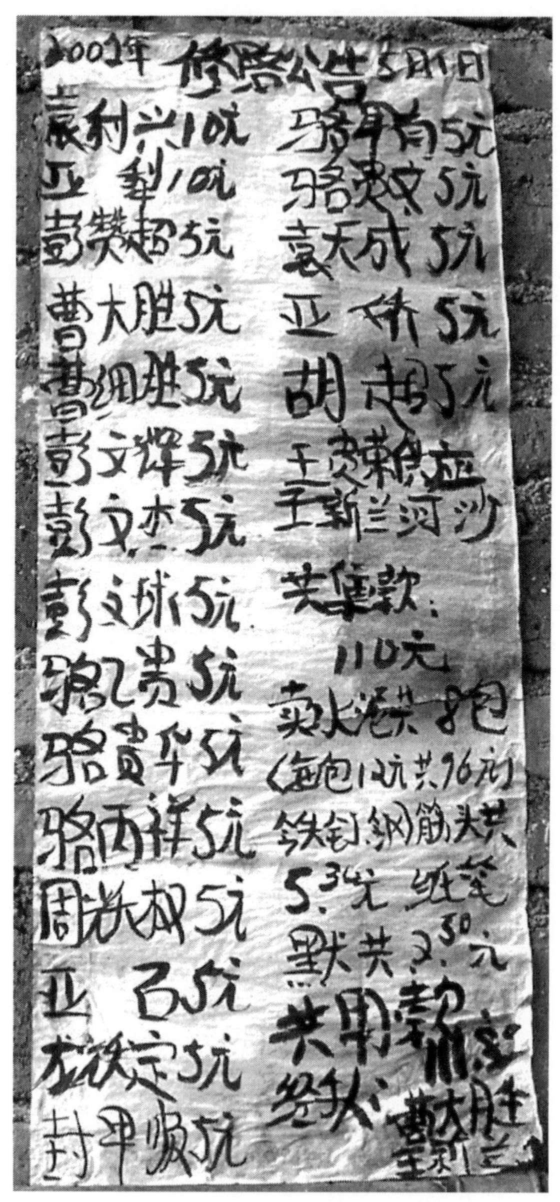

韶關北江區湞江邊小漁村一則公告

（攝於二〇〇二年十二月二十六日）

萬小紅的論文資料是來自來自海魚養殖場（吉澳、塔門、馬灣）及已上岸漁民聚居處（大埔大元村），統計時，以三十一至七十歲作為研究對象，但不區分白話漁民和鶴佬漁民的命名文化。筆者學生寫的《香港四行人命名文化》，是採用《香港碑銘彙編》[173]、何格恩的〈番禺縣第三區南蒲村調查報告〉[174]、香港漁民互助社《香港漁民互助社五十周年會慶特刊》[175]、深圳市龍崗區南漁村漁民名單、珠海市桂山鎮漁村桂山小學二〇〇一至二〇〇二學年度小學在校學生名冊、中山市南朗鎮橫門社區漁村村民名單、中山市黃圃漁村村民名單、中山市小欖漁村漁村民名單等進行漁民命名拿來研究。至於《中山市沙田族群的方音承傳及其民俗變遷》水上人命名資料，除了運用了中山市南朗鎮橫門社區漁村村民名單、中山市黃圃漁村村民名單、中山市小欖漁村漁村民名單，還有部分是來自鎮書記安排漁民座談會時，記錄下其特點名字拿來分析。

香港水上人和珠三角海洋捕撈漁民採用四行中以「金」字使用頻率最高。如金喜、金勝、金貫、金福、金富、金興，[176]其次的高頻五行字是水和火兩字。[177]

就以香港來言，最多是用「金」字來命名，是水上人父母對孩子內心的一種盼望，希望子女或個人富有，最後能出人頭地和為新生者

173 科大衛、陸鴻基、吳倫霓霞合編：《香港碑銘彙編》（第三冊）（香港：香港博物館編製、香港市政局出版，1986年3月），頁333-627。

174 何格恩：〈番禺縣第三區南蒲村調查報告〉，《蜑民調查報告》（香港：東亞研究所廣東事務，1944年）。

175 香港漁民互助社編：《香港漁民互助社五十周年會慶特刊》（香港：香港漁民互助社，1997年）。

176 科大衛、陸鴻基、吳倫霓霞合編：《香港碑銘彙編》（第三冊）（香港：香港博物館編製、香港市政局出版，1986年3月），頁708。

177 馮國強：《珠三角水上族群的語言承傳和文化變遷》（臺北市：萬卷樓圖書公司，2015年12月），頁275。

求取吉祥。至於以「木」字來命名，[178]是反映命名者個人的安穩追求，體現出漁家父母對上蒼的祈求，木有浮在水上的特性，跟他們經常居於船內，內心總是希望船隻在海洋中得到保護，不會受到海浪吞噬故此採用木字命名。同時「木」是屬於「五行」之一，「木」能尅「水」，以「木」為名字，也是一種取其在水中能浮起，能順應「水性」克服「水害」之意思。[179]漁民因為他們的日常工作經常和水打交道，從水中獲取生活資源，因此便以「水」等字來命名。[180]

《香港四行人命名文化》談到香港水上族群不愛用「土」來命名，是因為「水」沖「土」，對他們的工作會有影響。此外，香港的水上族群是屬於海舿，[181]只會在逝世時葬於土，故此命名時不用「土」字。但珠三角內河為主，江水接近岸邊，所以不介意用上「土」字作命名。筆者在廣州黃埔南崗鎮西基、大沙鎮九沙、長洲鎮江瀝海進行方言調查時，問及當地命名特點，得知他們也會以「土」字來命名，這是海洋、內河五行命名的最大區別。

香港水上人也愛用「火」或「伙」字來命名，受訪者只稱是五行欠火，有沒有更深層的意義，他們卻說不出來。[182]

---

178 如有：木金、木勝、木水、木仔、木根、木嬌、木庭、木有、木金、金木。

179 陳贊康、何錦培、陳曉彬：《香港四行人命名文化》(2002年5月，未刊報告)，頁22。

180 如：水金、水生、水勝、水喜、水貴、水好、亞水、木水、金水、水仔。

181 「舿」，不是漢字，是古壯方塊字，壯語是小船之意，壯音是teng^{42}，從舟，丁聲。所以[tɐŋ^{22}ka^{55}]或[teŋ^{22}ka^{55}]實在是古越族水上人對自己族群一種自稱，就是艇家之意，不含侮辱和貶義。可看張元生（1931-1999)：〈壯族人民的文化遺產——方塊壯字〉，《中國民族古文字研究》(北京市：中國社會科學出版社，1980年)，頁509、頁513；張壽祺：《蛋家人》(香港：中華書局，1991年11月）之〈蛋家命名的原意〉頁60-64持此說。筆者十分認同，還認為宜把蜑字改成「舿」，因此在此書裡便把水上話稱作舿語，就是小艇話、船話；水上人稱作舿民，就是艇民之意。馮國強：《珠三角水上族群的語言承傳和文化變遷》(臺北市：萬卷樓圖書公司，2015年12月)，頁4。

182 陳贊康、何錦培、陳曉彬：《香港四行人命名文化》(2002年5月，未刊報告)，頁38-39。如：火金、火好、火有、火勝、火喜、火根、伙勝、伙喜、伙娣、伙妹、伙近。

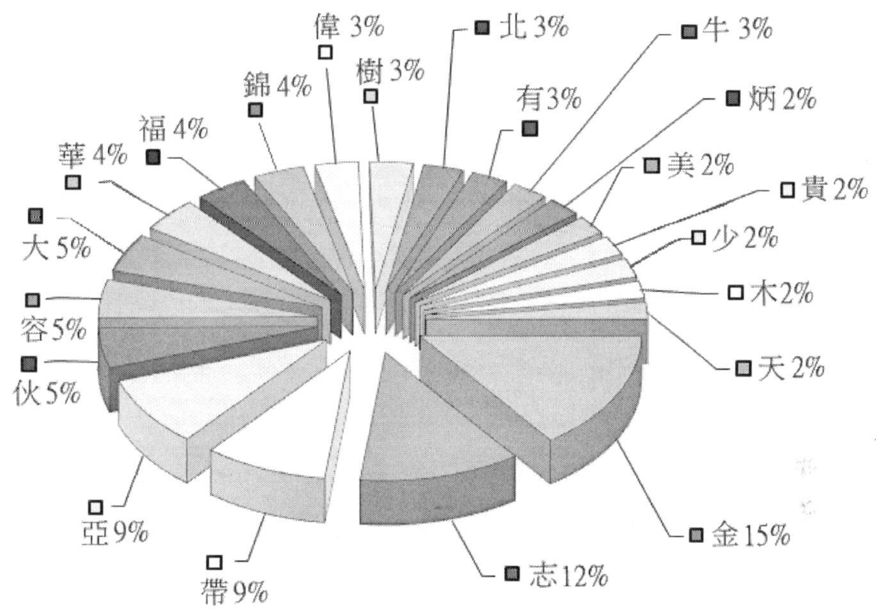

統計人數：372人

香港水上人前綴高頻率取名傾向[183]

（人名來源：《香港漁互助社五十周年會慶特刊》〔1996年〕）

中山市沙田區的人，命名也是以金字最多，如李金帶、何金仔、馮金葉、何金福、李金娣、冼金、黃金勝、吳金好、馮金木、黃金好、何金才、梁金葉、郭金榮、馮金木、樊金妹、冼金娣、吳金彩、吳金全、吳金全、吳榮金、杜金妹、杜兆金。此外是木字，但不多，以木命名有黃木勝、馮金木、高木根（民眾）。以火（伙）字便命名很少，如吳伙妹、梁伙勝。至於以水、土則沒有。這個現象，港口鎮、民眾鎮社區也是如此。

183 陳贊康、如：何錦培、陳曉彬：《香港四行人命名文化》（2002年5月，未刊報告），頁23。

至於黃埔區的九沙、西基、江瀝海當地人稱他們也是以「金」命名最多，而「木」、「水」、「火」、「土」還是用的。[184]

四行或五行命名以外，香港漁民和中山沙田區人人名也喜歡用「亞」、「帶」命名。用「亞」字命名並沒有特定含意，只是為方便父母叫喚自己的兒女，[185]如亞九、亞保、亞基、亞水、亞有、亞口、亞喜、亞金、亞福、亞房、亞根、亞妹、亞長、亞全、阿穡、阿水等。如此命名，可見他們對姓名停留於便於呼叫實用層面。「帶」字被選用的次數也很多，如帶喜、帶有、帶金、帶福、帶勝、帶花、帶滿。[186]「帶」是中性的名字，男女均可採用，有著「帶來」的意思，比方「帶娣」，表示父母希望下一胎能帶來一個男丁；[187]帶喜，帶來歡喜；觀帶，讓觀音為子女帶來福分。黃埔九沙陳金成、江瀝海彭炳坤、盧九強調「帶娣」跟香港一樣用於大姊，希望下一個帶來一個弟弟。

香港和坦洲沙田區人也愛用「九」字，是表示希望孩子好養下去，一如狗這麼粗生粗養。但寫上狗字不好，便用數字代替。坦洲方面有黃九仔、陳祥九、陳潤九、陳勝九、陳蘇九。九沙、西基、江瀝海漁民稱他們那邊也是如此。

至於香港、沙田區人命名會以排行的次序來為子女命名，如鍾七女、吳二女、何二女，但九沙、西基、江瀝海漁民則不喜歡如此命名。

---

184 因當地單位以隱私理由，不願意提供任何漁民姓名資料名單，筆者只能以詢問來了解大概情況，下同。廣州市天河區科甲涌、漁民新村兩地的水上人卻沒有人用「土」字來命名，他們表示是不容易改名，並沒有以「土」字來命名是一種禁忌的。

185 陳贊康、何錦培、陳曉彬：《香港四行人命名文化》（2002年5月，未刊報告），頁23。

186 萬小紅：《從香港漁民姓名的特色看漁民文化》（香港：香港理工大學中文及雙語學系碩士論文，1996年，未發表論文），頁8。

187 陳贊康、何錦培、陳曉彬：《香港四行人命名文化》（2002年5月，未刊報告），頁23。

第四章
城市化下黃埔民俗的斷裂

據國內統計，經過近三十年的快速發展，中國城鎮化率也由二十紀八十年代中期的百分之二十五升到二〇一三年的百分之五十三點七三。[1]黃埔在四十年的城鎮化中，漸漸導致傳統村落的迅速消亡。大量村落的消亡，意味著大量物質遺產之古建、巷陌、戲臺、廣場等的消失，也導致依存其中的大量非物質文化遺產的方言、五行命名、農諺、漁諺、鹹水歌等受到嚴重破壞，這是十分可怕和危險的，黃埔區已經付出了沉重代價，這一切已達到嚴重瀕危階段，特別是鹹水歌。

城鎮化快速發展，物質生活不斷提升，高樓大廈成為城市的地標和臉譜，但「千城一面」的現象愈亦明顯，各地都追求城市建築的高度、寬度及亮度，城市缺少特色，城市規劃雷同現象嚴重。這種城鎮化，也降低了精神文化的高度、厚度及淳度。[2]

「民俗是一種民間傳承文化，它的主體部分形成於過去，屬於民族的傳統文化。」[3]中國城鎮化發展迅速，造城運動導致的農村裡的傳統建築、民俗文化的大量消亡。馮驥才認為「我們每個人的心中都有關於過去和成長的記憶，城市也一樣，也有從出生、童年、青年到成熟的完整的生命歷程，這些豐富而獨特的過程全都默默保存在它巨

1　國家統計局編：《中國統計摘要2014》（北京市：中國統計出版社，2014年），頁16。

2　劉愛華：〈城鎮化語境下的「鄉愁」安放與民俗文化保護〉，《民俗研究》第六期（濟南市：《民俗研究》編輯部，2016年11月15日），頁120。

3　鐘敬文：《民俗學概論》（上海市：上海文藝出版社，1998年12月），頁5。

大的肌體裡。城市對於我們，不僅是可供居住和使用的場所，而且是有個性價值與文化意義的……它們縱向地記憶著城市的史脈與傳承，橫向地展示著城市寬廣深厚的閱歷，並在這縱橫之間交織出每個城市獨有的個性。」[4]城市的風土人情、俚諺俗語等非物質文化遺產承載著其歷史記憶，承載著其傳統文脈。只有依託那些沉澱了歲月痕跡的物質、非物質文化遺產，城市才具有銜接過去、現在和未來的記憶，城市才能在悠遠的時光隧道中尋找到未來，顯示生命活力和存在意義。[5]黃埔區已失去鹹水歌、水上嫁娶這種記憶，快將完全失去漁農諺和五行命名特色記憶，與國內大多數城市一樣失去寶貴的記憶。

第一節　水鄉民俗的變遷

一　五行名字的消亡

黃埔漁民的命名，還能看見以五行命名的傳統，但只是停留於老漁民，中年及以下的的水上人，他們的命名已跟陸上已一致，如九沙陳金成的兒子命名錦輝，已失去水上人命名特色。因為用上五行命名，會暴露出他們是水上族群的身分，恐怕還會受到歧視，因而學習陸上人的命名方法。此外，自上岸工作後，教育提升後，懂得如何讓自己的小孩不會受到歧視，改名時，已把這些特色命名烙印刪去，把族群邊界模糊化。現在，水上族群中年或中年以下的子女，已不能從其名字知道其族群身分。五行命名的消亡，他們不覺得是可惜的，並

4　馮驥才：〈城市為什麼需要記憶？〉，文化新聞：《人民日報》2006年10月18日，第11版。

5　劉愛華：〈城鎮化語境下的「鄉愁」安放與民俗文化保護〉，《民俗研究》第六期（濟南市：《民俗研究》編輯部，2016年11月15日），頁124。

認為跟陸上人一致的命名是先進的命名文化，這是他們所仰慕的。

二　鹹水歌歌唱的斷裂

中山市鹹水歌的歌唱傳統依然保存著它的韌度與彈性，還能從常態的生活，發展到成為群眾藝術和進京表演，所以該市的鹹水歌歌唱活動由於融入到民眾的日常生活中而被不斷生成，並始終流動著，它是一種傳統，具有歷史的延續性。

但是，黃埔區鹹水歌的消亡，「主要是受到市場經濟、都市化和人口流動等現代社會的基本動向導致傳統社區逐漸解體，並促使當地城市社會發生了巨大變遷，從而使以社區和地域社會為依託的文化傳承機制難以維繫。中青年大量外流求職打工導致社區鹹水歌無法正常進行，人口都市化使傳統的生活方式迅速發生變異，現代的聲光電娛樂逐步取代傳統的娛樂方式，商業化侵入傳統文化領域並導致其日益世俗化等，其中以社區的解體或其結構性變遷帶來的問題最為突出。」[6]如黃埔社區的鹹水歌傳承者無法傳承或不再願意傳承（如陳富妻子），將使鹹水歌的文化傳承出現危機。另一方面，當黃埔區的水上話基本上在陳金成、陳富這一代之後就失傳了，如陳金成兒子陳錦輝（1979年-）已不會說水上話了，其他地區如南崗鎮南灣西基、長洲鎮江瀝海、安來市、洪福市等漁村也將一樣，其水鄉話已接近廣州化或者因強勢推廣普通話政策，新一代甚至不說廣州話而直接說普通話，代表著地域文化特色的水鄉方言將成為歷史和絕唱，年輕一代已淡出他們水鄉話的話語體系。甚至可以這樣說，隨著這些「瀕危語言」的消亡，依附於這些「瀕危語言」的民間的鹹水歌，也必將隨其

6　周星：〈從「傳承」的角度理解文化遺產〉，收入周星主編：《民俗學的歷史、理論與方法上》（北京市：商務印書館，2006年3月），頁139。

「母體」的消亡而相應地消亡。水鄉話是文化的源泉和標誌性載體，沒有了水鄉話就沒有鹹水歌了。這些年輕人不會方言，不單是語言斷代，還意味鹹水歌文化的斷代和消亡。相反，通過九沙、南灣西基、江瀝海、安來市、洪福市的鹹水歌失傳情況，也能反面了解水鄉話的瀕危現象。

黃埔區水上話的語言瀕危現象，基本上在廣州老四區（荔灣區、海珠區、東山區、越秀區）也曾發生，並且是很久的事，除了跟他們上了岸，轉了別的行業，不再打魚，鹹水歌傳承母體的漁村消失，變成高樓大廈，大環境變了，其行業語也因此而消失，不單是行業語消失，不單是詞彙消失，連整個水上話音系也開始出現系統上的變化、弱化。再者，水上話是粵海片，韻母系統跟廣州話系統很接近，改變水上話是容易的，所以珠三角的水上話消亡已出現在老年人身上，他們已經不會說了。廣州話荔灣區漁民新村的水上人在筆者追訪前十多年前集體遷到陽光花園，筆者是於二〇〇二年七月曾經追訪到廣州白雲區陽光花園（政府把數棟樓宇劃作為漁民村）裡去找他們，筆者採訪了六、七個七十歲以上的老人，他們說的全是地道廣州話。聽他們說，他們這樣子說話已很久了。在廣州老四區的荔灣區找不到會唱或嘆鹹水歌的傳承者，也跟當地已失去會聽鹹水歌的傳承者有關。所以說，水鄉話是文化的源泉和標誌性載體，沒有了水鄉話就沒有鹹水歌了。九沙的鹹水歌傳承者陳富已歸道山，整個黃埔區的「嘆類」和「唱類」的鹹水歌已正式宣告失傳了，那裡不單消失了會嘆的承傳者，也消失會聽鹹水歌的傳承者。再者，陳富只是在接受採訪時方出來唱幾句，與中山市不同。中山市有大量業餘歌手，如年輕一輩的有周炎敏和范苑群，而周炎敏曾經在中央電視臺演唱，她是中山市民間非遺傳承人，是鹹水歌傳承發展中心的副主任，工作重點之一是推動中山的鹹水歌，足見中山市政府對鹹水歌的重視程度，而吳志輝則是國家非遺的傳承人。黃埔鹹水歌的消亡，跟當地文化部不重視推動有關係。

在珠三角，水上族群在過去住艇的時候，長輩是最有發言權，到了今天，有發言權的卻是那些頻繁進出市區、工廠、商店打工的年輕人，他們見過世面，家庭裡的發言權的人物便改變了。不單如此，過去的男女青年，在打魚或勞動之餘，常常以鹹水歌傳情，長輩們也經常向年輕人傳授流傳下來的鹹水歌、嘆歌。現在，年輕人在岸上打工，已沒有閒暇去學習這些傳統的東西。他們在節日或空閒時雖然也唱歌，但再也不是唱著濃厚漁文化氣息的鹹水歌、高堂歌、姑妹、大罾歌、擔傘調等漁歌，卻是唱著他們仰慕的陸上人所唱流行歌曲，年輕人認為這方是先進的生活，這方是流行的享受，這方是文化。[7]中山市能夠承傳這麼好，其中最重要因素是當地鹹水歌歌手梁容勝能唱到中南海懷仁堂的盛大文藝會，毛澤東、劉少奇、朱德、鄧小平等黨和國家領導人都觀看了文藝表演，還接見了全體演員並拍照留念。梁容勝是第一個登上國家級文藝舞臺演唱鹹水歌的歌手，是唯一有幸受到毛主席等中央首長接見並拍照留念的中山鹹水歌歌手。[8]所以中山市政府多年來也著力推動鹹水歌比賽，不單市政府如此，鎮政府也常推動大大小小的鹹水歌比賽。黃埔區卻缺乏這些，所以「唱類」的鹹水歌一早失傳，連「嘆類」的鹹水歌也失去即興而嘆的能力，只保留著看歌本而嘆。可惜，鹹水歌傳承者陳富於二〇一七年已歸道山，黃埔的鹹水歌便正式告終了。

7　馮國強：《珠三角水上族群的語言承傳和文化變遷》（臺北市：萬卷樓圖書公司，2015年12月），頁303。

8　張錦昌：《中山鹹水歌》（廣州市：廣東旅遊出版社，2015年1月），頁144。

三　婚俗的變遷

在過去，水上族群的婚姻不是通過談戀愛而結婚的，全部都是通過父母之命，媒妁之言。

在合婚期間，女方便托媒人把婚書拿到對方男家去，或是男家托媒人把婚書拿往女家去求婚。在合婚的三天內，無論女子或男子家裡若是沒有打破碗碟之類的東西，便算成婚，這段日子稱為「歐角」。

過大禮的禮物都是在結婚前一天送到女家。過大禮時要大鑼大鼓奏演喜樂，回禮時，女家僅將男家所送來的禮物各回部分，但現金一般則是不會回禮的。

漁家為了孩子能長大，一般會把小孩契上一個神，如契觀音、契樹神、契佛祖等，到他們長大要成親前，必定要進行脫契（也稱脫殼）儀式。他們會請一些道士來為一對新人作福脫殼，在船頭燒金銀衣紙等。脫殼是在結婚前一天進行，儀式過後兩位新人要穿新衣裳。這個晚上，男家還會為新人改大名，而女家不會為新人改大名，跟過去陸上人有區別。

漁家女子在出嫁前一、兩晚要進行嘆，嘆是鹹水歌的一種。這時母親、大嫂和姐妹等，會在晚上和新娘子對嘆。嘆的時候，大家你唱一首，我唱一句的對答起來，一個晚上就這樣地過了。有些人還要哭起上來，表示難捨棄父母、兄嫂及姐妹，這叫做哭嫁。所以對嘆又稱哭嫁歌。

在過去，迎娶時，水上人大多數的婚禮都是於凌晨三時至五時的吉時舉行，這樣是為了避免日間會遇上喪事、黑狗等不吉祥之事或物。新郎迎親時為了要成雙成對，便會用兩艘迎親船（禮艇）來迎接新娘，又或者用一艘迎親船去，回程時依然都是這艘迎親船，只不過是人數方面就是單數人去，雙數人返，求取成雙成對之意。在過去的香港、澳門、中山、陽江還是在凌晨迎親。現在只餘下陽江還有點保留。新娘子出門前必定要向娘家的住家艇添香、拜神、燒元寶、金銀衣紙。

漁家新娘子出嫁當晚離門便涉及回腳步。新娘子出嫁是在凌晨舉行，這次新郎不前來迎接的，只是派大妗姐來，除了接新娘過門，也會將新娘的嫁妝一併接過去。新娘是從陸上出門，但離門不遠，她便要再回腳到娘家（水棚或娘家艇），是為「回腳步」。回腳步不久，新娘子便要離開娘家，這次離家，不能回頭看娘家一眼。這次離別，是由大妗姐背著新娘子出門到埠頭。女方在雙方約定的埠頭等待，這時男方的迎親船已到來，雙方須先行對唱鹹水歌，嫁妝也一一搬上男家船上，每搬一件上船，女家的人則即興唱該物的鹹水歌。歌後新娘會由媒人安排落船到男家。這不是正式的迎娶過門，而是把新娘接過來守夜。跨過男家船前的火盆，新娘子進入了男家家船，便要在男家上香拜神，跟著長輩叩跪奉茶，然後新郎會掀起新娘子的紅頭巾，還要用扇子輕敲她的頭三下，目的是要讓新娘子日後「聽教聽話」、三從四德，做一個賢淑的妻子。完了儀式，在天亮之前要把新娘送回女家。然後在當天早上吉時，男方才正式去迎娶新娘入門。夜嫁是水上族群的一個特色，保留古代的遺風。

一九四九年後，黃埔一帶漁村的婚嫁已跟陸上人一樣用車隊迎娶，過去的習俗已全部丟棄，連不落家的婚俗也不存在。[9]至於過去在珠江邊架起歌堂棚大宴親朋吃喜酒（分成正餐和閒餐），現在則改在酒樓舉行，也沒有正餐和閒餐之分。

9　廣州市黃埔區文學藝術界聯合會、廣州市黃埔區民間文藝協會編：《俗話黃埔》（香港：國際炎黃文化出版社，2003年4月），頁188-190。

四　水上話行語的消亡

黃埔區漁村也有漁家行話和生活用語，可以分成天文、地理、時令時間、漁季、方向位置、作業、船隻器具、風俗等。天文地理用語如「打石」、「天攝」、「天臭」、「七宿」、「水大」、「石排口」、「涌頭」、「涌尾」等；時令時間用語如「朝黃」、「晚黃」、「朝紅」、「東紅水」「大星起」等；漁季如「水」、「鱭白水」等；方向位置如「大邊」、「細邊」、「神口位」、「漁門」、「上」、「開」、「落」、「埋」、「大櫓邊」、「細櫓面」、「漁門」等；作業如「下魚」、「他魚」、「撈箕」、「上排」、「罟」、「刺網」、「定置網」、「罟網」等；船隻器具如「頭倉」、「大倉」、「龍骨」等；風俗如「起大名」、「花燭婆」、「花燭公」、「歌堂棚」、「回腳步」、「酒艇」、「正餐」、「閒餐」、「上大字」、「上契」、「脫殼」、「脫契」等。

一九四九年後，黃埔漁村的子弟能夠上岸讀書，接受教育，他們便接觸了許多非漁民生活用語，這些新用語便進入他們的語言裡，以新的取替舊的，豐富了他們的語言。如起初接觸時，他們還會新舊詞彙兼備，最後徹底只用上借詞，放棄本族群的行業語，以科學說法代替舊的落後的表達，如過去他們過去稱「東、南、西、北」，分別是說「上、開、落、埋」，現在這種說法基本以「東、南、西、北」取代，這是語言接觸後的改變，也是心理上的因素而出現的改變。「上、開、落、埋」方向的表達方法，現在只留在部分老人的深層記憶裡，有些更是遺忘了。方向詞以外的其他的行業語也是這樣子進入消亡。

第二節　漁農諺的消逝

民俗學和文化人類學對民俗、民間傳承或文化遺產的傳承方式，分成「口承」和「書承」，漁諺、農諺是口承，鹹水歌也是口承。後因學者對這些非遺進行研究和記錄，方出現了書承，如《南海漁諺拾零》[10]、《中山鹹水歌》[11]、《坦洲鹹水歌集》[12]等。

《南海漁諺拾零》所記錄的是以木帆船年代的漁諺為主，當進入了機帆漁船，國家也有專業團體提供最新捕撈技巧，機動船全部安裝了遙感器、魚群探測器、淺海聲傳播器、深海聲傳播器、聲學魚探儀、定位儀、漁用雷達九、衛星導航儀、遠程兩話機等，漁民不用再記著漁諺來捕撈，也不用老漁諺的老方法去看海水，更不用看星空來決定如何捕撈。[13]而黃埔區只有九沙方有漁民往珠海流域一帶捕魚，而長洲鎮江瀝海、安來市、洪福市等漁村，只有一些在珠江內河打魚的小漁艇。現在九沙的小漁船基本上不再出海打漁，所以這些珠江口漁諺也會很快便消失。而陳金成曾經長時間用漁船在珠江河道上吸附廢金屬賺點生活費。

---

10 張憲昌、梁玉磷、馬振坤編：《南海漁諺拾零》（北京市：海洋出版社，1988年4月）。

11 陳錦昌：《中山鹹水歌》（廣州市：廣東旅遊出版社，2015年1月）。

12 傅寶榮主編：《坦洲鹹水歌集》（中山市：中山市坦洲鎮宣傳文化中心，2009年9月）。

13 「一看羅經二看鐘，三看泥沙水混清」（這一條漁諺除了見於汕頭地區，也見於陽江閘坡。羅經是漁船上最主要的航海儀器。船舶在茫茫大海上航行，海員就要端靠磁羅經（磁羅經又稱磁羅盤，是一種測定方向基準的儀器，用於確定航向和觀測物標方位）和鐘錶來辨識方向和看時間。時至今日，即使最先進的電子航儀也無法取代磁羅經。此諺語是說捕撈前要分析水深，底質的特點，以確定船位，然後方結合當時的風向和流水情況，找尋最適宜作業的漁場位置）。「白天看日頭，夜間看星斗；陰天無得睇，關鍵睇流水」（指落網打魚，白天時便要看日頭，夜間時便看星宿，在陰天時看不見太陽或星斗，漁民便要在落網前觀察流水的水流的方向、流速）。

農諺是口頭一代傳授給後一代，為了便於傳授，易於記憶，樂於接受，農民便創造和使用了簡練的、形象生動的和有韻律的言語，就產生了大量的農諺。它珍藏著無數代的勞動經驗，口耳相承，世代相傳，成為廣大農民從事耕種飼養的南針，觀天察地的依據。農耕文化的本質，就是遵循季節的變化來從事生產活動、獲得生產資源的，比如春種秋收。因此能夠預測氣候冷暖變化，就能夠保證最好地利用時間的變化。但隨著黃埔經濟的高速發展和城市化進程加快，於八十年代末，農田開始大量被徵收改作工廠、發電廠（南崗鎮廟頭村）或別的工業用途，農地大量減少。如南崗鎮南基村，一九八三年有耕地七千五百畝，至二〇〇一年末只有耕地五百五十畝；涉步村，一九八三年，有耕地六六五二畝，至二〇〇一年耕地面積只有二六九點九四畝（耕地大量減少的原因是廣州經濟技術開發區及國家經濟發展需要徵用土地所致）；滄聯村，一九八三年有耕地面積六一二八畝，至二〇〇一年耕地減至四五八畝。[14]經過多年，這些地方已完全發展成為市區，耕地保留不多。農村變成市區，大量農民走出市區打工，餘下還在農地上耕作的，也因現代化農業技術的發展，農諺的指導功能逐漸減弱。所以跟當地老農調查時，他們口頭流傳的農諺大部分忘記，這一點可從鎮志、村志反映出這個事實。如《長洲鎮志》有農諺十二條、[15]《夏園村志》收錄了十九條農諺，[16]至於《文沖村志》和《大沙鎮志》[17]的農諺只是比較多一點。黃埔區政府要配合廣州市政府的

14 廣州市黃埔區南崗鎮地方志編纂委員會編：《南崗鎮志》（北京市：中華書局，2006年），頁79、105、144。

15 長洲鎮地方志辦公室編：《長洲鎮志》（廣州市：廣東省地圖出版社，1998年9月），頁181-182。

16 廣州市黃埔區夏園村委會編纂；徐永才主編：《夏園村志》（廣州市：黃埔區夏園村委會編纂，2002年），頁91。

17 廣州市黃埔區文沖街文沖社區居民委員會編：《文沖村志》（北京市：方志出版社，

開發，因此，黃埔的農諺只有部分還流存在這一班老農腦海中，伴隨會說這些農諺的老一輩一個個離去，黃埔的農諺便會一一消失。廣東省土壤普查鑒定委員會於一九六二年編《廣東農諺集》，前言稱一九六〇年廣東省土壤普查鑒定補課過程中從各地收集到三千六百多條農諺，並稱因時間不足，在汕頭專區收集不多。[18]今天，筆者在黃埔各鎮採訪，共採集得三十五條農諺，足見黃埔在城化和農業化後，昔日具指導作用的農諺便一一進入消亡。再者，這些農諺基本上沒有像中山市方志辦公室要求各鎮鎮志必須寫出各條農諺的背後意思，保留在志書裡。從鹹水歌或農諺來看，中山市的方志辦領導比黃埔區方志辦還要高明。這裡足見黃埔區的飛速發展，以致把昔日燦爛的漁稻文化完全破壞。筆者這次對老農進行深挖，再不進行搶救性調查，這三十五條農諺就要失傳了。大家都相信一事，就是只要有農地在，有農民在，農諺就一定可以以它本土、本色、本真的面目永久地生存和發展下去。現在傳承母體的黃埔社區已失去農地，也失去承傳者的農民，農諺又怎能獨自存在，怎能發揮指導作用？劉冬雲主編《廣福鄉粹》編後記也提及上海市廣福村出現鄉音與習俗農諺等傳統文化日漸式微，[19]所以方音與農諺的日漸式微是全國問題，不只是黃埔區的問題。

2017年10月），頁214-216。廣州市黃埔區大沙鎮地方志編纂委員會編：《大沙鎮志》（北京市：中華書局，2008年6月），頁449-451。

18 廣東省土壤普查鑒定委員會編：《廣東農諺集》（缺出版社資料，1962年），前言。

19 劉冬雲主編：《廣福鄉粹》（上海市：文匯出版社，2018年12月），頁480。

第五章
從鄉郊轉型到城市化下黃埔方言的衰變和瀕危現象

第一節　威望語言的滲透

從眾心理會嚴重影響黃埔話（大沙片、南崗片、長洲片）、黃埔水上話（西基、九沙、江瀝海、安來市、洪福市）不久會消亡，事實也跟威望語言干擾[1]有關，因為從眾，就是依從著威望語言，在廣州，威望語言正是本地人的方言，即是廣州話（特指老四區的荔灣區、東山區、海珠區、越秀區的廣州話，而其他區則還有很多當地處於「衰變」的方音）。

從語言接觸來看，影響黃埔話、黃埔水上族群的周邊語言中，以廣州話影響力最大，這實實在在是威望語言的干擾，特別是由於黃埔水上族群處於本地族群粵文化重重包圍之中，因此，廣州話在地緣上占了很大優勢。上文已歸納出黃埔這兩個族群方言是屬於粵海片粵語，廣州話也是粵海片，這兩個族群方言與廣州話同屬於同一語系內的語言，具有發生學上的親屬關係，在聲、韻、調等方面與本地話極為接近。作為強勢語言的廣州話，在語音、辭彙、語法等方面對水上

1　威望語言就是具有聲望的語言。參看：祝畹瑾：《社會語言學概論》（長沙市：湖南教育出版社，1992年8月第一版），頁194-195。Hudson R. A. (1980) *Sociolinguistics*. Cambridge: Camgridge University Press. p. 32. Peter Trudgill (1983) (Revisededition) *Sociolinguistics: An Introduction to Language and Society*. Middlesex, England: Penguin Books. pp. 19-20.

話的影響是主要的，這決定了這兩個族群方言不利發展。

長期以來，廣州話在其優勢經濟的支持下，不斷地向周邊傳播，黃埔成為受傳播之一地區，改變了黃埔區方言在族群的主導地位，特別是在城化和工業化後，黃埔居民和其子弟都往工廠、商店工作，受廣州話影響是特別大的。

至於黃埔區的漁村全是小方言島的分布，人口不及本地人之大量，在長時期的接觸下，廣州話對黃埔水上話使用也不斷發生影響，而廣州話在這些地區的語言活力也不斷上升趨勢，廣州話已經侵入到水上族群內部，廣州話憑藉其強大的交際功能和大量人口，獲得了水上族群越來越高的使用頻率，造成水上族群使用功能衰退，走向瀕危。

第二節　生活的傾慕

廣州是一個大都會，老四區的廣州話有強勢和優勢的地位。由於黃埔這兩個族群是處於弱勢的族群，特別是水上族群總會在心理上覺得自己的族群文化落後，產生強烈自卑心，因此有強烈意識去學習先進的廣州話和廣州文化，放棄本族群的語言和文化，甚至把這種觀念反映到家裡，一樣要求家人摒棄自己族群的語言和文化，黃埔水上話已進入世代相傳的交際和思維工具永遠喪失，意味著當地獨具特色的地域文化的那種載體和重要組成部分將要永遠喪失，從而讓自己固有語言陷於消亡。

黃埔水上族群與陸上人早就有了密切的接觸，在漫長歲月接觸過程中，逐漸形成崇尚陸上的先進文化。這些先進的文化，與水上族群傳統文化相比，自然發達得多，便促成他們要跟著先進文化學習，這是極其自然的事。不過，這樣子卻對族群語言（方言）和傳統文化的生存，帶來極大的影響，而這種影響正隨著水上族群地區現代化步伐的加快，其影響便日漸明顯。

漁家不單生活、思想受到改變，族群方言和傳統文化無疑是受到很大的衝擊。過去，人們吃過晚飯便圍坐漁艇，以其母語談說往事，而現在卻是住在岸上，人們圍坐在電視機旁，觀看用標準的廣州話播送的新聞節目、文娛節目或者看中央電視臺。

隨著廣州老城的發展和黃埔區城化和工業化，面對洶湧而來的現代都市主流文化，水上族群實在已作出了選擇，就是放棄其自身族群語言（方言）和漁文化，目的是要丟棄象徵落後的漁文化和水上人的烙印的身分。

第三節　語言觀念的淡薄

黃埔和珠三角的水上族群，包括香港，很少人主張應該把水上族群方言世代傳下去。珠三角的水上族群，對母語持著淡薄的態度，他們認為水上方言出不了漁村，只能在家裡使用；有的認為土音太重，讓人家作笑話。

歷史上，水上族群長期遭到陸上人欺壓、歧視、偏見，其族群方言當然也受到歧視，因此他們也覺得其族群方言會讓自己低於陸上人，不單自己不說，最後，他們就連家人也不許說。語言歧視結果，不單是外部帶來壓力，最後也把這壓力帶進家裡去，帶到族群去，變成了從外部發展到了內部，最後，族群長輩也在日久接觸下，也不再排斥後輩學習廣州話和本地文化，不單如此，甚至認為其族群方言和唱鹹水歌、四行或五行的命名、棚屋、漁諺等的漁文化也沒有值得依戀之處。這是一個可悲的現象，教人唏噓不已！

導致黃埔水上族群認為母語不值保留，不值得依戀和淡薄對待，主要是與他們覺得族群方言太容易讓外人誤解其意有關。珠三角的水上話，洗腳（ʃɐi^{35} kœk^{3}），以舺語來說，變成了洗角（ʃɐi^{35} kɔk^{3}）；開窗（hɔi^{55} tʃ^{h}œŋ^{55}），水上話說成開倉（hɔi^{55} tʃ^{h}ɔŋ^{55}）；上場（ʃœŋ^{35} tʃ^{h}œŋ^{21}），水上話說成爽床（ʃɔŋ^{55} tʃ^{h}ɔŋ^{21}），這成了作為陸上人的笑柄。在不平等的族群壓迫和語言歧視現象下，強勢語言的廣州話、普通話便將弱勢語言的水上話排擠，也是弱勢語言的使用者情不自禁放棄母語的使用。水上族群認為廣州是強勢文化，絕對影響了弱勢文化群體中對母語的取捨態度。弱勢文化群體的人基於從眾心理下往往會放棄本族群的母語，轉而使用強勢的老廣州（老四區）的語言，從眾心理，是語言觀念淡薄的原因。

語言觀念淡薄屬於族群心理和語言態度問題。這是水上族群弱勢方言土語走向衰落原因。因為水上族群的人希望通過說本地人的廣州話讓自己的身分不會暴露，這種心理問題也會影響語言態度選擇至關重要。

文藝、族群語言媒體活力方面。以廣東中山市為例，各鎮政府會主辦鹹水歌比賽，甚至鹹水歌可以到央視廣播。雖然如此，鹹水歌在中山市也不是主流，只是保育項目而已。香港，連唱鹹水歌比賽的機會也沒有，何況跑到電臺、電視臺去唱。至於曲藝，廣東粵劇成分裡有鹹水歌，但歌唱時，不是用水上話來唱，只是採用其曲調而已。簡單而言，香港的戲劇、電影、電視劇、廣播劇，水上話完全沒有發展空間。因此，水上話的媒體活力完全是零的。在廣州，舉凡電臺、電視臺，普遍使用的語言是普通話，廣州話次之，沒有照顧到黃埔這兩個族群的方言。

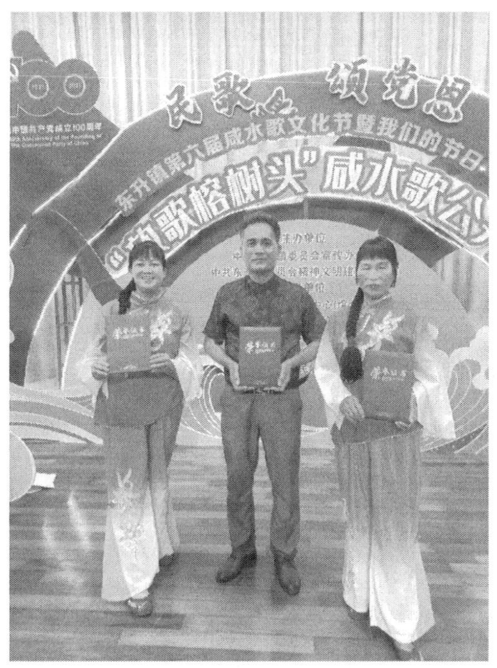

廣東省中山市東升鎮二〇二一年六月四日鹹水歌比賽

第四節　薄弱的活力

黃行《中國少數民族語言活力研究》把語言活力分成行政、立法、司法、教育、出版、媒體、文藝、宗教、經濟、信息來探討，[2]黃埔話、黃埔的水上話參與活力是零的。在這裡，就以經濟、文藝族群語言媒體活力兩個方面來談談。

經濟活力方面。口頭方面，在珠三角，舉凡企業所做的口頭報告、政府和企業之間經濟活動的口頭交往；書面方面，舉凡企業所做的書面廣告、企業內外的信函或通告等，一切都是以普通話和以普通話作書面語的，不是廣州話，更不是黃埔這兩個族群的語言（方言）。

文藝、族群語言媒體活力方面。以廣東中山市為例，各鎮政府會主辦鹹水歌比賽，甚至鹹水歌可以到央視廣播。雖然如此，鹹水歌在中山市也不是主流，只是保育項目而已。香港，連唱鹹水歌比賽的機會也沒有，何況跑到電臺、電視臺去唱。至於曲藝，廣東粵劇成分裡有鹹水歌，但歌唱時，不是用水上話來唱，只是採用其曲調而已。簡單而言，香港的戲劇、電影、電視劇、廣播劇，水上話完全沒有發展空間。因此，水上話的媒體活力完全是零的。在廣州，舉凡電臺、電視臺，普遍使用的語言是普通話，廣州話次之，沒有照顧到黃埔這兩個族群的方言。

第五節　教育語言的嚴重衝擊

在教育方面。在一九四九年，廣州話是最具有活力的語言，不是黃埔話和黃埔水上方言可比，結果黃埔當地族群和黃埔水上族群只能

2　黃行：《中國少數民族語言活力研究》（北京市：中央民族大學出版社，2000年1月），頁10-12。

認同了老廣州文化，進一步轉用廣州話，這是促使黃埔話變成「衰變」方言，黃埔水上話變成「瀕危」方言的直接原因。[3]這兩個族群的廣州話的習得途徑，一種方式是他們經常通過與老四區本地人接觸過程中自然地習得本地話，主要通過日常生活買賣活動而習得；另一種方式就是通過學校教育習得回來。因此，這兩個族群很早就完全接受了老廣州的粵文化，粵文化滲透黃埔這兩個族群的方方面面，包括了風俗、言語等方面。另一方面，黃埔這兩個族群的方言除了是完全沒有教育參與力，所以陷入衰變或瀕危。一九四九年後，廣州話也開始慢慢沒有教育參與力，這兩種族群方言更失去了教育參與活力，至於參與教材方面，就不用說了。

第六節　家庭內部方言的使用情況

黃埔這兩個族群的方言，基本上處於強勢方言包圍之中，再加上普通話教育，導致幼兒、兒童懂得說這兩個族群方言甚少，家中長輩只能跟他們用普通話來交流；至於中年，主要是說標準廣州話和普通話，部分人或者有帶上點點方音而已；至於七、八十歲的老人，大部分還能操當地族群方言，但從調查中，筆者在每個鎮調查時，當地書記會安排五、六個合作人協助筆者。在取得他們個人詳細個人資料（包括教育語言、工作等）時，便發現部分老人已操著頗標準的廣州話，不只是中年人方會如此。這明顯是受到優勢方言的滲透，衝擊弱勢方言，弱勢方言向著優勢方言靠攏。這兩個族群弱勢方言萎縮自身的用途和地盤，逐漸被優勢方言所蠶食。

3　戴慶廈、張景霓：〈瀕危語言與衰變語言毛南語語言活力的類型分析〉第一期，《中央民族大學學報》（哲學社會科學版）（北京市：中央民族大學學報編輯部，2006年），頁112。

跟當地老人閒聊時，發現他們對於兒孫在家裡操普通話的情況並不反對，因為他們認為操著這兩個族群方言走出本村便用不上，在升學、就業方面也不能給他們帶來利益，甚至有老人反對學習黃埔話或水上話，認為這是沒有作為的語言。筆者認為持這種看法的人很多，包括老四區的地道廣州人。筆者有數位來自廣州老四區的內地生，已數代居於廣州，他們基本操普通話，宣稱在家裡也是操普通話，所以在課上用廣州話進行討論甚為困難。嚴重的說，他們已喪失了說粵語的能力，這現象目前在廣州均屬普遍現象。小孩的母語已逐漸消失了，當然是有原因的。

第七節　語言規範程度低

黃埔陸上方言的南崗片、大沙片、長洲片，由於人口多，所以在廣州話、普通話影響下，開始出現「衰變」，但黃埔的水上族群的方言卻是出現「瀕危」，原因是水上方言有一個很特別之處是其語言規範程度很低，因而不同漁村、漁區，便有各自的語音系統。

筆者早年寫過《珠三角水上族群的語言承傳和文化變遷》，便列出三十五個漁村方言點口音。香港方面，調查了石排灣、沙頭角、吉澳、塔門、布袋澳、糧船灣、坑口水邊村、滘西、蒲台島、大澳，便有十個口音；廣州方面，調查了黃埔九沙、海珠河南尾、東山二沙河涌、天河獵德涌，便有四種口音；中山方面，調查了神灣定溪、南朗涌口門、火炬茂生村、民眾漁村、坦洲新合村，便有五種口音；佛山方面，調查了三水蘆苞、三水河口、順德陳村吉洲沙、禪城汾江鎮安，便有四個口音；珠海澳門方面，調查了香洲伶仃村、萬山村、桂海村、衛星村、澳門，便有五個口音；江門、肇慶方面，調查了江門市台山赤溪鎮涌口村、新會大鰲鎮東衛村，便有兩種口音；肇慶調查了端州城南廠排、鼎湖廣利，便有兩個口音。這裡足見其語言規範程度很低，特別是香港，香港面積不大，最能夠顯示水上族群的語言規範程度很低，這一點跟漁村分散在不同區域有密切關係。因此，黃埔區這五個方言島，水上口音便有五個，所以當地水上族群很容易放棄其族群方言，轉向廣州話和普通話，特別是普通話，這是對普通話、標準廣州話持一種開放心態，也是對本族群的語言感情的一種淡化，是水上族群導致其母語瀕危的一個內在心理因素。從有利角度來看，有利於國家政治、經濟、文化、教育等各項事業的整體發展。從不利角度來看，水上族群的方言一旦消亡，意味著一種獨特的語言文化資源和認知的喪失。

後記

關於黃埔區的方言、漁農諺、五行命名、鹹水歌等民俗能夠反覆調查，這裡要多謝南崗鎮、大沙鎮、長洲鎮書記和各鎮轄下各村書記給與大力支持，替筆者安排無數次的座談會，讓筆者可以獲得該各村落的方音、農諺、漁諺、五行命名、嫁娶和鹹水歌，筆者在此作深切的謝意。

這一本書的鹹水歌部分，獲得黃妙秋教授給與不少寶貴的意見，在此要作衷心致謝。黃教授是南寧師範大學音樂舞蹈學院院長，她是兩廣白話鹹水歌專家，她的碩士論文是寫《海韻飄謠——廣西北海鹹水歌研究》，她是按著民歌傳統的分法，是首位把廣西北海市鹹水歌分為「嘆」和「唱」兩大類，筆者十分認同如此劃分，也認為可以把廣東珠三角白話水上人的鹹水歌分成「嘆類」和「唱類」。她在北海市流行鹹水歌的外沙、濱海路街區、僑港鎮以及市區周圍的僑港、鹹田、地角、龍潭一帶進行采風，獲得了許多第一手資料。她也把音樂地理學和音樂歷史學結合起來研究，開闊了研究的視野。她的博士論文是《兩廣白話疍民音樂文化研究》（中央音樂學院音樂學系），黃教授當年便跑了廣西貴港、外沙、僑港鎮、南寧市、梧州市藤縣、欽州市；廣東中山市坦洲鎮、民眾鎮；江門市大鰲鎮；廣州市海珠區、番禺區欖核鎮；珠海市斗門；陽江市沙扒鎮、陽西縣溪頭鎮、閘坡鎮閘坡、陽東縣東平鎮；江門市恩平市；湛江市吳川、硇洲；茂明市這些地方采風，十分努力。其博士論文是研究兩廣水上人鹹水歌的異同和音樂形態的特徵。鹹水歌的音樂形態特徵是通過曲體結構、調式音列、旋法、節奏節拍、歌詞韻轍、詞曲穩態與變體、唱腔特點等方面進行了專業的探討。

李華準小姐是黃妙秋教授的學生、她是南寧師範大學二〇二〇級藝術碩士生，廣西玉林人，她替筆者製作鹹水歌《對花》、大罾歌《海底珍珠容易搵》、姑妹歌《蝦仔冇腸魚無臟》、高堂歌《割禾》、古腔高堂歌《我來到高堂失失慌》、擔傘調《髆頭擔傘》六首鹹水歌歌譜，這裡也跟她道謝。

廣州市黃埔區方言分布地圖，是得到舊生盧玉山同學幫筆者繪劃的，在此作一個道謝。《中山市沙田族群的方音承傳及其民族變遷》的中山市沙田話分布圖也是他幫筆者繪劃的，但筆者當年的後記卻忘記給玉山同學作深切謝意，在此補作一個交代。

二〇〇六年十二月三十日，筆者前往廣東省立中山圖書館特藏部，特藏部給了筆者很大的方便，讓筆者不用辦理證件便能夠在一個非常清靜的環境下仔細抄錄清人崔弼的《波羅外紀》卷二〈廟境〉，在此作衷心致謝！

最後要叩謝何廣棪大師兄。何師兄是前臺北華梵大學東方人文思想研究所所長、博導教授、前香港樹仁大學教授、前新亞研究所教務長，他認同筆者此書的學術價值，一再大力推薦給臺灣萬卷樓，讓本書得以順利出版。

《廣州黃埔區方音與漁農諺和鹹水歌口承民俗的變遷》是筆者第五本在萬卷樓出版的書，因為萬卷樓在製作過程中、無論是在校對、封面設計、內頁設計、內頁紙質色澤選擇等都提供最佳服務和質素。再者，萬卷樓是由一群高校、中研院學人搭建高水平的學術傳播服務平臺，弘揚學術研究，堅持文化引領，讓學者們有出版學術專著的機會，促進繁榮學術發展具有十分重要的意義，因而萬卷樓成為最具影響力的出版社之一。這裡要多謝梁錦興總經理一再大力支持，讓筆者這些冷門書籍能夠再次順利出版。在這商業化社會裡，冷門學術著作出版之難，是往往教人感慨萬分。萬卷樓明知此書不會給他們帶來經濟效益，卻以繁榮學術研究事業，加強學術交流之目的，支持出版。筆者在此特向萬卷樓致以最誠摯的謝意，並衷心祝願萬卷樓的事業蒸蒸日上。

最後，此書如有什麼錯誤和缺點，敬請海內外學者不吝指正，是所至盼！

馮國強

二〇二一年四月八日

參考文獻

外文書籍

Hudson R. A. (1980) ***Sociolinguistics***. Cambridge: Camgridge University Press.

Peter Trudgill (1983) (Revisededition) ***Sociolinguistics: An Introduction to Language and Society***. Middlesex, England: Penguin Books.

一　古籍

（唐）李吉甫：《元和郡縣志》，廣州市：廣雅書局據武英殿聚珍版書刊刻。

（唐）魏　徵等撰：《隋書》，臺北市：藝文印書館據清乾隆武英殿刊本景印，民國四十五年。

（北宋）樂　史：《太平寰宇記》，乾隆五十八年化龍池刊本。

（北宋）王存撰：《元豐九域志》，廣州市：廣雅書局據武英殿聚珍本重刊。

（南宋）楊萬里：《誠齋集》，臺北市：臺灣商務印書館據上海涵芬楼景印江陰繆氏藝風堂藏景宋寫本，1979年。

（南宋）王象之：《輿地紀勝》，臺北市：文海出版社，1962年初版，1971年10月第二版。

（南宋）周去非：《嶺外代答》，文淵閣四庫全書電子版，迪志文化出版社，2002年。

（元）陳大震編纂：《大德南海志殘本附輯佚》，廣州市：廣州市地方志編纂委員會辦公室編，1991年4月。

（明遺民）屈大均：《廣東新語》，北京市：北京愛如生數字化技術研究中心據〔清〕康熙庚辰三十九年〔1700〕水天閣刻本影印，2009年。

（清）吳榮光撰：《佛山忠義鄉志》，道光十年庚寅冬十月。

（清）李福泰修、史澄等纂：《番禺縣志》，臺北市：成文出版社據同治10年冬廣州月光齋堂刊刻本影印，民國五十六年十二月臺一版。

（清）崔　弼撰：《波羅外紀》，清嘉慶九年刻光緒八年博陵崔氏補刻本，廣東省立中山圖書館特藏部。

（清）張嗣衍主修、沈廷芳總纂：《廣州府志》，廣東省中山圖書館藏清乾隆二十四年（1759）刻本。

（清）陳炎宗總輯：《佛山忠義鄉志》，乾隆十七年壬申九月。

（清）馮奉初編纂：《順德縣志》，清咸豐民國合訂本。順德市地方志辦公室據香港順德聯誼總會標點和臺灣成文出版社中國方志叢書兩部舊志加標點改簡化字橫排，廣州：中山大學出版社，1993年。

（清）蔡廷蘭：《海南雜著》，臺北市：臺灣銀行經濟研究室，1959。

（民國）冼寶榦撰：《佛山忠義鄉志》，中華民國十二年。

（民國）梁鼎芬等修、丁仁長等纂：《番禺縣續志》，臺北市：成文出版社據民國二十年刊本影印，民國五十六年十二月臺一版。

二　專書

《科教興國叢書》編輯委員會編：《中國現代農業文集》，北京市：中國書籍出版社，1997年9月。

《氣象知識》編寫組編著：《氣象知識》，上海市：上海人民出版社，1974年12月。

《語海》編輯委員會編：《語海》，上海市：上海文藝出版社，2000年1月。

刁光全著：《蒙山話》，南寧市：廣西人民出版社，2016年12月。

中水遠洋漁業有限公司、上海水產大學編著：《中東大西洋底層魚類1》，上海市：上海人民美術出版社，2000年11月。

中國人民政治協商會議大安縣委員會文史辦公室編：《大安文史資料》，第3輯，缺出版社資料，1986年12月。

中國民族古文字研究會：《中國民族古文字研究》，北京市：中國社會科學出版社，1980年。

中國民間文學集成全國編輯委員會，中國民間文學集成湖北卷編輯委員會編：《中國諺語集成　湖北卷》，北京市：中央民族大學出版社，1994年2月。

中國民間文學集成全國編輯委員會、中國民間文學集成廣西卷編輯委員會編：《中國諺語集成　福建卷》，北京市：中國ISBN中心，2001年6月。

中國民間文學集成全國編輯委員會、中國民間文學集成廣西卷編輯委員會編：《中國諺語集成　廣西卷》，北京市：中國ISBN中心，2008年2月。

中國民間歌曲集成全國編輯委員會、中國民間歌曲集成廣東卷編輯委員會編：《中國民間歌曲集成　廣東卷》，北京市：中國ISBN中心，2005年7月。

中國農學會編：《新的農業科技革命戰略與對策》，北京市：中國農業科技出版社，1998年12月。

方志欽、蔣祖緣主編：《廣東通史　古代　上》，廣州市：廣東高等教育出版社，1996年4月。

王　鵬、陳積明、劉維編著：《海南主要水生生物》，北京市：海洋出版社，2014年6月。

四會縣政協：《四會文史》編輯組：《四會文史第3輯》，四會縣：四會縣政協文史組，1986年9月。

伍漢霖等編著：《中國有毒魚類和藥用魚類》，上海市：上海科學技術出版社，1978年4月。

朱振全編著：《氣象諺語精選天氣預報小常識》，北京市：金盾出版社，2012年9月。

江　冰、張瓊主編：《回望故鄉嶺南地域文化探究》，長沙市：湖南師範大學出版社，2017年1月。

江泰樂著：《綠野文集》，廣東省農牧資訊學會、廣東農業雜志編輯部，2009年。

吳天福編：《測天諺語集》，長沙市：湖南人民出版社，1979年。

吳　娟：《漁歌》，廣州市：華南理工大學出版社，2019年6月。

吳瑞榮著：《漁夫》，北京市：中國農業出版社，2003年6月。

呂錫祥編著：《主要農業害蟲的防治》，北京市：中國青年出版社，1965年3月。

李玉尚著：《海有豐歉　黃渤海的魚類與環境變遷（1368-1958）》，上海市：上海交通大學出版社，2011年3月。

李新魁等：《廣州方言研究》，廣州市：廣東人民出版社，1995年5月。

李學德著：《農事與民生農業文選》，廣州市：廣東農業雜誌社、廣東省農牧資訊學會，2008年5月。

周星主編：《民俗學的歷史、理論與方法上》，北京市：商務印書館，2006年3月。

林慧文著：《惠州方言俗語評析》，北京市：中國文聯出版社，2004年6月。

武平縣民間文學集成編委會編：《中國諺語集成　福建卷　武平縣分卷》，武平縣民間文學集成編委會，1993年1月。

竺可楨著；樊洪業主編；丁遼生等編纂：《竺可楨全集　第2卷》，上海市：上海科技教育出版社，2004年7月。

南沙區橫瀝鎮教育文化體育中心：《漁聲——橫瀝鹹水歌》，缺出版社資料，2011年12月。

施主佑著：《科技興漁》，廣州市：中山大學出版社，1995年2月。

科大衛、陸鴻基、吳倫霓霞合編：《香港碑銘彙編》，香港：香港博物館編製、香港市政局出版，1986年3月。

韋有暹編著：《民間看天經驗》，廣州市：廣東科技出版社，1984年10月。

香港漁民互助社編：《香港漁民互助社五十周年會慶特刊》，香港：香港漁民互助社，1997年。

夏　樺等著：《晴雨冷暖話豐歉》，北京市：科學普及出版社，1992年10月，頁195。

徐恭紹、鄭澄偉主編：《海產魚類養殖與增殖》，濟南市：山東科學技術出版社，1987年4月。

徐蕾如著：《廣東二十四節氣氣候》，廣州市：廣東科技出版社，1986年7月。

海洋開發試驗區、中國水產科學研究院南海水產研究所：《萬山海洋開發試驗區人工魚礁建設規劃（2001-2010年）》，廣東省珠海萬山海洋開發試驗區、中國水產科學研究院南海水產研究，2000年11月。

留　明編著：《怎樣觀測天氣（上）》，呼和浩特市：遠方出版社，2004年9月。

祝畹瑾：《社會語言學概論》，長沙市：湖南教育出版社，1992年8月第一版。

秦　偉編著：《魚類學》，蘇州市：蘇州大學出版社，2000年5月。

郝　瑞著：《解放海南島》，北京市：解放軍出版社，2007年1月。

國家科學技術委員會編：《氣候》，北京市：科學技術文獻出版社，1990年11月。

國家統計局編：《中國統計摘要（2014）》，北京市：中國統計出版社，2014年。

張前方著：《浙北歷史與文化・湖魚文化》，西安市：三秦出版社，2003年10月。

張壽祺：《蛋家人》，香港：中華書局，1991年11月。

張憲昌、梁玉磷、馬振坤編：《南海漁諺拾零》，北京市：海洋出版社，1988年4月。

梁偉光編：《客家古邑民俗》，廣州市：華南理工大學出版社，2010年10月。

許以平編著：《氣象諺語和氣象病》，上海市：上海科學普及出版社，2000年7月。

陳大剛編著：《黃渤海漁業生態學》，北京市：海洋出版社，1991年2月。

陳再超、劉繼興編：《南海經濟魚類》，廣州市：廣東科技出版社，1982年11月。

陳錦昌：《中山鹹水歌》，廣州市：廣東旅遊出版社，2015年1月。

麥劍輝：《文萃菁華——麥劍輝詩文選輯》，缺出版社資料，2006年6月。

傅寶榮主編：《坦洲鹹水歌集》，中山市：中山市坦洲鎮宣傳文化中心，2009年9月。

曾昭璇：《廣州歷史地理》，廣州市：廣東人民出版社，1991年5月。

曾昭璇：《嶺南史地與民俗》，廣州市：廣東人民出版社，1994年12月。

湖南師院、廣東師院、華中師院等生物系合編：《作物保護學試用教材（下）》，缺出版社資料，1977年2月。

馮國強：《珠三角水上族群的語言承傳和文化變遷》，臺北市：萬卷樓圖書公司，2015年12月。

馮國強、何惠玲：《中山市沙田族群的方音承傳及其民俗變遷》，臺北市：萬卷樓圖書公司，2018年8月。

馮國強：《兩廣海南海洋捕撈漁諺輯注與其語言特色和語彙變遷》，臺北市：萬卷樓圖書公司，2020年12月。

黃　行：《中國少數民族語言活力研究》，北京市：中央民族大學出版社，2000年1月。

黃妙秋：《海韻飄謠——廣西北海鹹水歌研究》，北京市：大眾文藝出版社，2004年5月，頁30。

黃劍雲主編；廣東省臺山縣志編輯部編：《臺山通略》，江門市：廣東省江門市地方志學會，1988年。

廈門水產學院、江仁主編：《氣象學》，北京市：農業出版社，1980年9月。

新會縣政協文史資料研究工作組編：《新會文史資料選輯　第29輯》，新會縣政協文史資料研究工作組，1988年5月。

楊亮才、董森主編：《諺海　第2卷　農諺　卷2》，蘭州市：甘肅少年兒童出版社，1991年3月。

葉春生著：《廣府民俗》，廣州市：廣東人民出版社，2000年6月。

詹伯慧、張日昇主編：《珠江三角洲方言字音對照》，廣州市：廣東人民出版社，1987年。

詹伯慧主編：：《廣東粵方言概要》，廣州市：暨南大學出版社，2002年7月。

農業出版社編輯部編：《中國農諺》，上冊，北京市：農業出版社，1980年5月。

熊春錦著：《中華傳統節氣修身文化　四時之冬》，北京市：中央編譯出版社，2017年1月。

熊第恕主編：《中國氣象諺語》，北京市：氣象出版社，1991年3月。

劉冬雲主編：《廣福鄉粹》，上海市：文匯出版社，2018年12月。

劉振鐸主編：《諺語詞典（上）》，長春市：北方婦女兒童出版社，2002年10月。

廣州市政協學習和文史資料委員會編；葉小帆主編：《廣州文史　第74輯》，廣州市：廣州出版社，2010年12月。

廣州市番禺區政協文史資料委員會編：《番禺文史資料　第十六期番禺旅遊資料專輯》，廣州市：廣州市番禺區政協文史資料委員會，2003月12月。

廣州市黃埔區文學藝術界聯合會、廣州市黃埔區民間文藝協會編：《俗話黃埔》，香港：國際炎黃文化出版社，2003年4月。

廣西桂平縣：《農村氣象》編寫組編：《農村氣象》，廣西桂平縣：《農村氣象》編寫組，1976年9月。

廣東省土壤普查鑑定委員會編：《廣東農諺集》，缺出版社資料，1962年。

廣東省水產廳技術站、漁汛站編印：《廣東省海洋漁業技術資料匯編第2輯》，廣東省水產廳技術站、漁汛站編印，1965年10月。

廣東省民族研究所、廣東省群眾文化藝術館編：《民族民間藝術研究第2集》，廣州市：廣東人民出版社，1986年5月。

廣東省民族研究所編：《廣東疍民社會調查》，廣州市：中山大學出版社，2001年。

廣東省地理學會科普組主編：《廣東農諺》，北京市：科學普及出版社；廣州分社，1983年2月。

廣東省農墾幹校農業植保學習班編：《農業植保講義》，廣東省農墾幹校農業植保學習班，1978年8月。

廣東海洋湖沼學會編：《廣東海洋湖沼學會年會論文選集1962》，廣東海洋湖沼學會，1963年12月。

鄧景耀、趙傳絪等著：《海洋漁業生物學》，北京市：農業出版社，1991年10月。

盧景禧著：《動物王國和它的居民》，廣州市：廣東科技出版社，1979年2月。

蕭　亭主編；廣東省地方史志編纂委員會編：《廣東省志風俗志》，廣州市：廣東人民出版社，2002年8月。

羅定市社會科學聯合會編：《羅定歷史藝文選》，北京市：華夏文藝出版社，2019年3月。

蘇　易編著：《雪災防範與自救》，石家莊市：河北科學技術出版社，2013年5月。

蘇　龍編著：《捕魷魚》，福州市：福建科學技術出版社，1989年7月。

鐘敬文：《民俗學概論》，上海市：上海文藝出版社，1998年12月。

饒玖才：《十九及二十世紀的香港漁農業傳承與轉變下冊農業》，香港：天地圖書公司，2015年4月。

鶴山縣民間文學「三套集成」編委會編：《中國民間文學「三套集成」廣東卷鶴山縣資料本》，鶴山縣民間文學「三套集成」編委會，1989年3月。

三　新地方志

《小欖鎮東區社區志》編纂組編：《小欖鎮東區社區志（1152-2009）》，廣州市：廣東人民出版社，2012年5月。

《東莞市厚街鎮志》編纂委員會編：《東莞市厚街鎮志》，廣州市：廣東人民出版社，2015年1月。

《東莞市鳳崗鎮志》編纂委員會編：《東莞市鳳崗鎮志》，廣州市：中山大學出版社，2009年12月。

《茅崗村志》編委會編：《茅崗村志》，廣州市：茅崗村志委員會，2008年1月。

中山市五桂山石鼓村志編纂委員會編：《中山市五桂山石鼓村志》，廣州市：廣東人民出版社；廣東省出版集團，2014年6月。

中山市沙溪鎮人民政府編：《沙溪鎮志》，廣州市：花城出版社，1999年6月。

中山市坦洲鎮志編纂委員會編：《中山市坦洲鎮志》，廣州市：廣東人民出版社，2014年12月。

中山市阜沙鎮志編纂委員會編：《中山市阜沙鎮志》，廣州市：廣東人民出版社，2018年5月。

中山市南朗鎮志編纂委員會編：《中山市南朗鎮志》，廣州市：廣東人民出版社，2015年10月。

中國科學院動物研究所等主編：《南海魚類志》，北京市：科學出版社，1962年12月。

仁化縣地方志編纂委員會編：《仁化縣志》，北京市：方志出版社，2014年4月。

佛山市南海區九江鎮地方志編纂委員會編：《南海市九江鎮志》，廣州市：廣東經濟出版社，2009年9月。

東莞市中堂鎮潢涌村志編纂委員會編：《東莞市中堂鎮潢涌村志》，廣州市：嶺南美術出版社，2010年1月。

長洲鎮地方志辦公室編：《長洲鎮志》，廣州市：廣東省地圖出版社，1998年9月。

恩平縣地方志編纂委員會編：《恩平縣志》，北京市：方志出版社，2004年6月。

浙江省水產志編纂委員會編：《浙江省水產志》，北京市：中華書局，1999年。

海豐縣地方志編纂委員會：《海豐縣志（上）》，廣州市：廣東人民出版社，2005年8月。

梧州市地方志編纂委員會編：《梧州市志　文化卷》，南寧市：廣西人民出版社，2000年8月。

清新縣地方志編纂委員會編：《清新縣志（1988-2005）》，廣州市：廣東人民出版社，2012年2月。

陽春市地方志編纂委員會編：《陽春市志（1979-2000）》，廣州市：廣東人民出版社，2013年12月。

順德市地方志編纂委員會編；招汝基主編：《順德縣志》，北京市：中華書局，1996年12月。

順德區龍江鎮坦西社區居民委員會編：《坦西村志》，缺出版資料。

新會縣地方志編纂委員會：《新會縣志》，廣州市：廣東人民出版社，1995年10月。

韶關市地方志編纂委員會編：《韶關市志（下）》，北京市：中華書局，2001年7月。

鳳鳴街道志編委會：《鳳鳴街道志》，北京市：方志出版社，2017年12月。

《廣東省中山市地名志》編纂委員會編：《廣東省中山市地名志》，廣州市：廣東科技出版社，1989年10月。

《廣東省珠海市地名志》編纂委員會編：《廣東省珠海市地名志》，廣州市：廣東科技出版社，1989年1月。

廣州市白雲區人和鎮政府編：《廣州市白雲區人和鎮志》，廣州市：白雲區人和鎮政府，1997年。

廣州市白雲區蘿崗鎮人民政府修編：《廣州市白雲區蘿崗鎮志》，廣州市：廣州市白雲區地方志辦公室，2001年。

廣州市地方志編纂委員會編：《廣州市志　卷8》，廣州市：廣州出版社，1996年1月。

廣州市越秀區礦泉街瑤臺村王聖堂經濟合作社編：《王聖堂村志》，廣州市：廣州出版社，2018年12月。

廣州市黃埔區：《九沙村志》編纂組編：《九沙村志》，未刊稿。

廣州市黃埔區：《下沙村志》編纂組編：《下沙村志》，未刊稿。

廣州市黃埔區：《橫沙村志》編纂組編：《橫沙村志》，未刊稿。

廣州市黃埔區：《雙沙村志》編纂組編：《雙沙村志》，未刊稿。

廣州市黃埔區大沙鎮地方志編纂委員會編：《大沙鎮志》，北京市：中華書局，2008年6月。

廣州市黃埔區文沖街文沖社區居民委員會編：《文沖村志》，北京市：方志出版社，2017年10月。

廣州市黃埔區地方志編纂委員會編：《廣州市黃埔區志》，廣州市：廣東人民出版社出版發行，1999年9月。

廣州市黃埔區南崗街南崗社區：《南崗村志》編纂委員會編：《南崗村志》，缺出版社資料，2015年。

廣州市黃埔區南崗鎮地方志編纂委員會編：《南崗鎮志》，北京市：中華書局，2006年9月。

廣州市黃埔區夏園村委會編纂；徐永才主編：《夏園村志》，廣州市：黃埔區夏園村委會編纂，2002年。

廣州市黃埔區穗東街廟頭社區村志編纂委員會編：《廟頭村志》，廣州市黃埔區穗東街廟頭社區村志編纂委員會，2015年11月。

廣東省地方史志編纂委員會編：《廣東省志・地名志》，廣州市：廣東人民出版社，1997年。

鄧汝強主編：《鴉崗風物志》，廣州市：廣東經濟出版社，2013年8月。

賴為傑主編；：《沙井鎮志》編纂委員會編：《沙井鎮志》，長春市：吉林攝影出版社，2002年6月。

簡陽縣禾豐區公所編：《簡陽縣禾豐區區志》，簡陽市：簡陽縣禾豐區公所，1985年5月。

四　中文期刊

馮建章：〈蜑家鹹水歌稱謂與曲調類型辨析〉，《中國音樂學》第二期，2019年4月。

何錫安：〈農業氣節與三水農諺〉，《三水文史》第三至四期，1982年。

黃家教：〈廣州市東郊鄉音特點〉，《中山大學學報》社會科學版（第二期），廣州市：中山大學出版社，1991年。

黃國信：〈明清廣東「鎮」之考釋〉，《中山大學史學集刊》第三輯，廣州市：廣東人民出版社，1995年。

鄒德和、楊琴、戴小景、高永紅、李平：〈氣象日曆的創意設計與製作——以固原市氣象日曆為例〉，《江西農業學報》第二十四卷第九期，南昌市：江西省農業科學院，2012年。

劉愛華：〈城鎮化語境下的「鄉愁」安放與民俗文化保護〉，《民俗研究》第六期，濟南市：《民俗研究》編輯部，2016年11月15日。

戴慶廈、張景霓：〈瀕危語言與衰變語言　毛南語語言活力的類型分析〉第一期：《中央民族大學學報》(哲學社會科學版)，北京市：中央民族大學學報編輯部，2006年。

謝雲勝：〈祁門縣油茶林分類型經營技術探討〉，《安徽林業科技》第一期，合肥市：安徽林業科技編委會，2018年。

五　報告

何格恩：〈番禺縣第三區南蒲村調查報告〉，《蜑民調查報告》，香港：東亞研究所廣東事務，1944年。

徐　川：《石排灣的漁業》，2001年5月，未刊報告。

陳贊康、何錦培、陳曉彬：《香港四行人命名文化》，2002年5月，未刊報告。

六　學位論文

梁靜文：〈試析中山鹹水歌的風格因素——以鹹水歌：《對花》為例〉，廣州市：廣州大學音樂舞蹈學院音樂系畢業論文，2014年。

黃妙秋：〈兩廣白話疍民音樂文化研究〉，北京市：中央音樂學院音樂學系博士學位論文，2009年4月。

萬小紅：〈從香港漁民姓名的特色看漁民文化〉，香港：香港理工大學中文及雙語學系碩士論文，1996年。

七　會議論文

林　俐：〈廣州橫沙村話與廣州市話韻母的對應〉，梅州市：廣東省中國語言學會2002-2003年學術年會，2003年12月14-18日。

八　報刊

馮驥才：〈城市為什麼需要記憶？〉，文化新聞：《人民日報》2006年10月18日，第11版。

九　光碟

中山市非物質文化遺產保護中心編：《中山原生態民歌民謠精選集》，廣州市：廣州音像教材出版社，2011年。

語言文字叢書 1000018

廣州黃埔區方音與漁農諺和鹹水歌口承民俗的變遷

作　　者　馮國強
責任編輯　林以邠
特約校稿　林秋芬

發 行 人　林慶彰
總 經 理　梁錦興
總 編 輯　張晏瑞
編 輯 所　萬卷樓圖書股份有限公司
　臺北市羅斯福路二段 41 號 6 樓之 3
　電話 (02)23216565
　傳真 (02)23218698

發　　行　萬卷樓圖書股份有限公司
　臺北市羅斯福路二段 41 號 6 樓之 3
　電話 (02)23216565
　傳真 (02)23218698
　電郵 SERVICE@WANJUAN.COM.TW
香港經銷　香港聯合書刊物流有限公司
　電話 (852)21502100
　傳真 (852)23560735

ISBN 978-986-478-488-2
2021 年 8 月初版一刷
定價：新臺幣 460 元

如何購買本書：
1. 劃撥購書，請透過以下郵政劃撥帳號：
　帳號：15624015
　戶名：萬卷樓圖書股份有限公司
2. 轉帳購書，請透過以下帳戶
　合作金庫銀行 古亭分行
　戶名：萬卷樓圖書股份有限公司
　帳號：0877717092596
3. 網路購書，請透過萬卷樓網站
　網址 WWW.WANJUAN.COM.TW
大量購書，請直接聯繫我們，將有專人為您服務。客服：(02)23216565 分機 610

 Printed in Taiwan

國家圖書館出版品預行編目資料

廣州黃埔區方音與漁農諺和鹹水歌口承民俗的變遷/馮國強著. -- 初版. -- 臺北市 : 萬卷樓圖書股份有限公司, 2021.08
　面 ;　公分. -- (語言文字叢書 ; 1000018)

ISBN 978-986-478-488-2(平裝)
1.粵語 2.方言學 3.語言社會學

802.5233　　110011252